태산을 바라보다 望嶽

태산은 무릇 어떠한가
제나라와 노나라는 푸르름 끝없고
조물주는 신묘한 위풍을 모았고
산의 북쪽과 남쪽은 아침저녁을 갈랐다
층층이 일어나는 구름이 가슴 설레게 하니
눈을 부릅뜨고 돌아드는 새를 바라다본다
반드시 정상에 올라
뭇산이 작은 것을 한번 보리라

岱宗夫如何, 齊魯靑未了, 造化鍾神秀, 陰陽割昏曉.
蕩胸生層雲, 決眦入歸鳥. 會當凌絶頂, 一覽衆山小.

이동휘 新무협 판타지 소설

창천일성
蒼天一星

창천일성 5

이동휘 新무협 판타지소설

초판 1쇄 찍은 날 § 2005년 1월 16일
초판 1쇄 펴낸 날 § 2005년 1월 26일

지은이 § 이동휘
펴낸이 § 서경석

편집장 § 문혜영
편집책임 § 서지현
편집 § 이재권

펴낸곳 § 도서출판 청어람
등록번호 § 제1081-1-89호
등록일자 § 1999. 5. 31
어람번호 § 제2-0808호

주소 § 경기도 부천시 원미구 심곡1동 350-1 남성B/D 3F (우) 420-011
전화 § 032-656-4452 팩스 § 032-656-4453
http://www.chungeoram.com
E-mail § eoram99@chollian.net

ISBN 89-5831-940-2 04810
ISBN 89-5831-710-8 (세트)

蒼天一星

이동휘 新무협 판타지 소설

창천일성

Fantastic
Oriental
Heroes

5

확전(擴戰)

도서출판 청어람

목차

제1장
장건, 마음이 바뀌다

장건, 마음이 바뀌다

"뭐… 뭐라고요?"

정대랑의 목소리는 분에 못 이겨 파르르 떨렸고, 그녀의 눈은 독살스럽게 빛났다.

장건은 침착한 음색으로 말했다.

"말 그대로요. 아까 내가 중요한 것을 깨달았다고 했지 않소. 이 마을이 교연촌의 일부라면 당연히 이곳까지 포함한 중에 제일미인을 꼽아야 할 것이고, 그렇다면 여기 소저가 성검회의 기준에 가장 부합하는 인물이라고 생각했을 뿐이오."

어떤 상황인지 몰라 계속 어리둥절한 표정을 짓고 있던 여인이 다시 끼어들었다.

"성검회? 지금 성검회라고 했나요?"

장건은 고개를 끄덕였다.

"그렇소."

"성검회에서 대체 당신에게 무얼 시켰다는 거죠?"

"난 지금 성검회의 입회 시험을 치르고 있소. 그런데 감독관이 시험 문제라며 교연촌을 찾아가서 마을 제일미녀의 환심을 사라고 하지 않겠소? 그래서 그 일을 이행하고 있는 중이오."

여인은 기가 막힌 표정으로 중얼거렸다.

"맙소사! 대체 누가 그런 말도 안 되는 문제를……."

정대랑의 냉기 풀풀 날리는 음성이 둘의 대화를 차단시켰다.

"후후후. 살다 보니 이런 모욕을 다 당하게 되는군. 이 공자, 당신은 오늘의 행동을 반드시 후회하게 될 거예요."

그녀는 싸늘한 눈으로 장건과 소요검객을 일별한 후 서슴없이 몸을 돌렸다.

"가자!"

주변에서 머뭇거리던 무인들이 그녀의 뒤를 따랐다.

정대랑이 사라진 후, 부상 중인 소요검객은 여인의 부축을 받아 초가집 안으로 들어갔다.

약간의 시간이 흐른 뒤 여인 홀로 밖으로 나왔다. 마당과 집 주변에서 초조하게 서 있던 산적들과 마을 주민들이 그녀에게 물었다.

"아가씨, 성 대협의 상세는 어떠십니까?"

"너무 걱정 안 하셔도 될 듯해요. 내상을 조금 입긴 했지만 생각보다는 상태가 나쁘지 않네요. 피를 토한 것은 내상보다는 지병 탓인 것 같아요. 아버지 간호는 제가 알아서 할 터이니 그만 돌아들 가서서 다른 부상자들을 살피세요."

산적들과 마을 주민들은 홀로 남아 있는 장건의 눈치를 살피며 주저

주저 했으나 여인은 걱정 말라는 듯 손짓을 하며 그들을 물렸다.

주민들이 모두 사라진 후, 여인은 홀로 남은 장건에게로 성큼성큼 다가왔다. 그리고는 다짜고짜 질문을 던졌다.

"대체 그런 어처구니없는 시험을 치르라고 시킨 감독관이 누구죠?"

장건은 순순히 대답했다.

"반강우요."

여인은 그럼 그렇지 하는 표정을 짓더니 입술을 꼭 깨물며 중얼거렸다.

"역시 반 사형이로군. 나한테 이런 식으로 떠넘기다니, 나중에 만나기만 해봐라."

장건은 여인이 성검회는 물론 반강우와도 연관이 있음을 알아차렸다.

"보아 하니 소저는 반강우도 알고 그가 왜 이런 문제를 냈는지도 아는 듯한데, 설명을 좀 해주겠소? 이 문제가 출제된 의도를 말이오."

여인은 머리가 아픈 듯 이마에 손을 대고 인상을 쓰더니 다시 입을 열었다.

"의도는 간단해요. 반 사형이 그저 시험 감독관이 하기 싫어 그 짐을 나에게 떠맡긴 것뿐이라고요."

여인은 장건을 바라보며 물었다.

"일단 당신 이름부터 알아야겠군요. 반 사형이 맡을 정도라면 일반 응시자는 아닌 듯한데, 존성대명을 알려주시겠어요?"

"이천휘라 하오. 성검회에서 강북 무림련으로 보내진 초청장을 가지고 시험에 응시하게 되었소."

"당신이 이천휘로군요. 어쩐지 실력이 심상치 않다 했어요."

여인은 눈을 반짝이며 말했다.

"제 소개도 하도록 하지요. 전 성연희(盛然喜)라고 해요. 성검회의 십검 중 십좌(十座)랍니다."

제2장
장건, 성연희의 마음을 열으려 애쓰다

장건, 성연희의 마음을 얻으려 애쓰다

　“당신이 십대검객 중 일인이란 말이오?”
　십검 중 십좌란 말은 십대검객 중의 열 번째 자리를 차지하고 있다
는 뜻이었다. 좀 전의 겨룸에서 경험한 그녀의 실력은 대단히 뛰어났
지만 십대검객 중의 한자리를 차지하고 있을 줄은 몰랐기에 장건은 놀
라움을 금치 못했다.
　“왜요, 당신에게 패한 내가 십대검객 중의 하나인 것이 놀라운 가보
죠?”
　장건은 고개를 저었다.
　“그런 것은 아니오. 당신이 나에게 비교적 간단히 패한 것은 당신의
무공수법과 나의 무공수법이 흡사했기 때문이오. 당신과 나는 둘 다
빠른 경신술을 바탕으로 초식을 전개하는데, 당신보다 내가 경신술이
뛰어났기 때문에 승부가 금세 갈라진 것일 뿐이오. 만일 당신이 당신

보다 빠른 상대에 대한 경험이 좀 더 많았더라면 승부는 쉽사리 결정되지 않았을 것이오."

장건의 말은 겸손이 아닌 사실이었다. 그녀가 구사하는 검의 날카로움은 산전수전 다 겪은 장건으로서도 손가락에 꼽을 정도의 쾌검이었다.

"그렇게 겸양 떨 것 없어요. 아까는 아버지가 다친 것 때문에 마음이 어지러웠던 것도 있지만, 분명 당신의 실력은 나를 상회했으니까."

성연희는 새침한 표정으로 말했다.

"나를 이겼다고 해서 본 회의 검사들을 우습게 보는 우는 범하지 않는 게 좋을 거예요. 병으로 잠시 자리를 물러난 아버지의 대행 역할을 하고 있는 것뿐이니까요. 내 위의 구좌들은 당신이 이름도 못 내밀 정도의 실력자들이라고요."

장건은 그녀의 뒷말은 신경 쓰지 않고 대행이라는 말에 주목했다.

"당신 아버지도 성검회 사람이오?"

성연희는 무거운 안색으로 대답했다.

"그래요. 아버지는 삼 년 전까지만 해도 십검의 오좌를 담당하고 있었지요. 지금은 지병 때문에 일선에서 물러나 계시지만."

그때 초가집의 방문이 살짝 열리더니 소요검객의 목소리가 흘러나왔다.

"연희야, 손님을 모시고 안으로 들어오너라."

성연희는 장건을 데리고 집 안으로 들어갔다.

소요검객은 여전히 핏기가 없는 안색이었지만 어느 정도 안정을 찾은 듯 정광 어린 눈빛이 되돌아와 있었다.

성연희는 그에게 반강우가 자신한테 장건을 떠넘긴 이야기를 설명했다. 장건 역시 옆에서 그 얘기를 들으며 상황이 어떻게 돌아간 것인지 구체적으로 알게 되었다.

원래 오차시험 응시자를 담당하게 되는 감독관은 칠차시험 때까지 계속 그 응시자를 감독해야 한다. 그런데 장건을 떠맡은 것이 귀찮아진 반강우는 휴가를 내고 고향 마을로 간 성연희를 떠올리고는 시험 문제를 빌미로 장건을 그녀에게 보내 그를 떠맡게 만든 것이다.

"하하하하. 강우 그 녀석은 여전하구나. 서른도 넘은 녀석이 아직도 어릴 적 장난기가 남아 있군."

성연희에게 자초지종을 들은 소요검객은 너털웃음을 터뜨렸다.

"아빠도 참. 이게 지금 웃을 일인가요? 반 사형이 장난 친 덕택에 아빠도 다치고 마을에 불까지 낫는 걸요. 내 이번에 산에 가서 사형을 만나면 가만 놔두지 않을 거예요."

성연희는 분기 어린 목소리로 종알거렸다.

"그러지 말거라. 제 딴에는 네가 홀로 정대랑에 맞서는 것이 걱정되어 이 공자를 보낸 모양인데……."

"그럴 거면 아예 제대로 저를 도와주라고 이 사람한테 명시를 했어야죠! 마을 제일미녀의 환심을 사라는 등 말도 안 되는 문제를 내가지고 대체 이게 무슨 꼴인가요? 행여 외부로 알려지면 회의 권위가 떨어질 수도 있는 행위라고요."

"내가 볼 때는 그리 말이 안 되는 문제는 아닌 것 같구나. 우리 딸이 이 마을 제일미녀인 것은 정확한 말이고, 또한 육차시험이 응시자의 인성을 평가하는 문제이니 감독관인 네 마음을 얻는다는 것이 인성을 인정받는 것과 같은 뜻이라고 봐도 무방하지 않을까? 풍류공자인 강우

녀석다운 문제 출제로군."

소요검객은 다시 한 번 껄껄 웃고는 장건에게로 시선을 돌렸다.

"이천휘라고 했나."

"그렇소."

"출신은 어디 인가?"

"화산의 속가제자요."

"화산이라……."

소요검객은 뜻밖이라는 듯한 눈빛을 흘렸지만 그 이상 출신에 대해 캐묻지는 않았다.

"자네는 왜 성검회의 일원이 되려고 하는가?"

장건은 망설임 없이 대답했다.

"힘을 얻기 위함이오."

"힘? 자네 역시 천하제일의 무공이 성검회에 숨어 있을 거라고 믿는 겐가."

장건은 고개를 저었다.

"천하제일의 무공이란 게 존재한다고 생각해 본 적도 없소. 어떠한 무공이든지 익히는 자의 자질과 노력에 의해 고하가 정해지는 거라는 게 내 지론이요."

"호오, 그래? 무공이 아니라면 자네가 얻고자 하는 힘은 대체 뭔가? 권력인가?"

장건은 잠시 생각하다가 말했다.

"그와 비슷하다고 할 수도 있겠지. 십검의 한자리를 차지하면 회의 전력의 십분지 일을 얻을 수 있다고 들었소. 난 그게 필요하오."

장건의 대답에 성연희는 황당한 빛을 감추지 못했고, 소요검객은 미묘한 미소를 지으며 말했다.

"재미있는 친구로군. 이때껏 성검회의 입회를 원하는 검객들을 수도 없이 만나봤네만 자네처럼 노골적으로 권력을 바란다고 말하는 자는 단 한 번도 본 적이 없네. 물론 개중에 자네처럼 권력을 원하는 자도 있었겠지만 겉으로는 모두 한 목소리로 자기 검의 완성을 추구하기 위해 입회하려 한다고들 했지. 사실 그게 본 회의 이념이기도 하니까 말일세."

"그게 당연한 거죠. 권력을 탐하여 본 회에 들어오고 싶다니, 그런 불순한 의도로 응시하려는 거라면 무조건 탈락이에요."

성연희가 어이없다는 듯 말했다.

"탈락이라고? 그럼 좀 전에 한 말 취소하겠소. 난 오로지 내 검의 완성을 위해 성검회에 들려고 하는 거요."

장건은 낯빛 하나 바꾸지 않고 말했다.

"뭐라고요?"

성연희는 어처구니가 없는 듯 말을 잇지 못했고, 소요검객은 박장대소했다.

"하하하하! 본 회에 걸물이 하나 들어왔군. 연희야, 이 친구 데리고 무이산(武夷山)으로 가 보거라. 왠지 재미있는 일이 많아질 것 같은 걸?"

성연희는 발끈하여 말했다.

"아빠 무슨 말도 안 되는 소리예요? 육차시험이 응시자의 인성을 평가하는 절차라는 것을 잊으신 거예요? 권력을 탐하여 본 회에 들어오려고 하는 자를 제가 어떻게 통과시키겠어요?"

"그건 네가 잘못 생각하는 거다."

소요검객은 얼굴에 웃음기를 거두고 말했다.

"선대 회주께서 응시자의 인성을 평가하는 절차를 시험에 끼워 넣으신 의도는, 그가 과연 자신이 가진 힘에 걸맞는 책임감을 가지고 있는가, 무를 쌓은 만큼의 협의를 가지고 있는가를 평가하기 위함이지, 본회의 적성에 맞는 자를 입맛에 맞게 추리기 위함이 아니었다."

"그렇다면 더 더욱 이 사람을 합격시킬 수 없는 것 아닌가요? 노골적으로 권력을 탐하는 자를 어찌 협의지사라고 할 수 있겠어요?"

"글쎄, 그건 너무 성급한 판단인 것 같구나. 이 친구는 권력을 원한다고 했지 탐한다고 하지는 않았지 않느냐."

소요검객의 말에 성연희는 어리둥절한 표정을 지었다.

"그게 무슨 차이가 있죠, 원하는 거랑 탐하는 것이?"

"권력이라는 것도 결국 힘, 무공과 매한가지인 것이다. 우리가 더 높은 무공을 쌓기 위해 열심히 수련하는 것이 악이 아니듯이, 권력을 얻고자 함 또한 그 자체를 악으로 치부할 수는 없는 것이다. 다만 얻은 권력을 가지고 사리사욕을 위해 쓴다면 그때야 비로소 악이라 칭할 수 있겠지. 너도 잘 알다시피 입회 시험 때마다 본 회를 찾는 수많은 고수들은 본 회가 가진 힘을 소망한다. 입으로는 검의 완성을 부르짖고 있지만 내심으로는 본 회의 탁월한 무공과 진검성이라는 천하제일세력을 일구었던 막강한 전력을 탐한 자들이 비일비재했지. 선대 회주께서 입회 시험에 인성의 평가 항목을 넣은 것은 이러한 겉과 속이 다른 자들을 축출하기 위함이었다. 그런데 이 청년을 보아라. 권력을 원한다고 당당하게 말하니 적어도 겉과 속이 다른 자는 아니지 않느냐? 네가 정말 이 청년을 검증하고 싶거든 그 권력을 어떻게 쓰려고 하는지를 조사해야지, 권력을 원하는 그 자체를 문제시해서는 아니

되는 것이다."

성연희는 인상을 찌푸렸지만 이내 부친의 말에 수긍한 듯 표정을 풀었다.

"좋아요, 제가 성급했던 것 같군요."

성연희는 장건에게로 고개를 돌렸다.

"그럼 다시 묻겠어요, 그 권력을 대체 어디에 쓰려고 하는 거죠?"

장건은 하라는 대답은 않고 그녀에게 반문했다.

"지금의 질문이 육차시험이요? 이 대답만 번지르르하게 잘 하면 나는 무조건 합격인 것이오?"

성연희는 말문이 막힌 듯 잠시 입만 벙긋거리다가 발끈하여 외쳤다.

"감독관에게 말하는 자세가 참 가관이군요! 당신은 정대랑에게 속아 넘어가 죄없는 양민을 해쳤으니 이미 충분히 불합격감이에요! 그나마 아버지가 당신을 비호하니까 한 번의 기회를 더 허락하는 거라고요!"

장건은 어깨를 으쓱하며 말했다.

"그거 눈물나게 고맙구려. 좀 전까지만 해도 당신 사형이 말도 안 되는 문제를 냈다고 불평하던 사람이 그 말도 안 되는 문제에 휘말린 당사자에게는 지나치게 가혹하군. 어쨌든 좋소. 얻고자 하는 권력은 좋은 일에 쓸 거요. 협의에 어긋나지 않고 정의사회구현에 앞장서는 그런 일들에 말이오."

장건이 내놓은 모범 답안에 소요검객은 고개를 돌리고 낄낄거렸고 성연희는 더욱 약이 오르는 듯 쌍심지를 돋웠다.

"그렇게 뜬구름 잡는 소리하지 말고 구체적으로 얘길 해요! 대체 회의 전력으로 무슨 짓을 하려는 수작인지!"

"강호에 암약하여 백성을 혼란케 하고 협의지사들을 해하는 불학 무도한 무리들을 가차없이 징벌하고자 함이 내 구체적인 목적이오."

"정말 계속 그딴 식으로 말을 돌린다면……."

분위기가 험악해질 즈음 보다 못한 소요검객이 중재에 나섰다.

"자자, 둘 다 그쯤 하지. 말하는 것을 보아하니 자네도 오해로 빚어진 혼란에 대해 빈정이 상한 모양이군. 상황이 이렇게 꼬인 것에는 분명 우리 측 잘못도 있으니 육차시험은 이쯤에서 마무리하는 것이 좋을 것 같네."

"그럼 육차시험은 통과란 말씀이오?"

소요검객은 고개를 끄덕였다.

"그렇네. 내 비록 요양 중이긴 하네만 십검의 직위에서 물러난 것이 아닐세. 내 권한으로 자네를 통과시켜 주겠네."

장건이 방 밖으로 나간 후 성연희는 소요검객에게 따져 물었다.

"아빠! 정말 저 사람을 합격시키실 거예요?"

"그렇게 하는 것이 좋겠다. 이 공자의 됨됨이는 육차시험을 통과시켜도 무방해 보이는 구나. 그는 강우의 얼토당토않은 문제 때문에 정대랑의 꼬드김에 넘어갈 수밖에 없는 상황이었다. 시험에 합격하려면 정대랑의 지시에 따라 나와 상촌 사람들을 모두 처리해야 했었지. 그러나 그는 그렇게 하지 않았고, 마지막에는 탈락의 위험을 무릅쓰고 우리를 도와 정대랑을 몰아냈다. 타인을 돕기 위해 자신의 이익을 포기했으니 어찌 협의지사라고 칭하지 않을 수 있겠느냐."

"아빠 말대로라면 합격시켜도 할 말이 없겠지만 저 사람이 아까 자기 입으로 말했잖아요? 자신이 문제를 착각했다는 것을 뒤늦게 깨달았다고. 마을 제일미녀가 정대랑이 아니라……."

성연희는 여기까지 말하고 얼굴을 붉히며 말을 멈췄다. 그 뒤의 말은 자기 입으로 말하기 부끄러웠기 때문이다.

소요검객은 짓궂게 웃으며 말했다.

"정대랑보다 네가 훨씬 이쁘다고 했었지. 물론 내가 볼 때도 우리 딸이 정대랑보다 몇 백배는 예쁘다만 사실 미의 기준이란 것은 개개인마다 관점이 다른, 주관적인 것이 아니겠느냐? 이 공자가 마지막에 네가 정대랑보다 예쁘다고 판단한 것은 외적인 것보다는 너의 행실 때문이었을 거라고 본다."

"행실이요?"

"그래, 정대랑은 자신의 직위와 능력을 이용해 힘없는 자들을 괴롭혔고, 너는 그들을 지키려 애썼지. 정대랑은 빛나는 외모를 가지고 있지만 그녀의 악한 행실을 본 이 공자의 눈에는 더할 나위 없이 추해 보였을 것이고, 그에 반해 협의를 행하는 너의 내적인 아름다움은 정대랑과 비견되어 한층 빛나 보였을 것이다. 그가 그런 변별력을 가지고 있었다면 육차시험을 통과할 만한 충분한 자격이 있다고 본다."

성연희는 왠지 모르게 부끄러워져 슬쩍 얼굴을 붉혔다.

"아빠는 그 사람을 지나치게 좋게 보는군요. 단순히 저와 겨루다가 제가 성검회 소속인 것을 눈치채서 생각을 바꾼 것인지도 모르잖아요?"

"물론 그럴지도 모르겠다만… 악한이 아닌 것이 판명된 이상 너무 까다롭게 굴지는 말자꾸나. 정작 중요한 시험은 이제부터가 아니겠느냐?"

성연희는 고개를 끄덕였다.

"그야 그렇지요. 외부인이 통과한 바가 거의없는 칠차시험이 기다리고 있으니까요."

칠차시험은 통과하게 되면 이전까지의 단계와는 비교할 수 없는 커다란 혜택을 받게 된다. 삼단계 이후의 시험에서 탈락할 경우 강제 입회를 해야 하는 규정이 소멸되는 데다가, 십검의 직위에 도전할 수 있는 팔차시험의 응시 자격이 주어지기 때문이었다.

그러나 혜택이 큰 만큼 난이도도 지극히 어려워서, 지난 십오 년간 열린 네 번의 입회 시험에서 칠차를 통과한 자는 세 손가락 안에 꼽을 정도였다. 날고뛰는 명문거파의 절정검객들이 줄줄이 떨어져 성검회의 하급 조장으로 편성되는 수모를 겪었던 철옹성 같은 벽이 칠차시험이다.

"아빠 그 사람이 칠차시험을 통과할 수 있을 거라 생각하세요?"

성연희의 질문에 소요검객은 반문했다.

"너는 어떻게 생각하느냐? 직접 손을 섞어봤으니 그의 실력을 가늠해 볼 수 있을 텐데."

성연희는 미간을 찌푸린 채 잠시 생각하다가 말했다.

"글쎄요. 절 그렇게 가볍게 제압한 것을 보면 실력 면에서는 부족함이 없다고 생각돼요. 그러나 칠차시험이 단순히 무공 실력의 고하로 합격이 결정되는 단계가 아니잖아요? 갖가지 변수가 출몰하는 시험인 만큼 냉철한 판단력도 있어야 하고, 지혜로워야 하고, 지형 지물을 이용할 수 있는 대처 능력도 있어야 하고……."

"그래, 검술 외에도 네가 말하는 그러한 여러 요소를 다 갖추어야 통과할 수 있는 단계이기에, 지난 사회의 시험 동안 합격자가 그토록 적었던 것이지. 그런데 난 왠지 그러한 변수들 때문에 이 공자가 오히려 쉽게 통과할 것 같구나."

"무슨 뜻이세요?"

"직접 싸워보고 느낀 거다만 이 공자에게서는 검객 특유의 날카로움보다는 낭인들에게서 주로 느껴지는 끈끈한 생존력과 변화를 능동적으로 다룰 줄 아는 재기 발랄함이 엿보인다. 칠차시험은 어찌 보면 뛰어난 검객보다는 뛰어난 무인을 선별하는 절차이기 때문에 절정의 검수들이 다수 탈락해 왔지 않느냐? 그런데 이 공자는 그러한 기준에 더할 나위 없이 부합하는 인물인 듯하다."

"그럼 그 사람이 십검에 도전할 수 있다고 보시는 거예요?"

소요검객은 고개를 끄덕였다.

"그래. 그뿐 아니라 공석인 두 자리 중 하나는 충분히 꿰찰 수 있을 것 같구나."

성연희가 말했다.

"오기 전에 들은 얘긴데, 이번 시험에는 전례가 없는 거물 급 인사들이 참여했다고 했어요. 자칫 하면 십검의 자리에 큰 변화가 올지도 모르겠네요. 어차피 이번 시험이 끝난 후 내부에서든 외부에서든 사람을 뽑아 공석 두 자리를 채우겠다고 대좌께서 천명하셨지만……."

성연희는 무거운 표정으로 소요검객을 바라보았다. 두 공석 중 하나는 그녀의 부친 자리였다. 그녀가 대행으로 있는 그 자리를 이번 시험이 끝난 후 다른 사람이 차지할 것이기에 성연희는 못내 아쉬웠다. 대행에서 물러나는 것이 아쉬운 것이 아니라 소요검객이 복귀할 자리가 없어지는 것이 섭섭한 것이다.

소요검객은 그녀의 마음을 아는 듯 웃으며 말했다.

"그런 표정 짓지 말거라. 변화의 바람이 부는 것은 긍정적인 일이다.

본 회가 세상을 향해 나서려는 지금이 그 바람을 가장 거세게 맞이해야 할 시기이겠지."

성연희는 표정을 풀며 말했다.

"아빠도 이제 마음을 돌린 건가요? 요양하신 이후로 본 회의 변화에 대해 좋게 말하신 적이 없잖아요? 편지를 받아 봐도 말씀하시는 걸 보면 꼭 반 사형이 항시 투덜거리는 것 같은 분위기가 나던데요."

소요검객은 쓴웃음을 지으며 아무 말도 하지 않았다.

성연희는 정색을 하며 물었다.

"아빠도 반 사형과 같은 생각이신가요? 본 회가 잘못된 방향으로 가고 있다고 생각하세요?"

"글쎄다…… 열심히 활동하고 있는 네게 기운 빠지는 말은 하고 싶지가 않구나."

"전 대좌(大座)께서 하려 하시는 일이 잘못되었다고 생각하지는 않아요."

성연희의 말에 소요검객은 고개를 끄덕였다.

"그래, 나도 그가 가고자 하는 방향이 그릇된 길이라고 단언하지는 않는다. 십여 년간 정체되어 있던 본 회였기에 어떤 식으로든 변화를 모색했어야 하고, 그는 그러한 필요성을 적절히 충족시키고 있는 것 같다. 하지만…… 모르겠다. 내가 고루해서 그런지 몰라도 지금의 성검회는 예전의 성검회와는 전혀 다른 단체 같아. 그 이질감이 단순히 변화에 순응하지 못하는 내 부덕함이 만들어낸 감흥의 찌꺼기일 거라고 생각하지만……. 자유롭던 회의 분위기가 숨이 막히게 변한 것만은 부정할 수 없는 사실이고… 난 그게 참 아쉽구나."

"그래요……. 반 사형도 지위 고하를 막론하고 각자의 검에 대해 자유로이 논하던 그 시절이 가장 행복했다고 하더군요. 그러나 대좌의 통제에 따라 일사불란하게 목표를 향해 나아가는 지금의 본 회 구성원들도 그에 못지않은 자긍심과 긍지를 느끼고 있어요. 물론 예전이 훨씬 자유로웠겠지만 그만큼 혼란했던 시절이잖아요. 제 이의 진검성을 척박한 강호 위에 재 창건하겠다는 목표를 대좌께서 세우지 않았더라면 본 회는 여전히 방향을 잃은 채 정체하고 있었을 거예요. 안 그런가요?"

소요검객은 힘없이 웃으며 고개를 끄덕였다.

"그래, 진검성을 다시 구축하는 것은 너희들의 꿈이기 이전에 우리보다 더 오래된 회의 선배 검객들의 염원이기도 하지. 이 아비가 하릴없이 감상에 젖어 쓸데없는 얘기만 한 것 같구나. 그래, 이 이야기는 이쯤에서 접자구나. 넌 이 공자를 데리고 무이산으로 출발하거라."

성연희는 고개를 저었다.

"아빠가 쾌차할 때까지는 여기 있고 싶어요. 정대랑이 또 무슨 수작을 부릴지도 모르는데……."

"나에 대해서는 걱정하지 않아도 된다. 오히려 이 공자가 걱정이지. 그래서 빨리 떠나라고 하는 것이기도 하다."

"이 공자요? 그가 왜요?"

"정대랑은 자존심이 대단한 여인이다. 그녀가 이 마을로 들어와 차 재배를 독점하려 한 것은 돈이 목적이 아니다. 오로지 나에게 받은 상처를 되갚기 위한 복수심 때문이었다."

"그런… 건가요?"

"그래, 사실 그녀가 내게 접근한 것은 이번이 처음이 아니었다. 그녀가 마군(魔君)의 제자이자 애첩이었다는 것은 너도 알고 있겠지?"

"예, 알고 있어요."

"그 여자를 처음 만난 것은 한 십이 년 전에 열린 마군의 생일잔치 때였다. 난 그때 회의 대표로 잔치에 참석했었지. 그런데 그녀가 몰래 내게 접근해서는 추파를 던지더군. 마군을 의식해서라도 그녀의 접근에 응할 수가 없었지. 그래서 자존심이 다치지 않게 조심스레 거절을 했었는데, 그게 마음에 남았던 모양이야. 시간이 흘러 마군이 은퇴한 후, 그에게서 독립한 그녀는 마군의 세력권에 있는 목 좋은 시장은 놔둔 채 굳이 내가 있는 이곳 교연촌의 하촌에 자리를 잡더군. 그 다음 차 재배 사업에 뛰어들어 서는 그것을 빌미 삼아 다시 나에게 접근했지. 마군에게서 독립한 상황이었으니 내가 자기를 절대 거절할 리가 없다고 생각했던 모양이야. 그러나 죽은 네 엄마를 생각해서도 내가 어찌 그녀의 접근에 응할 수 있었겠니. 당연히 받아들일 거라고 확신했는데 또다시 거절을 당하자 그녀는 높은 자존심에 걷잡을 수 없이 큰 상처를 입었고, 그때부터 수단과 방법을 가리지 않고 나를 괴롭히게 된 것이지."

"내막이 그런 거였군요."

성연희는 기가 막힌 표정을 지었다. 그녀는 성검회의 활동 때문에 열 살 이후로는 계속 외지에서 생활했기 때문에 정대랑과 소요검객에 얽힌 자세한 사연은 오늘 처음 들었던 것이다.

"그런데 왜 이 공자가 위험하다고 하시는 거예요? 그보다는 아빠 쪽이 훨씬 그 여자와 악연인데."

"정대랑은 자기 미모에 대한 자존심 하나로 살아가는 여자다. 마군의 제자일 때부터 따르는 남자들에게 둘러싸여 살았기에 남자에게 거절당하는 것이 익숙하지 않은 여인이지. 그렇기에 가벼운 추파를 거절한 나를 수 년 동안이나 잊지 않고 가슴에 담아두었다가 이 벽촌까지 쫓아와 괴롭히고 있는 것이다. 이러한 그녀의 행동은 정말로 나를 원하기 때문이라기보다는 자기만족을 위한 집착이라고 보는 것이 훨씬 정확할 게다. 그런데 이 공자는 그런 그녀의 면전에서 네 미모가 그녀보다 몇 곱절 낫다고 대놓고 말했지 않느냐. 그러니 그 드높은 자존심이 내 경우와는 비교도 안 될 정도로 구겨졌을 거고, 고로 이제 나 같은 것은 안중에도 없이 이 공자에게 집요하게 들러붙을 것이다. 아마 수단 방법을 가리지 않고 그를 음해하려 할 게야."

"마군의 제자라지만 이 공자한테는 손색이 있지 않을까요?"

"그녀 혼자라면 물론 그렇지. 내가 걱정하는 것은 그녀가 옛 연인들을 불러오지나 않을 까 하는 것이다."

"설마 마군을?"

"아무리 그녀라 해도 이따위 일에 은퇴한 마군을 불러낼 담량은 없을 게다. 그러나 마군의 애첩이 되기 이전에 그녀를 따라다녔던 남자들이 이 복건성에 우글거린다는 게 마음에 걸리는 구나."

"그런 여자 꽁무니나 따라다니던 족속들이 감히 성검회 응시자를 건드릴 수 있겠어요?"

"물론 대다수는 신경 쓸 가치도 없는 놈들이지만, 개중에는 의식하지 않을 수 없는 자들이 섞여 있다."

"그게 누구죠?"

"정대랑의 사형제들, 즉 마군의 제자들이지."

제3장
장건, 수다의 대상이 되다

장건, 수다의 대상이 되다

　　강서성 남창 서문세가.

　　의원과 범생이 조비연의 방문을 닫고 조용히 걸어나왔다. 방 밖에는 석초진, 나할라리가 걱정스러운 표정으로 서성이고 있었다.

　　"좀 어떻소?"

　　석초진의 묻는 말에 범생은 난감한 표정으로 대답했다.

　　"분명 많이 좋아지긴 했네. 이제 목숨에는 지장이 없을 것 같으이."

　　"그거 정말 반가운 말이군. 그런데 선생 표정이 왜 그렇소? 목숨에 지장 없으면 다된 것 아니오?"

　　"생사의 위기는 벗어났지만 몸이 정상 상태로 돌아오기 위해서는 아직 난관이 많네. 특히 골수까지 미친 독이 큰 문제야."

　　"천우신단을 먹었는데도 여전히 독이 남았단 말이오?"

　　"천우신단은 독을 해독시켜 주는 능력까지는 없는 모양이야. 물론 독성이 상당히 약화되긴 했지만 말일세. 독이 자연 치유되기까지는 상당한 시간이 걸릴 듯하네."

나할라리가 물었다.

"오래 걸려도 낫긴 결국 낫는다는 거요?"

"낫긴 낫겠지. 다만… 시간이 지날수록 공력을 회복할 가능성은 없어지네. 무인으로서의 삶을 되찾기는 어려울 수도 있단 얘길세."

범생의 말에 다른 둘의 표정도 덩달아 어두워졌다.

세 명은 지난 몇 달간 화통하고 생기발랄한 조비연과 어울리면서 그녀에게 정이 많이 들었다. 씩씩하고 기운찬 그녀가 무공이 소실될 거라는 말을 들으면 어떤 표정을 지을까 싶어 모두 착잡한 마음이었다.

그때 그들이 있는 복도로 두 명이 걸어왔다. 한 명은 최근 부쩍 얼굴이 밝아진 서문정이었고, 뒤따라 온 것은 아리따운 여인이었다.

"아저씨들, 안녕하세요!"

서문정의 씩씩한 인사에 석초진 등은 의례적인 웃음으로 응대했다.

"웬일이냐, 아정? 비연 누난 지금 잠들었으니 면회는 안 될 것 같은데."

"좋은 약을 먹었는데도 누나 병이 빨리 안 낫나 보네요."

"그러게 말이다. 그런데 이 소저는 누구신가?"

석초진의 묻는 말에 서문정은 여인을 소개했다.

"이분은 제 이모님이세요."

여인은 세 명에게 허리를 굽혔다.

"처음 뵙겠습니다. 영호세가의 영호선이라 합니다."

세 명은 놀란 표정을 지었다. 영호가의 금지옥엽을 만나게 될 줄은 예상치 못했던 것이다.

"어제 영호세가의 지원군이 도착했다는 얘길 들었는데, 영호 소저도 동행하셨나 보구려."

"예, 돌아가신 서문세가의 안주인이 저의 친언니 같은 분이셔서요."

세 명과 간단한 환담을 나눈 영호선은 이곳을 찾아온 이유를 말했다.

"가주께 얘길 들었습니다. 종남파의 조비연 소저가 큰 부상을 당하셨다고요."

"그렇소. 회복이 잘 안 돼서 걱정이외다."

"듣자 하니 독상에 당하셨다고 하는데… 제가 가진 약이 혹시 도움이 될까 싶어서 이렇게 오게 되었습니다."

의원이 마뜩찮은 표정으로 말했다.

"저희도 별별 약을 써 봤습니다만 무슨 독인지 정확히 모르는 상태에서 함부로 약을 쓰면 오히려 부작용이 생길 수 있습니다."

그때 범생이 의원의 말을 막고는 영호선에게 말했다.

"영호가에서 가져온 약이라면 기대해도 되지 않을까 싶소만. 소저, 가져온 약의 이름이 무엇이오?"

영호선은 미소를 지으며 말했다.

"현명단이라고 합니다."

영호선이 가져온 현명단은 과연 독에 대한 엄청난 효능을 과시했다. 조비연은 약을 복용한 지 이틀만에 몸을 일으키고 밥을 먹을 수 있을 정도로 회복되었다.

조비연의 정신이 든 후로는 남자 의원과 범생이 몸을 살피는 것을 싫어해 영호선이 주로 간병을 하게 되었다. 성격이 천양지차인 둘은 어찌 된 일인지 금방 친해졌다.

"그래서 제가 문을 벌컥 열고 안을 들여다봤더니 글쎄 그 녀석이 홀 랑 벗은 여자와 껴안고 있는 게 아니겠어요?"

조비연의 말에 영호선은 기겁한 표정을 지었다.

"어머, 그게 진짜예요?"

"정말이죠, 그럼. 제가 그때 잔치 때문에 술이 떡이 되어 있긴 했지 만 정신만은 또렷했다고요. 분명히 홀딱 벗은 계집애를 껴안고 있었어 요. 그래놓고 한다는 얘기가 자기 동생이라나 뭐라나."

"어머머, 어떻게 그런 말도 안 되는 변명을 할 수가 있죠?"

"글쎄 말예요. 나중에 생각해 보니 자기 동생이면 더 큰 문제 아니 에요?"

진연의 말에 영호선은 배를 잡고 웃음을 터뜨렸다.

"아하하하! 정말 그러네요."

"아무튼 그 말도 안 되는 변명을 하며 저를 제 방으로 끌어다 놓더니 쪼르르 자기 방으로 달려가더군요. 저는 쫓아가고 싶었지만 술기운 때 문에 움직이는 것도 귀찮았어요. 그래서 그만 잠이 들었는데… 나중에 알고 보니 자객이 덮쳤더라고요."

"그게 바로 혈부용이었군요."

"맞아요. 그 녀석이 뒤늦게나마 달려와서 혈부용을 때려잡았지만 저 는 이미 된통 당한 상태였죠. 목숨을 구해준 거라고 봐도 되겠지만 엄 밀히 말해 지가 여색에 빠져 있지만 않았어도 제가 그렇게까지 위험해 지진 않았을 거 아네요?"

"정말 그렇네요. 장… 아니, 이 공자 그렇게 안 봤더니 호색한 기질 이 다분하군요."

두 여자가 열심히 씹고 있는 것은 다름 아닌 장건이었다. 장건이라는 공통된 관심사 덕에 상반된 성격의 두 여인이 급속하게 가까워진 것이었다.

"그런데 언니⋯⋯."

조비연이 갑자기 은밀한 눈빛으로 부르자 영호선은 의아해하며 대꾸했다.

"왜요?"

"나한테 뭐 숨기는 거 있지 않아요?"

영호선은 뜨끔한 표정을 지었다.

"그, 글쎄요?"

"아니, 분명히 숨기는 거 있어요. 솔직히 말해줘요, 이제 충분히 가까워졌는데."

"숨기는 거 없는데⋯⋯."

영호선은 자신없이 말꼬리를 흐렸다.

조비연은 배시시 웃었다. 영호선은 성격이 워낙 순수해서 얼굴 표정에 마음이 다 드러났다.

"그 녀석을 지칭할 때 장 공자라 하려다가 이 공자라고 바꾼 적이 두 번이나 있어요. 언니는 그 녀석 정체를 알고 있죠?"

"저, 정체라뇨? 이 공자가 무슨 도적도 아니고⋯⋯."

"아니, 그 녀석은 뭔가를 잔뜩 감추고 있어요. 대갓집 공자가 아니라는 것은 내기를 해도 좋아요. 처음에는 번지르르한 면상 때문에 속아 넘어갔지만 같이 활동하면서 느낀 건데 절대 곱게 자란 성격이 아니에요. 게다가 옷 속에 숨겨놓은 그 무수한 무기! 화산파의 제자가 그런 기기묘묘한 무기들을 그렇게 능숙히 다룬다는 것은 말도 안 되는 거예요. 말해줘요, 언니. 대체 그 녀석 정체가 뭐죠?"

영호선은 고민을 거듭하다가 한숨을 폭 쉬고는 말했다.

"다른 사람들한테 절대 비밀로 해준다면……."

"약속! 맹세!"

조비연이 과장된 몸짓을 하며 외쳤다. 영호선은 피식 웃고는 장건에 대해 얘기를 해주었다, 처음에 만났을 때의 일과 재회한 다음의 이야기까지.

"그 녀석이 바로 풍파투도였군요. 이 괘씸한 인간들! 날 속였어!"

조비연이 이를 가는 대상은 범생 일행이었다. 애초에 풍파투도를 중매 서 주겠다고 하고선 장건이 이천휘라는 사실을 그녀에게 얘기하지 않았기 때문이었다.

씨근덕거리던 조비연은 갑자기 실눈을 뜨고는 영호선에게 말했다.

"그런데 언니, 얘기를 쭉 듣다 보니 그 녀석한테 마음이 있나 봐요?"

영호선의 얼굴이 돌연 붉게 물들었다.

"무, 무슨 소리예요, 대체?"

"에헤, 시치미 떼지 말아요. 그 용완구란 귀한 물건을 선뜻 내준 것 도 수상쩍고, 장건, 장건 하고 이름을 부를 때마다 눈빛이 아스라해지 는 것이……."

"말도 안 되는 소리! 그러는 조 소저야말로 그한테 시집가겠다고 목 매고 있잖아요?"

"누가 목을 맨다는 거예요, 대체? 전 그저 제가 맹약한 바대로 저보 다 강한 자에게 시집을 가겠다는 차원에서……."

"그게 그 말이죠 뭐. 딴 사람도 많은데 굳이 장 공자를 택해 끝까지 싸우자 싸우자 하는 게 마음이 있는 게 아니면 뭐예요?"

"언니!"

정말 화가 난 조비연이 버럭 소리를 질렀고, 영호선은 그 소리에 질려 잠시 눈만 깜박거렸다. 그러나 이미 친해질 대로 친해진 두 여인은 곧 소리 내어 함께 웃었다.

"언니 말이 틀렸다는 것을 그 녀석이 돌아오면 확실히 증명해 보일 게요. 약속한 넉 달 기한도 이제 지났으니 제대로 한판 붙어서 녀석을 꺾고 말 거라고요. 나보다 약한 녀석은 필요가 없으니 언니한테 바로 넘겨드리죠."

영호선은 말없이 웃기만 했다. 조비연이 장건을 이길 것 같지가 않았기 때문이다, 설사 그녀가 정말 장건보다 강하다 하더라도.

제4장
장건, 무이산으로 향하다

장건, 무이산으로 향하다

성연희는 소요검객이 떠나라고 한 지 이틀
이 지나서야 장건을 데리고 무이산으로 출발했다. 소요검객의 말만 믿
고 몸이 성치 않은 그를 홀로 놔둔 채 집을 나설 수가 없었던 때문이었
다.

이틀 뒤에나마 출발할 수 있었던 것은 소요검객의 빠른 회복세 탓도
있었지만 정대랑이 교연촌에서 자취를 감추었다는 소식을 들었기 때문
이다. 그녀는 마을 주민들에게 어디 간다는 말도 하지 않고 홀연히 사
라졌다는 풍문이었다.

"그 여자가 마음에 걸리는군요."

장건과 어깨를 나란히 하고 걷던 성연희가 중얼거렸다.

"누굴 말하는 거요?"

"누군 누구겠어요. 정대랑 말이죠. 말도 없이 마을을 떠난 걸로 보

아 무슨 꿍꿍이가 있는 듯하여 불안하네요."

장건은 아무런 대꾸도 하지 않고 발걸음을 옮겼다. 자신은 조바심을 내는 데 반해 정작 정대랑의 원한을 산 당사자인 그는 태평하기만 하자 성연희는 미간을 찌푸리며 말했다.

"신경도 안 쓰여요? 그 여자는 몹시 위험한 여자라고요. 공자가 그렇게 망신을 줬으니 무슨 위해를 가해올지 몰라요."

장건은 그제야 성연희를 쳐다보며 대꾸했다.

"그보다 훨씬 중요한 일이 내 앞에는 산적해 있는 형편이오. 어찌 그런 사소한 원한까지 일일이 신경 쓸 수 있겠소?"

"사소한 일로 치부하지 말아요. 그녀는 마군의 제자라고요. 은거했다고는 하지만 아직 화남에서 마군의 세력을 함부로 건드릴 담량을 지닌 자는 많지 않아요."

그제야 장건의 눈이 조금 커졌다.

"마군이라 함은 멸천마군(蔑天魔君)을 얘기하는 거요?"

마군으로 줄여 불리기도 하는 멸천마군은 당대 천하십대고수 중의 한 명으로, 광동과 복건 지방에서 악명을 떨치고 있는 금룡당(金龍黨)의 주인이었다. 금룡당은 이십 년 전만 해도 화남 최대의 세력이었지만 전력의 절반이라 칭해지던 마군이 고령으로 은퇴한 후 근방의 집마부와 군룡회의 활동에 치여 최근에는 상당히 그 힘이 위축된 방파였다. 그러나 금룡당의 쇠퇴와는 별개로 은퇴한 마군의 이름은 여전히 이 지방 무인들에게는 공포로 받아들여지고 있었다.

"그래요. 그 여자가 행여 원한을 갚고자 엉뚱한 짓을 벌리지나 않을까 걱정되는군요. 그녀는 이 지역의 인맥이 적지 않아요. 행여 마군의 다른 제자들이라도 끌어들인다면 일이 복잡하게 될 수도 있어요."

성연희는 걱정스러운 표정을 풀지 않았지만 장건은 태평한 얼굴이었다.

"걱정도 팔자군. 사람들 앞에서 미모가 처진다고 한 것이 무슨 대단한 원한이라고 그런 무모한 일을 벌이겠소?"

"여자를 잘 모르는군요. 자기 미모에 자부심이 강한 여자라면 어제와 같은 상황은 커다란 모욕이 될 수 있어요. 자신을 한 번 거절한 우리 아버지에게 십여 년간 집착해 온 그녀라면 더 더욱 그럴 수 있고요."

"뭐 무슨 일이 발생하든 그다지 걱정하지 않소. 나야 지금 엄연히 성검회의 응시생 신분이니 사고가 발생한다 해도 회에서 알아서 지켜 주지 않겠소?"

태평한 장건의 말에 성연희는 어이가 없다는 듯 고개를 흔들었다.

"정말 만사태평이군요. 공자는 어디까지나 본 회의 시험 응시자이지 아직 본 회의 회원이 아니라고요. 회원이 되기도 전에 혜택부터 볼 생각은 집어치우는 게 좋을 거예요."

"각골 명심하도록 하지. 그것보나 칠차시험에 대해서나 얘기해 보시오. 무이산 정상까지만 올라가면 무조건 합격인 거요?"

성연희는 못마땅한 듯 장건을 째려보면서도 설명을 해주었다.

"정상에 올라가면 기본적으로 합격이지만 무조건이란 말은 어폐가 있어요. 어제도 잠깐 설명했지만 시험을 보는 동안 반드시 지켜야 할 규칙이 있어요. 첫째로 어떤 상황이 닥치든 반드시 검으로 모든 일을 해결해야 한다는 거죠. 검이 아닌 다른 무기를 소지하고 있거나 독과 암기 등등을 사용한다면 결격 사유가 되어 바로 불합격 처리가 돼요. 엄격히 보자면 그저께 공자가 정대랑의 하인들에게 썼던 솔잎도 암기의 한 종류로 치부할 수도 있겠지만 당시 공자는 규칙에 대해 명확한 공지를 받지 못한 상태였고, 상황도 상황이었는지라 지형 지물을 이용한 임기응변이라 치부하고 그냥 넘어갔어요. 그러나 앞으로 같은 상황이 반복된다면 규정 이외의 무기로 치부할 터이니 각별한 유의를 바라요. 그리고 또 하나, 이번 칠차시험에서는 본인의 검을 쓸 수 없어요."

"그럼 무슨 검을 써야 하오?"

성연희는 등에 차고 있던 검 하나를 내밀었다. 장건이 받아드니 그것은 목검이었다.

"이 나무토막을 가지고 시험에 응하란 말이오?"

"그래요. 공자는 무이산에 도달해서부터는 그 목검만을 지참한 채 혼자 움직여야 해요."

"혼자? 당신은 같이 가지 않소?"

"전 산에 먼저 올라가서 모처에서 공자의 행적을 지켜볼 거예요. 어떻게 싸우고 어떻게 적을 제압하는지를 보조 감독관들과 함께 예의주시할 겁니다. 공자는 저와 헤어진 후 단신으로 산을 올라야 하는데, 시시각각 예상치 못한 공격이 닥쳐올 거예요. 물론 공격자는 본 회 회원들입니다. 그들을 물리치고 무이산 정상까지 도달하는 것이 이 칠차시험의 과정이랍니다."

"알겠소."

장건은 무심히 고개를 끄덕였다.

"한 가지 더 유의할 것이 있어요. 공격자들 역시 목검을 쓰겠지만 개중에는 진검을 쓰는 무사들도 있을 거예요."

"진검에 목검으로 대항하라니, 살벌한 시험이 되겠군."

"불공평하다고 생각할 수도 있겠지만 진검을 쓰는 무사들은 본 회의 하급무사들이에요. 그들이 진검을 쓰는 이유는 목검을 진검처럼 쓸 실력이 안 되기 때문이에요. 실력이 부족한 무사들을 칠차시험 과정에 넣은 것은 하급무사들의 실력을 향상시킴과 동시에 칠차까지 온 응시자가 한 수 아래의 상대를 얼마나 적절히 힘을 안배하여 제압할 수 있는지를 평가하려는 의도입니다. 그 점 주지해 주기 바라요."

"그 얘기가 진검을 쓴다는 것보다 더 무섭군. 진검으로 덤비는 상대를 다치게라도 하면 탈락할 수도 있단 얘긴가?"

"삐딱하게 듣지 말아요. 본 회의 시험 절차가 까다롭긴 해도 검과 검을 섞는 과정에서 불가피하게 일어나는 사고를 인정하지 못할 정도로 까탈스럽진 않아요. 말했다시피 진검을 쓰는 자들은 그닥 신경 쓸 상대가 아니에요. 정작 공자가 긴장해야 할 상대는 산중턱쯤에서부터 모습을 드러낼 목검을 가진 회원들이에요. 그들이야말로 본 회의 정예들이고, 이제껏 본 회에 도전해 온 내로라하는 검객들을 탈락시킨 장본인들이에요. 공자도 그때부터는 지금처럼 여유 부리지는 못할 걸요."

"그것 참 무서워 죽겠구려."

말은 무섭다고 하지만 얼굴 표정은 전혀 그렇지 않은 장건을 성연희는 얄미운 듯 째려보았다.

둘은 사흘을 이동하여 멀리 무이산이 보이는 지역에 도달했다. 성연희는 관도 근처의 대풍객잔이란 곳으로 들어섰다.

성연희는 그곳에서 기다리고 있던 성검회원과 접선하여 길게 얘기를 나누고 장건에게 돌아왔다.

"공자가 육차시험을 통과한 마지막 응시자라고 하는군요. 내일 아침 칠차시험이 앞서 통과한 응시자들과 함께 동시에 치러질 거예요."

"그럼 이 객잔에 다른 응시자들이 이미 와 있는 것이요?"

장건의 물음에 성연희는 고개를 저었다.

"그렇진 않아요. 육차를 통과한 응시자는 총 네 명인데, 그들은 모두 다른 장소에서 산 정상을 향해 올라갈 거예요. 동선이 겹치는 일은 없을 거란 얘기지요."

"네 명밖에 통과 못했소? 이번 성검회 입회 시험의 초대장이 이전에 비해 많이 발송된 것으로 아는데?"

"그렇기 때문에 네 명씩이나 칠차까지 온 거라고 봐야죠. 이전에 치러진 사회차까지의 입회 시험을 통틀어도 칠차까지 온 응시자가 총 일곱 명뿐이었으니 이번 오회차시험에는 실력자들이 많이 온 거라고 봐도 되겠죠."

"나 외의 세 명이 누군지 알 수 있소?"

성연희는 고개를 저었다.

"규정상 응시자의 신분을 발설할 수는 없어요. 다만 네 명 중 세 명이 초청장을 발부받은 사람이고, 공자를 제외한 나머지 둘은 이미 초청장의 혜택을 써버렸다는 것 정도는 가르쳐 드리죠."

초청장의 혜택이라 함은 사차시험까지의 면제, 그리고 시험에 탈락했을 경우, 초청장을 제출하고 재 응시를 할 수 있다는 규정이었다.

"혜택을 썼다면, 그들은 이미 앞선 두 사람은 시험에서 한 번씩 탈락했단 얘긴가?"

"맞아요. 듣자 하니 둘 다 실력은 출중한데 육차시험에서 모두 떨어졌다고 하더군요. 기이한 일이에요. 인성 시험은 전대 회주의 뜻을 기리는 차원에서 상징적으로 포함된 시험인지라 그리 까다롭게 변별하는 것도 아닌데 모두 떨어지다니, 의협심이 결여된 자들인가?"

성연희는 이해가 되지 않는다는 표정으로 중얼거렸다.

장건은 생각에 잠겼다. 그가 이 성검회의 입회 시험에 참가하겠다고 마음먹은 최초의 이유는 그가 찾고 있는 자가 시험의 응시자로 올 수도 있다는 기대감 때문이었지 않나. 그자가 성연희가 언급한 자신을 제외한 세 명의 응시자 중에 한 명 일수도 있었다.

의협심이 결여되었다는 성연희의 말을 듣고 순간적으로 초청장을 썼다는 둘 중 하나가 아닐까 하는 생각이 들었지만 그는 이내 그 생각을 털어버렸다. 그가 음모의 주재자라고 혐의를 두고 있는 인물이 눈에 빤히 보이는 인성 시험 따위를 통과하지 못할 리가 있겠는가. 육차에서 초청장을 썼다는 둘은 의협심이 결여되었다기보다는 머리가 나빠 시험의 의도를 파악하지 못한 자들일 가능성이 훨씬 높았다.

'그들보다는 남은 한 명에게 주목하는 편이 좋겠군.'

다음날 이른 아침, 성연희는 장건보다 먼저 객잔을 나섰다.

"검을 저에게 주세요."

출발 직전 성연희는 장건의 검을 요구했고, 장건은 차고 있던 이검을 풀어 그녀에게 건넸다.

"전 미리 출발해서 산 정상에서 기다릴 게요. 그러진 않으리라고 생각하지만 공자가 행여 칠차시험을 탈락할 시에는 사람을 보내 검을 돌려 드릴 테니 산 밑에서 기다리세요."

장건은 피식 웃으며 고개를 끄덕였다.

"명심하도록 하지. 그 검은 빌린 것이니 잘 간수해 주시오."

"걱정 마세요. 공자는 제가 출발한 지 정확히 반 시진 후 객잔을 나서세요. 객잔 문을 나서는 순간부터 시험은 시작됩니다."

그 말을 남기고 성연희는 출발했고, 장건은 성연희가 시킨 대로 반 시진이 지난 후 객잔 문을 나섰다.

전날 밤새 비가 내린 까닭에 길은 진흙탕으로 변해 있었다. 한 발짝 디딜 때마다 발이 진흙 속에 푹푹 들어갔다.

"멀리 못 갔겠군."

장건은 중얼거렸다. 그가 말하는 대상은 먼저 출발한 성연희였다. 경신술이 빼어난 그녀지만 이런 진흙탕이라면 이제 겨우 산의 초입에 이르렀을 듯했다.

장건의 눈에 순간적으로 장난기가 스쳐 갔다. 그는 걷은 속도를 빨리하기 시작했다. 탈영보가 시전되었고, 그는 진흙 위를 마치 얼음 위를 미끄러지듯 슥슥 내달렸다. 무이산이 점점 가까워졌다.

*   *   *

"상황이 어때?"

말소리는 등 뒤에서 들려왔지만 석성은 뒤를 돌아보지 않았다. 보지 않아도 누군지 알 수 있었고, 또한 그는 지금 시선을 돌릴 형편이 아니었기 때문이다.

석성은 지금 무이산 중턱의 삐죽 튀어나온 큰 바위 위에 올라앉아 있었다. 그는 한 손을 눈썹 위에 대고 먼 곳을 응시하며 말했다.

"칠 번 응시자가 예상대로 요란하게 등장하는 모양이야. 남동쪽 기슭이 소란스럽군. 우리 무사들이 다치지나 않았으면 좋겠는걸."

질문을 한 사람이 석성의 옆으로 와 털푸덕 앉았다. 그는 석성의 절친한 친구이며 성검회 십검단 제오향주직을 맡고 있는 장곡태였다.

석성 역시 같은 십검단 소속의 제사향주였다. 그가 있는 바위는 봉 우리 밖으로 비죽 튀어나와 있어서 산의 삼면을 훤히 내려다 볼 수 있는 장소였다. 그는 이제 막 산기슭으로 접어든 칠차시험 응시자들의 이동 경로를 살피는 중이었다.

"명색이 강호에서 난다 긴다하는 군룡회의 수장인데 설마 우리 하급 무사들을 죽이기야 하겠어?"

장곡태가 걱정도 팔자라는 듯 말했다.

석성은 찡그린 표정을 풀지 않으며 대꾸했다.

"죽이지야 않겠지. 그러나 팔다리 정도는 부러뜨릴 독심을 가지고 있는 자야. 난 왜 저런 자에게 본 회의 초청장이 발부된 것인지 도무지 모르겠군."

"간부진의 뜻이야 자명하지 않나? 십오 년이나 우두머리가 공석인 채로 회가 표류하고 있으니 어떻게든 실력자를 끌어들여 전대 회주의 초식을 깨려 하는 것이지."

"그렇다고 해도 저런 자가 회주 후보에 오른다는 것은 마음에 들지 않는군. 검객은 스스로의 검에 책임을 져야 한다는 전대 회주님의 말씀과는 전혀 어울리지 않는 자야."

"이거 십검단에서 인물 하나 탄생했군. 전대 회주님의 이념을 이토록 성실히 떠받드는 회원이 있다니, 단주 대행께 고하여 표창이라도 하라 해야겠는 걸?"

장곡태가 낄낄거리자 석성은 잠자코 그를 노려보다 갑자기 손을 내밀어 그의 등을 툭 밀었다.

"어어어어!"

석성에게 밀린 장곡태는 하마터면 바위 밑으로 떨어질 뻔했다. 간신히 중심을 다잡은 그가 험악하게 인상을 쓰며 돌아섰을 때 석성은 이미 그 자리에 없었다. 그는 바위를 떠나 풀숲을 헤치며 안쪽의 분지로 달려가고 있었다.

"네 이놈 석 향주!"

장곡태는 으르렁거리며 그의 뒤를 좇았다.

석성이 분지에서 걸음을 멈춘 것을 보고 장곡태는 냉큼 그에게 달려들었다.

"이 자식 감히 나를 추락사시키려고……."

장곡태가 멀뚱히 서 있는 석성의 머리를 감싸 쥐고 비틀려는 찰나, 그의 귀에 벼락이 떨어졌다.

"뭘 하다 이제 오는 겐가!"

장곡태는 찔끔하며 자세를 바로 했다. 분지에는 어느새 수많은 무사들이 모여서 정렬해 있는 상태였다. 그들이 속한 십검단, 그리고 육검단 무사들도 한쪽에 도열해 있었고, 그 앞에는 호목에 다부진 인상의 중년 검객이 우뚝 서 있었다. 육검단주이자 십검의 육좌인 한비검(寒比劍) 풍조량이었다.

풍조량의 호통에 장곡태는 어깨를 움츠렸다. 십검 중에 가장 엄격하기로 소문난 인물이 바로 그였기 때문이다. 석성이 옆에서 작은 소리로 낄낄거렸지만 장곡태는 묵묵히 이를 갈고 있을 수밖에 없었다.

"성 노제가 물러나 있다고 하여 너희 오검단… 아니, 이제는 십검단이로군. 이렇게 기강이 해이해서야 되겠는가! 가뜩이나 본 회의 중요한 행사인 입회 시험을 치르고 있는 마당에!"

마뜩찮은 눈초리로 도열해 있는 십검단을 훑어 본 풍조량은 다시 목소리를 높였다.

"이제 여기 모인 육검단과 십검단은 산 입구를 통과한 응시자들을 중턱에서 맞이해야 한다. 네 명의 응시자는 동서남북 방향에서 동시에 출발했다는 보고가 들어왔다. 육검단은 동쪽과 남쪽으로가 미리 대기하고 있는 사검단과 공조하고, 십검단은 북쪽과 서쪽으로가 팔검단과 협력하여 그쪽 방면 응시자들을 담당한다. 현재 십검단의 단주가 부재 중인 관계로 십검단은 내가 지휘하고 육검단은 정 부단주가 맡기로 한다. 이상!"

그러자 십검단의 석성이 번쩍 손을 들었다. 풍조량은 인상을 쓰며 말했다.

"뭔가."

"저희는 저희 단주 대행의 지휘를 받고 싶습니다."

"십검단주 대행은 구 번 응시자의 감독관 역할을 맡고 있지 않나? 그래서 내가 맡겠다고 하는 거다."

이번에는 십검단의 제일향주 천규가 손을 들었다.

"단주 대행은 반 시진 전에 미리 출발한 것으로 알고 있습니다. 이제 곧 여기에 도착할 텐데 기다렸다가 움직여도 되지 않겠습니까? 어차피 응시자들이 중턱까지 오려면 시간이 꽤 걸릴 텐데요."

그뿐 아니라 장곡태 등 다른 십검단원들도 너도나도 손을 들고 단주 대행을 기다리겠다고 말했다.

풍조량은 인상을 구기며 말했다.

"십검단은 성 노제가 있던 오검단일 때부터 기강이 엉망이더니 이제는 아주 가관이 되었군. 대체 언제부터 평무사들이 십대검객의 명에 토를 달게 되었나?"

풍조량은 옛 오검단의 단주인 소요검객 성한명과는 호적수라 할 수 있는 관계였다. 기실 입문이 성한명보다 빠른 그가 십검 중 육좌(그나마 성한명이 오좌에서 물러나기 전까지는 칠좌였다)인데 반해 성한명은 한 단계 위인 오좌의 자리를 차지하고 있었기에 풍조량은 은연중에 성한명을 백안시하고 있었다.

색안경을 쓰고 사람을 바라보면 그의 행실 모두가 눈에 걸리는 법, 성한명이 휘하의 부하들을 자유분방하게 풀어주는 것 또한 규율을 중시하는 풍조량의 눈에는 못마땅하게 비쳤었고 이러한 연유로 지금 자신의 말에 토를 다는 십검단이 더욱 고깝게 보일 수밖에 없었다.

"단주 대행은 그래도 남다른 재능이 있어 제 아버지랑은 좀 다를 줄 알았더니 수하 관리 못하기는 매한가지로군. 도대체가 엉망진창이야! 도열 하나도 제대로 못하는 너희들이 응시자들에게 본 회의 실력을 보일 수가 있겠느냐? 비웃음이나 사지 않으면 다행이겠지. 이렇게 얘길 하는데도 저 끝에 삐죽 나와 있는 놈은 대체 뭐야?"

풍조량의 훈시에 못마땅한 표정을 짓고 있던 십검단원들은 그의 마지막 호통이 누구를 향한 것인지 궁금하여 일제히 뒤를 돌아보았다. 과연 도열해 있는 단원들 맨 끝에 한 명이 줄을 이탈해 멀뚱히 서 있는 게 보였다.

일향주 천규가 어리둥절한 표정으로 풍조량에게 말했다.

"저어… 저 친구는 육검단 아닙니까?"

풍조량은 어처구니없는 듯 말했다.

"무슨 헛소린가! 저렇게 줄 하나 똑바로 못 서는 단원이 육검단에 있을 턱이 없질 않나!"

"저희 단원 애들이 육검단보다 줄을 못서는 것이 맞긴 합니다만 어쨌거나 저 친구는 저희 단원이 아닙니다. 처음 보는 친구라 당연히 육검단인 줄 알고 있었는데요."

풍조량은 다시 호통을 치려다가 말문이 막혔다. 자신 역시 당연히 저자가 십검단이라고 생각하고 있었기 때문이다.

"자네, 이리 좀 나와 보게!"

풍조량의 호령을 들은 '줄 못서는 단원'은 천천히 앞으로 걸어나왔다.

풍조량은 앞으로 나온 그의 위아래를 훑어보았다. 성검회는 정해진 제복이 없기 때문에 옷차림 가지고서 회원 유무를 판별할 수는 없었다. 게다가 걸어나온 자는 칠차시험에 사용될 회에서 지급한 목검을 허리에 차고 있었다. 그러니 외부인일리는 없었다.

"자넨 어느 검단 소속인데 여기 와 있는 겐가? 여긴 육검단과 십검단의 집합 장소인데?"

'줄 못 서는 단원'으로 추정되는 자는 뚱한 표정으로 풍조량을 바라보다가 입을 열었다.

"난 어느 검단 소속도 아니오."

"검단 소속이 아니라고? 그럼 상삼좌 직속 부대의 무사인가?"

"그것도 아니오."

"그럼 대체 어디 소속인 건가? 어쨌거나 성검회원일 거 아냐?"

"엄밀히 말해 성검회원은 아니오. 성검회원이 되고자 하는 사람일 뿐."

뚱딴지같은 말에 풍조량 이하 분지에 모인 모든 단원들의 얼굴에 의혹이 떠올랐다.

"성검회원이 되고자 한다고? 그럼 외부인이란 말인데 대체 여긴 어떻게 온 건가? 게다가 회에서 지급한 목검은 어디서 났고?"

'성검회원이 되고자 하는 자'는 되레 풍조량의 질문이 이해가 가지 않는 듯한 표정으로 말했다.

"목검은 당신네에게서 받은 거요. 이걸 가지고 산 정상까지 올라가면 회원이 되게 해준다고 하지 않았소?"

잠시 어리둥절하던 풍조량은 상대의 말뜻을 깨닫고는 눈을 크게 떴다.

"그럼 자네가 칠차시험 응시자란 말인가?"

'성검회원이 되고자 하는 자'는 고개를 끄덕였다.

"그렇소. 대충 보니 이 위로 조금만 더 올라가면 산의 정상인 듯한데, 여기까지 오면 합격인 거 아니오?"

풍조량 이하 모든 단원을 입을 딱 벌렸다. 응시자들이 정해진 객잔에서 출발한 지 고작 이각이 지난 상태였다. 출발 장소에서 여기까지 평지처럼 달려왔다 해도 이각 안에는 도달하기 어려운 거리이다. 게다가 산 아래부터 여기까지 회의 무사들이 거미줄같이 깔려 있기 때문에 응시자가 이 시각에 여기까지 올라오는 것은 시간적으로나 물리적으로나 불가능했다. 그런데 이자는 그 불가능한 일을 했다고 말하는 것이었다.

"자네… 자네는 몇 번 응시자인가?"

풍조량이 당황하여 말을 더듬으며 물었다.

"구 번 응시자요."

"구 번이라면… 개봉에서 온 이천휘?"

"그렇소."

장건은 씩 웃으며 고개를 끄덕였다.

제5장
장건, 성검회원들을 놀라게 하다

장건, 성검회원들을 놀라게 하다

　　　　　　　　"혹시 출발을 빨리 한 건가? 이각 전에 출발
한 게 아니고 한두 시진 전에 객잔에서 나온 건가?"

　풍조량의 물음에 장건은 고개를 저었다.

　"아니오. 출발하라 한 시각에 정확히 출발했소."

　"그건 분명할 겁니다. 구 번 응시자가 출발한 순간 대풍객잔에 있는
저희 단원이 전서구를 날렸고, 그걸 제가 좀 전에 받았습니다."

　십검단 제사향주 석성이 장건의 대답을 뒷받침했다.

　"그럼 자네는 거의 비둘기 같은 속도로 여기까지 왔다는 말이군. 반
시진 먼저 출발한 성 대행까지도 앞질러서 말이지."

　풍조량의 말에 장건은 고개를 끄덕였다.

　"그런가 보오."

　"그게 말이 된다고 생각하나? 신법의 대가라면 시간적으로야 객잔

에서 여기까지 이각 내에 주파하는 것이 가능할 것도 같지만… 산의 입구부터 중턱까지 본 회의 무사들이 거미줄처럼 깔려 있네. 그들의 무수한 눈을 피해 단 한 번의 충돌도 없이 여기까지 올라온다는 것은 불가능한 일이야."

장건은 대답하기 귀찮다는 표정으로 말했다.

"불가능하진 않소. 내가 그렇게 했으니까. 어쨌거나 여기까지 도달했으니 합격한 것으로 알아도 되겠소?"

풍조량은 심각한 표정이 되었다. 이자의 말이 사실이라면 규정대로 합격 판정을 내려야 한다.

"잠깐 기다리게. 이 분지와 연결된 위쪽 언덕까지 올라가면 규정에 따라 합격이긴 하네만… 자네의 말을 액면 그대로 받아들이기가 어려우니 감독관이 도착할 때까지 일단 기다리는 게 좋겠네."

장건은 의외로 선선히 고개를 끄덕였다.

풍조량은 그가 별다른 토를 달지 않자 내심 안도의 한숨을 내쉬며 산 아래쪽으로 시선을 돌렸다.

"한데 성 대행이 좀 늦지 않나? 왜 아직까지 안 올라오는 거지?"

십검단의 천규도 고개를 갸웃거렸다.

"그러게 말입니다. 지금쯤이면 도착하셨거나 최소한 우리 눈에 보이는 지점까지는 오셨어야 하는데……."

그때였다. 서쪽 능선에서 화살 하나가 긴 비명을 울리며 솟구쳐 올랐다. 비상시 쓰이는 대초명적(大哨鳴鏑)이었다.

"저것은……!"

"사고가 일어났나 봅니다!"

연이어 대초명적이 솟구친 지점에서 푸른 불꽃이 솟아올랐다.

장곡태와 석성 등이 그걸 보고 외쳤다.

"저건 단주님의 신호야!"

장건은 눈을 번득였다. 십검단의 단주는 대행을 맡고 있는 성연희를 가리키는 것이기 때문이었다.

"일단 소리나는 곳으로 이동한다! 단, 육검단은 아까의 지시대로 정부단주와 함께 동남으로 가 다른 응시자를 맡는 임무를 이행하라! 사고 지점은 나와 십검단이 맡는다!"

풍조량은 지시를 내리고는 곧장 화살이 나르고 불꽃이 인 방향으로 내려가기 시작했다. 십검단이 그의 뒤를 쫓았다.

육검단까지 물러간 후, 분지에 홀로 남게 된 장건은 천천히 십검단이 달려간 방향으로 움직였다.

챙! 챙! 채챙!

병장기가 충돌하는 파열음이 숲 속 가득히 울리고 있었다. 곳곳에 무사들이 쓰러져 있었고, 숲 한가운데 공터에서는 두 여인이 충돌하고 있었다. 두 여인의 주변에는 비슷한 복색을 한 대여섯 명의 장한이 팔짱을 낀 채 재미있다는 듯 여인들의 싸움을 지켜보고 있었다.

"멈추어라!"

호통과 함께 숲이 흔들리더니 다부진 체구의 검객이 공터로 날아들어 착지했다. 산꼭대기에서 한달음에 달려온 풍조량이었다. 그의 뒤를 이어 십검단의 무사들이 차례로 공터에 도착했다.

"당장 손을 멈추어라! 성검회의 영역에서 감히 이런 작태를 벌이다니!"

풍조량은 치를 떨었다. 공터와 근방 숲 속에 다수의 성검회원들이 쓰러져 있는 모습이 눈에 들어왔기 때문이었다. 그들은 모두 독에 당한 듯 안색이 새까매져 있었다.

"흐흐, 대체 누가 이 산을 성검회의 영역이라 지정했다더냐?"

여섯 명의 장한 중 키가 유난히 큰 사내가 흉소를 흘리며 말했다. 풍조랑은 선뜻 반박할 수가 없었다. 키 큰 사내를 제외한 나머지 다섯 명이 민활하게 움직여 싸우는 두 여인의 주변을 감싸 버렸기 때문이었다.

두 여인 중 한 명은 성검회의 사람이었다. 그것도 매우 중요한 인물, 십검단주 대행인 성연희였던 것이다. 그녀가 포위된 상황에서 이전처럼 괴한들에게 함부로 대들 수가 없었다.

장한들이 주변을 감싸자 한 여인이 무기로 사용하던 강철손톱을 떨구며 한 발 뒤로 물러섰다. 그녀의 얼굴에는 싸늘한 미소가 떠올라 있었다.

성연희는 검을 떨구며 허탈한 표정을 지었다.

"단주! 괜찮습니까?"

십검단의 장곡태가 걱정스러운 목소리로 외쳤다.

성연희는 희미하게 웃으며 고개를 끄덕였지만 그녀의 얼굴은 상당히 창백했다. 모르긴 몰라도 그녀 역시 독에 당한 듯했다.

"네놈들의 정체는 무엇이냐? 본 회의 회원들에게 무슨 수작을 한 거지?"

풍조랑이 분노가 내제된 목소리로 물었다.

키 큰 사내가 키득거리며 말했다.

"꼰대 양반, 지금 화낼 개재가 아니라는 걸 명심하라고. 쓰러진 떨거지들과 이 여자의 안위가 걱정되지도 않나?"

"네놈들… 감히 본 회를 우롱하다니, 무슨 의도로 이런 짓을 하는 거냐?"

풍조량의 말에 이제껏 키득거리던 키 큰 사내의 얼굴에서 웃음이 싹 가서졌다.

"우롱? 누가 누구를 먼저 우롱했는데 그따위 망발을 하는 거냐? 네 놈들이 우리를 업신여기지 않았다면 왜 우리가 나섰겠냐?"

"무슨 소린지 못 알아듣겠다. 네놈들은 대체 누구냐?"

"우린 금룡당이다."

금룡당이란 말에 풍조량 이하 십검단원들의 눈이 커졌다.

"금룡당? 금룡당이 왜 우리한테 이런 짓을 하는 것이냐?"

"몰라서 묻나? 네놈들은 수년 전부터 본 당의 텃밭인 복건성에 멋대로 들어와 무이산에 진을 치고 있으면서도 마군께 허락을 구하지 않았다. 이것이 본 당을 업신여긴 것이 아니면 무엇이냐?"

풍조량은 심각한 표정을 지었다. 다른 것은 몰라도 멸천마군은 허투루 대할 상대가 결코 아니었기 때문이다.

"그건 오해요. 마군께서 어디 계신지 알았다면 우리가 복건성으로 적을 옮기면서 당연히 허락을 구했을 것이오. 그러나 그분께서는 수년 전에 금분세수를 하고 은거를 하시지 않았소? 은거한 장소를 모르는데 어찌 찾아뵙고 허락을 구할 수 있겠소?"

키 큰 사내는 코웃음을 쳤다.

"씨알도 안 먹히는 거짓말이다. 마군이 못 찾았다면 당연히 사부님의 자리를 계승한 나 금룡신군(金龍神君) 구중서에게 허락을 구했어야 하는 것 아니냐?"

풍조량은 눈에 이채를 띠었다. 눈앞의 사내가 생각보다 거물이었던 것이다.

구중서는 멸천마군의 수제자였다. 그러나 멸천마군의 제자들은 모두 마군의 발끝에도 못 미치는 실력을 가지고 있다는 것이 강호의 중론이었다. 금룡신군이라는 휘황찬란한 별호를 가진 구중서 역시 마찬가지로, 본 신의 실력보다는 사파인다운 처세술이 뛰어나 금룡당주의 직위에 올랐다고 알려져 있었다.

풍조량은 잠시 말문이 막혔다. 마군이 은퇴했으니 대를 이은 금룡당주에게 예를 차리라는 구중서의 말에 뭐라 반박할 말이 떠오르지 않기 때문이다.

"지금이라도 예를 차리면 수하들에게 쓴 독을 풀어주지."

"예를 대체 어떻게 차리란 말이오?"

"간단해. 우선 한 명을 넘겨. 넘길 놈은 너희 회원도 아니니 부담이 없을 거야. 응시자 중에 이천휘라는 놈이 필요하다."

"무슨 이유인지 모르지만 불가하오. 아무리 응시자라 해도 시험 기간 동안은 엄연히 본 회의 보호를 받는 준회원이라 할 수 있소. 예를 차리라 하면서 사람을 요구하는 것은 상식에 어긋난 일이오."

"그으래? 그럼 쓰러져 있는 떨거지들과 이 여자가 죽어도 된단 말인가?"

공터 근방의 숲 속에 쓰러져 있는 성검회의 하급무사들은 독에 중독되어 사경을 헤매고 있었고, 금룡당 무리에 둘러싸인 성연희 역시 중독 증상이 심해지는 듯 점차 얼굴이 검어지고 있었다. 이대로 방치했다가는 모두 죽을지도 몰랐다.

풍조량은 할 말을 잊고 침음했다. 그 뒤의 십검단원들은 검을 부들거릴 정도로 꽉 쥔 채 금룡당의 무리를 노려보고 있었지만 어찌할 방도가 없었다.

"자자, 빨리 결정하라고. 그 이천휘란 놈을 넘기고, 기왕 예를 차릴 거면 산꼭대기에 있을 십검대좌를 좀 불러오라고. 모처럼 여기까지 행차를 한 마당에 대좌의 인사 정도는 받고 가야 하지 않겠나?"

"놀고 있군."

비아냥거리는 목소리가 날아와 구중서의 흥을 깨뜨렸다.

"어떤 놈이냐?"

구중서가 소리 난 쪽을 보며 날카롭게 외쳤다.

잠시 후 숲 속에서 한 명이 걸어나왔다. 십검단원들이 그를 알아보고 반색을 하며 외쳤다.

"반 형님!"

"팔검단주님이다!"

나타난 사람은 장건의 전임 시험감독관이었던 반강우였다. 그는 금룡당의 무리에게 포위된 성연희를 보고는 히죽 웃으며 말했다.

"사매, 고생이 많네?"

성연희는 적에게 둘러싸인 가운데에서도 눈을 흘기며 말했다.

"다 사형 때문이에요. 나중에 각오해요!"

"무서워 죽겠군."

반강우는 정말 무서운 듯 몸서리까지 쳤다.

"팔검단주? 네놈이 창룡검 반강우냐?"

구중서가 그를 알아보고 물었다.

반강우는 히죽 웃으며 고개를 끄덕였다.

"알아주니 영광이군. 자네 부하들이 우리 회원들에게 좋은 선물을 했나 보군. 얼굴이 저리 시꺼매져서는 바닥을 뒹굴고 있으니."

"긴 말 하기 싫다. 쓰러진 떨거지들과 이 여자를 살리고 싶으면 너라도 빨리빨리 움직여서 이천휘를 데려와라. 대좌도 데려와 인사를 시키고!"

"그렇게 못하겠다면?"

반강우의 말에 성연회의 안위가 걱정인 십검단원들은 얼굴이 하얗게 질렸고, 구중서의 얼굴은 시뻘게졌다.

"못하겠다면 본 당의 분노가 어떤 것인지 보여주겠다. 본 당과 마군을 능멸하고도 복건성에서 무사할 수 있는 자는 없다는 것을 뼈저리게 실감하게 해주지."

"아, 잠깐."

반강우는 손을 들어 구중서의 말을 제지했다.

"아까부터 마군, 마군 하는데, 풍 단주께서도 말하셨지만 우린 마군의 행방을 몰라 예를 차리지 못한 것뿐이다. 지금이라도 네가 그분이 있는 장소를 알려준다면 즉시 가서 예를 차릴 용의가 있다. 그러니 계신 장소를 말해라."

"은퇴한 양반을 뭐 하러 먼 길 걸어 찾아간단 말이냐? 그분의 자리를 이어받은 금룡신군이 여기 있으니 당장 본좌가 시키는 대로 예를 차리란 말이다!"

구중서가 버럭 소리를 지르자 반강우는 히죽거리며 말했다.

"딴 건 몰라도 과대망상증 하나는 복건성을 호령할 만하구나. 마군에 대한 예는 성심성의껏 할 의사가 있으나, 너에 대한 예를 차리라면 비웃음밖에 해줄 것이 없다. 감히 금룡당 따위가 본 회의 예를 받을 자격이 있다고 생각하는가?"

"뭐, 뭐라고? 이런 육시랄 놈!"

구중서는 얼굴이 분노로 일그러졌다.

"놈들을 쳐라!"

그 말이 떨어지기가 무섭게 반강우와 그의 사이에 있는 땅이 푹푹 꺼지더니 땅속에서 십여 명의 인영이 솟구쳐 올라왔다. 그들의 손에서 황색 연기가 뿜어져 나와 반강우와 십검단원들에게로 덮쳐들었다.

십검단원들이 주춤거리며 물러서는 가운데 반강우가 홀로 검을 빼들고 망설임없이 연기 속으로 뛰어들었다.

구중서가 비웃으며 말했다.

"어리석은 놈! 등잔 속으로 뛰어드는 부나비 같구나. 검 하나로 강호를 평정하겠다는 의지가 얼마나 어리석은 것인지 똑똑히 체험해라."

그러나 그의 웃음기는 곧 흔적도 없이 사라졌다. 반강우의 검기가 종횡무진하며 번득이자 그의 전방에 커다란 막이 형성되었고, 쏟아져 내리던 독연은 그 막에 부딪침과 동시에 흔적도 없이 증발해 버린 것이다.

"거… 검막?"

구중서가 헛바람을 토하며 중얼거렸다. 자신도 검막을 형성할 정도의 수준은 되었지만 지금의 반강우처럼 전방에서 쏟아져 내리는 독연을 완벽히 차단할 정도의 커다란 검막은 흉내 낼 수도 없고, 본 적도 없었다.

독연을 차단한 반강우는 궁신탄영의 수법으로 땅을 박차고 튀어 올라 다시 땅속으로 기어들어 가려는 금룡당의 무리를 덮쳤다.

금룡당의 토룡대원들은 지둔술(地遁術)을 사용하여 적을 상대하는 자들이었는데 땅속에서는 빼어난 위력을 발휘하나 땅 위에서의 무공은 그닥 신통치 않았다. 반강우의 일검이 휘둘러질 때마다 여지없이 한 명씩 피를 흘리며 땅에 몸을 뉘었다.

반강우는 순식간에 토룡대원들을 쓰러뜨리고 구중서를 향해 돌진해 왔다.

"헛!"

구중서는 닥쳐드는 검기를 보고는 헛바람을 토해내며 칼을 빼 들었다.

창!

검과 도가, 검기와 도기가 충돌했다. 구중서는 가슴까지 저며드는 큰 충격을 느끼며 다섯 걸음을 물러났다. 반강우의 내공은 그의 상상 이상이었다.

반강우는 물러서는 구중서에게 여유를 주지 않았다. 그는 먹이를 덮치는 호랑이처럼 구중서에게 덤벼들었다. 구중서는 허둥지둥 닥쳐드는 검을 막아냈으나 반강우의 연이은 공격에 곧 피를 흘리며 쓰러질 듯 보였다.

반강우의 검이 텅 빈 구중서의 가슴으로 파고드는 순간, 비틀대던 구중서의 왼팔에서 시커먼 것이 돌연 튀어나왔다. 그것은 반강우의 검을 잡은 손목에 뱀처럼 휘감아 들어왔고, 반강우는 다급히 손을 빼낼 수밖에 없었다. 그의 손이 빠져나감에 따라 허공을 맴돌던 검은 물체는 끝에 붙은 입을 쩍 벌리더니 독연을 내뿜었고, 반강우는 다시 한 발 후퇴하여 구중서를 사정거리에서 놓치고 말았다.

"철잠사(鐵潛蛇)!"

반강우는 구중서의 무기를 알아보았다. 그것은 왕년에 멸천마군이 애용하던 기병 중의 하나로, 강철로 만들어진 뱀이었다. 시전자의 마음대로 조종이 가능하며 금강석같이 단단하고 독연을 뿜어내기도 하는 병기로 멸천마군의 팔목에 감겨 수많은 호걸들을 먹이로 삼았던 기물이었다.

반강우가 다시 덤벼들려 하는 순간, 날카로운 고함성이 공터를 울렸다.

"손을 멈추지 않으면 이 여자가 다친다!"

반강우는 동작을 멈추어야 했다. 그의 시선이 고함이 울린 지점으로 향했다.

두 개의 칼이 성연희의 목에 엇갈려 대어져 있었고, 소리친 여인의 강철손톱이 그녀의 턱에 닿아 있었다. 상황이 급박하게 전개되자 금룡당 무리가 중독 증세가 심해진 성연희를 제압해 버린 것이다.

반강우는 침중한 눈빛을 발하며 검을 늘어뜨렸다. 단숨에 구중서를 제압하여 성연희를 구하려 했던 의도가 수포로 돌아가고 말았기 때문이다.

반면 구중서는 그제야 여유를 되찾은 표정으로 광소를 터뜨렸다.

"크하하, 그놈 제법이로군! 그러나 재롱도 거기까지다. 당장 이천휘를 데려와라. 그렇지 않으면 정말 후회하게 만들어주겠다."

반강우는 그를 죽일 듯이 노려보았다. 그러나 성연희의 몸에 칼이 대어져 있는 상황에서 더 이상 섣부른 행동은 금물이었다.

천규와 석성이 그에게로 다가왔다.

"형님, 일단 이천휘란 자를 데려옵시다. 우리 단주님을 죽게 할 수야 없지 않습니까?"

이들과 반강우는 다른 단에 속해 있지만 호형호제하고 있는 친밀한 관계였다.

반강우는 침음성을 흘리며 고개를 끄덕였다. 성연희는 단주 대행이기 이전에 모두가 아끼는 사매였다. 그는 결코 협박에 굴하지 않는 사내였지만 그녀를 살리기 위해서라면 어쩔 수 없을 듯했다.

"그는 어디 있나?"

"위에 있을 겁니다. 사람을 불러 데려오겠습니다."

"그렇게 하도록 하라."

천규가 뒤를 돌아보며 장곡태에게 외쳤다.

"곡태야! 네가 발이 빠르니 빨리 가서 이천휘를 데려와라!"

장곡태는 고개를 끄덕이고는 몸을 돌리려 하다가는 갑자기 멈칫했다. 그리고 눈을 크게 뜨는 것이었다.

천규는 그가 미적거리자 화가 나 고함을 질렀다.

"빨리 가서 데려오지 않고 뭐 하고 있어!"

장곡태는 여전히 눈을 크게 뜬 채 머리를 긁적이며 말했다.

"데리러 갈 필요는 없겠는데요."

"무슨 소리야?"

장곡태는 손가락을 들어 천규와 반강우가 서 있는 뒤쪽, 금룡당 무리가 있는 지점을 가리켰다.

"저기 있지 않습니까?"

그의 말에 반강우 등의 시선이 일제히 그쪽으로 쏠렸다. 저놈들이 무슨 수작을 하고 있는 건가 지켜보던 구중서 역시 장곡태가 가리키는 쪽으로 고개를 돌렸다.

강철손톱을 지닌 여인은 사람들이 일제히 자신이 있는 쪽을 쳐다보자 의아해하다가 성연회 쪽으로 고개를 돌렸다. 그녀의 목에는 여전히 두 개의 칼이 엇갈려 대어져 있었다. 아무 이상이 없는데 왜 쳐다보는 걸까 의아해하던 여인은 좀 전과 뭔가 다른 것이 있음을 알아차렸다. 두 개의 칼 중에 하나가 나무로 되어 있었기 때문이다. 게다가 그것은 지금 성검회의 십검단이 지니고 있는 목검과 똑같이 생겼다. 왜 금룡당의 수하가 목검을 들고 있는 걸까?

"도대체……!"

여인은 따져 물으려다 말고 말문이 막혔다. 목검을 들고 있는 자의 얼굴이 바뀌어 있었기 때문이다. 그 얼굴은 그녀가 잘 알고 있는 얼굴이었다.

"이… 이천휘?"

장건은 씩 웃으며 말했다.

"오랜만이구려, 정대랑. 여기서 또 만나게 되다니 우린 보통 인연이 아닌가보오."

"이… 이놈!"

여인, 정대랑은 다급히 자세를 취하며 성연희의 턱에 대고 있던 강철손톱을 턱 밑으로 찔러 넣으려 했다. 그러나 그녀의 손톱은 목에서 올라온 장건의 목검에 의해 저지되었고, 그 틈에 성연희의 몸은 장건에게 이끌려 뒤로 빠져나갔다. 그동안 옆에서 칼을 겨누고 있는 수하는 미동도 하지 않았다. 진작에 혈도가 제압되어 옴짝달싹 못하고 있었던 것이다.

성연희가 구출되자 십검단이 환호성을 질렀고, 반강우는 안도의 한숨을 내쉬었다. 그러나 아직 구중서가 길을 가로막고 있었기 때문에 섣불리 성연희에게 다가설 수는 없었다.

"당신 어느새……!"

장건에게 구출된 성연희는 놀라며 숨을 토해냈다. 그녀는 장건이 뒤에 와 있다는 것을 정대랑보다 늦게 알아차렸다. 중독 증세가 서서히 심해져 정신이 오락가락했기 때문이었다.

"말하지 마시오. 독을 빼내야 하니까."

장건의 장심이 등의 혈도에 닿았고, 성연희는 전신의 기운이 그곳을 통해 빠져나가는 듯한 느낌이 들었다. 그녀는 그것이 치유의 방편이라는 것을 알아채고 안심하고 몸을 맡겼다.

"저놈은 또 뭐야? 언제 나타난 거지?"

구중서가 인상을 찡그리며 장건에게 다가왔다. 정대랑이 발작적으로 그에게 외쳤다.

"사형! 저놈이 바로 이천휘예요! 반드시 죽여 버려야 해요!"

구중서가 나서기 전에 이미 나머지 삼 인의 부하가 장건과 성연희에게로 덤벼들고 있었다.

세 자루의 칼이 장건과 성연희에게로 닥쳐들었다. 장건은 성연희의 등에 댄 손을 떼지 않고 다른 손으로 그녀의 허리를 감싸 안은 후 그들을 피해 뒷걸음으로 이동했다. 그런데 그 속도가 어찌나 빠른지 앞으로 달리는 세 명이 따라잡지를 못했다.

"이놈이?"

장건이 성연희를 데리고 십검단 쪽으로 이동하자 구중서가 나서서 그에게로 달려들었다. 그러나 그는 쫓아온 반강우에게 막혔고, 장건은 그 틈을 타 십검단의 진영까지 빠져나왔다.

인질로 잡혀 있던 성연희의 안전이 확보되자 반강우는 한결 홀가분해진 얼굴로 검을 곧추세웠다.

"자, 이제 인질극도 끝났으니 순순히 항복하는 게 어떤가! 수적으로 봐도 일방적인 열세인데."

성연희를 빼앗겼지만 구중서의 얼굴에서는 여유가 사라지지 않았다.

"클클, 계집이 거기 있으나 여기 있으나 상관없다. 계집과 떨거지들을 해독할 수 있는 것은 너희가 아니고 우리니 말이다."

그 말에 흠칫한 표정을 짓던 반강우는 곧 고개를 저으며 말했다.

"네놈의 목을 따고 남은 놈들에게서 해독제를 받아내면 그만이지."

"클클클, 과연 그게 네 뜻대로 될까?"

구중서는 손가락을 딱 소리나게 퉁겼다. 그러자 공터의 양편 숲 속이 부스럭거리며 수많은 인기척이 들려왔다. 곳곳에서 검은 그림자가 모습을 드러냈고, 이윽고 두 명의 사내가 숲 밖으로 걸어나왔다.

두 사내의 모습은 대조적이었다. 한 명은 키가 껑충하게 크고 목이 길어 구중서보다도 머리 하나는 더 있을 정도의 장신이었다. 그런데다가 호리호리하게 말라서 바람만 불어도 허리가 꺾일 듯이 위태위태해 보였다. 반면 다른 한 명은 땅딸막하고 뚱뚱하여 항아리를 연상시키는 몸매였다. 특이한 것은 가늘고 긴 무기가 어울릴 것 같은 꺽다리는 자기 머리보다도 더 큰 철퇴를 들고 있었고, 무겁고 짧은 무기가 어울릴 것 같은 땅딸보는 버드나무 가지처럼 가는 협봉검을 지니고 있었다.

반강우 및 십검단원들은 외양이 특이한 이들의 정체를 한눈에 알아볼 수 있었다.

"복건쌍마(福建雙魔)로군."

복건쌍마는 구중서와 사형제 지간, 즉 이들 역시 멸천마군의 제자들이었다. 그들 스스로는 복건쌍성이라 이름 붙이고 있었지만 금룡당과 마군의 위세를 업고 온갖 악한 짓을 서슴지 않아 저절로 쌍마라는 별칭이 붙게 된 마두들이었다.

멸천마군은 사파인으로 분류되긴 했으나 무공이 워낙 고절하고 딱히 악행을 저지르지 않아 정파에서도 흠모하는 무인들이 많았다. 그러나 무공에만 관심이 있고 세상 돌아가는 일에는 딱히 관여하지 않던 그에 반해 그의 제자들은 물욕이 강하고 의를 저버리는 짓을 서슴지 않아 제 사부의 이름에 먹칠을 하고 있었다. 복건쌍마는 그중에서도 가장 대표적인 악적들이었다.

풍조량과 십검단의 얼굴에는 긴장감이 흘렀다. 복건쌍마의 악명이 그렇게 자자한 것은 그들의 무공이 그만큼 강하다는 것의 방증이기도 했다. 그들은 사부인 멸천마군의 병기를 하나씩 물려받았는데 꺽다리 냉표의 무기 만근추(萬斤椎)가 한번 휘둘리면 땅이 쪼개지고 땅딸보 온궁이 내지르는 용수검(龍鬚劍)은 하늘을 뚫는다고 했다. 이들은 절륜한 무공을 사용하여 사람을 죽이고 재물을 약탈하는 짓을 망설이지 않아 금룡당에서도 반쯤 내놓은 자식 취급을 한다고 하는데 어인 일인지 오늘은 금룡당의 행사에 참여하고 있는 것이었다.

땅딸보 온광이 음침한 웃음을 흘리며 정대랑에게 말했다.

"흐흐흐. 사, 사매를 괴롭힌 놈이 저기 저, 저놈인가?"

정대랑은 그의 음탕한 시선을 받고는 혐오스러운 눈빛을 발했으나 이내 표정을 바꾸어 화사하게 웃으며 말했다.

"호호호. 맞아요, 온 사형. 저기 저 검은 옷을 입은 놈이에요. 사형이 꼭 혼내주시리라 믿어요."

정대랑의 미소를 받은 온광은 헤벌쭉 웃으며 두 팔을 걷어붙였다.

"그, 그럼! 나, 나만 믿으라고 사매. 감히 사매를 업신여긴 놈이 두, 두 다리로 걸어 다니도록 놔둘 내가 아니지!"

그는 눌변인데다가 흥분하면 말을 더듬는 버릇이 있어서 짧은 말을 하는데도 시간이 한참이나 걸렸다. 그가 정대랑에게 말하고 있는 사이 꺽다리 냉표는 성큼성큼 장건 쪽으로 걸어가 어깨에 메고 있던 만근추를 바닥에 내리찍었다.

쿵!

지축이 흔들리는 소리가 울렸다.

"이리 나온, 꼬마야. 감히 정 사매의 심기를 거스르다니, 죽고 싶어 환장을 한 게로구나."

장건이 뭐라 대꾸하기도 전에 온광이 울상이 되어 달려와 그의 앞을 가로막았다.

"내, 냉표 이놈! 또, 새, 새치기를 할 셈이냐?"

"누가 새치기를 했다는 거냐? 네놈 다리가 짧아 같이 출발해도 뒤처지는 것을 내가 어찌하겠느냐?"

"다, 닥쳐라 이놈! 아, 아무튼 저놈은 내가 맡을 테니 네놈은 보고만 있어!"

"그렇게 못하겠는데. 사매가 진심으로 부탁한 것은 네놈이 아니라 바로 나였다고."

"허, 헛소리!"

장건을 두고 둘이 아웅다웅하고 있을 때 긴 휘파람 소리와 함께 대초명적이 발사되었다. 풍조랑의 지시로 십검단에서 쏘아 올린 것이었다.

풍조랑이 한 발 앞으로 나와 복건쌍마와 구중서에게 외쳤다.

"한심한 작태는 멈추고 이만 해독제를 내놓고 항복하라. 이 무이산에는 본 회의 오백 명의 회원이 대기하고 있다. 지원 신호를 보냈으니 곧 이 근방은 완벽히 포위될 것이다."

상황이 급반전될 수 있다는 발언이었지만 구중서와 복건쌍마는 코웃음을 쳤다.

"우리가 그 정도도 모를 줄 알고 여기까지 왔다고 생각하는 게냐?"

구중서가 휘파람을 불자, 다시 공터를 둘러싼 숲이 부산스러워지기 시작했다. 잠시 후, 숲 가장자리에서 불길이 솟더니 보라색 연기가 모락모락 피어오르기 시작했다. 연기는 숲의 가장자리를 빙 돌아 전면의 능선까지 치달아 공터 주변을 완벽히 둘러싸 버렸다.

"저것은……!"

풍조량은 연기가 지원군의 진로를 틀어막았다는 것을 알아차렸다.

"본 당 비전의 절혼산(絕魂酸)이다. 저걸 들이마시면서 여기까지 살아 들어올 수 있는 자가 과연 한 명이라도 있을까? 후하하하하!"

구중서가 너털웃음을 터뜨렸다.

풍조량은 침음성을 흘렸다. 저들의 자신의 예상을 웃도는 준비를 하고 이곳을 공격해 온 모양이었다. 이 주변을 온통 독연으로 메우는 것으로 보아 눈에 보이지 않는 금룡당의 무리들의 수가 상당한 듯했다.

풍조량이 멈칫하는 사이 반강우가 나섰다.

"저 독을 과연 얼마 동안 피울 수 있을까? 이각? 반 시진? 네놈들이 들고 온 독의 양이 아무리 많아도 한 시진을 넘기지는 못할 듯한데, 독연이 떨어지면 또 뭘로 막아설 셈이지?"

"후후후. 그건 네가 걱정할 일이 아니다. 네가 우려할 것은 이각도 되기 전에 죽어 넘어갈 저 계집과 떨거지들이 아니겠느냐?"

반강우의 표정이 딱딱하게 굳어졌다. 구중서의 말대로 중독된 성연희와 회의 무사들을 한시라도 빨리 해독하지 않으면 안 되는 상황이었다. 독연이 떨어지길 기다렸다가는 그들을 구하기가 어려워질 것이다.

'협박에 굴하여 응시자를 놈들에게 넘길 수는 없다. 그러나 이대로 사매와 동료들을 방치했다가는…….'

반강우는 갈등하며 성연희가 있는 쪽을 힐끔 보았다. 그런데 뜻밖의 광경이 눈에 들어왔다. 방금 전까지도 장건에게 기댄 채 반 실신 상태로 있던 성연희가 눈을 번쩍 뜨고 몸을 일으키는 것이 아닌가.

그녀 주변에 있던 천규와 석성 등이 놀라며 말했다.

"사매! 아… 아니, 대주님 괜찮습니까?"

성연희는 몸을 이리저리 움직인 후 활짝 웃으며 말했다.

"괜찮아요. 다 나은 것 같아요."

이 기사에 가장 놀란 것은 구중서와 정대랑이었다.

"대체 어떻게 된 거지? 정 사매, 독을 제대로 쓴 거야?"

구중서의 물음에 정대랑이 경색된 얼굴로 대꾸했다.

"저 계집은 분명 마혼산(魔魂酸)에 중독되었어요! 아까까지만 해도 중독 증상이 얼굴에 드러났었잖아요!"

구중서도 성연희의 얼굴이 하얘졌다가 다시 검게 변하는 것을 보았었다. 그것은 분명 금룡당의 극독인 마혼산의 증상이었다. 그러나 마혼산에 중독된 자가 자신들이 보유한 해독제를 먹지 않고 저렇게 멀쩡하게 몸을 털고 일어난다는 것은 불가능한 일이었다.

"저기 저놈 짓이요."

말한 것은 꺽다리 냉표였다. 사람들의 시선이 그가 가리킨 방향으로 쏠렸다. 냉표가 가리킨 것은 장건이었다. 그는 성연희의 손에 대고 있던 손바닥을 바람이 부는 방향으로 내밀고는 공력을 집중하고 있었다. 잠시 후 지글거리는 소리와 함께 그의 손바닥에서 연기가 뿌옇게 올라왔다. 매캐하게 타는 냄새가 사람들의 코를 찔렀다.

"내공으로 독기를 빼낸 다음 삼매진화로 태워 버렸군."

냉표의 말에 구중서 등은 경악한 표정을 지었다. 내공으로 독을 빼내는 것은 내공 수위가 지극히 높아야 할 뿐 아니라 그 독의 증상과 작용에 대해 명확한 지식이 있어야 가능한 일이다. 그런데 저 이천휘란 놈이 어떻게 금룡당의 비전인 마혼산을 너무도 가볍게 제거해 버린 것이었다.

반강우는 장건에게 다가가 말했다.

"사매를 구해줘서 고맙소. 난 여간해서는 놀라지 않는 성격인데 당신은 만날 때마다 날 놀라게 하는군."

그는 주변에 쓰러져 있는 성검회 무사들을 가리키며 물었다.

"저들도 해독시켜줄 수 있겠소?"

장건이 대답했다.

"가능한 일이지만 한 명씩 치료하려면 시간이 너무 오래 걸려 그전에 죽는 사람이 있을 거요. 그보다는 저 치들을 제압하여 해독제를 빼앗는 게 효율적일 거외다."

"흠……."

반강우는 고개를 끄덕이며 구중서와 복건쌍마 쪽을 바라보았다.

복건쌍마는 이제까지와는 달리 조금 켕기는 표정을 짓고 있었다. 장건의 무공이 생각했던 것 이상이라는 것을 깨달았기 때문이었다. 사부인 마군을 제외하고는 금룡당에서 가장 무공이 고강한 그들이었지만 독을 내공으로 빼내 삼매진화로 태우는 수준에는 이르지 못했다. 조금 전까지만 해도 서로 장건과 싸우겠다고 난리를 피웠지만 이제는 협공을 해야 하는 것 아닌가 하는 쪽으로 생각이 기울고 있었다. 구중서 역시 복건쌍마에게만 맡겨둘 일이 아니라는 판단이 들어 숲에 잠복하고 있는 수하들에게 신호를 보내고 있었다. 여차하면 일제히 공격하여 장건부터 제압하고 볼 심산이었다.

장건은 적의 기세가 심상치 않다는 것을 알아채고는 성연희에게 손을 내밀었다.

"내 검을 주시오. 귀찮으니 빨리 해결해야겠군."

성연희는 상황이 긴박하다는 것을 깨닫고 등에 차고 있던 장건의 이 검을 풀어 그에게 건넸다.

장건은 검을 받아들고 천천히 검집에서 뽑았다.

스르릉!

창룡음과 함께 이검이 모습을 드러냈다. 햇빛에 반사된 검신이 거울처럼 반짝였다. 중단으로 검을 내밀고 검결지를 하박에 대자 짙푸른 검기가 흘러나와 아지랑이처럼 검신을 돌았다.

"더 이상 왈가왈부할 것 없이 간단히 끝내지. 누가 먼저 덤비겠나?"

복건쌍마는 장건의 검극이 자신들에게로 향하자 숨이 탁 막힘을 느꼈다. 그러나 상대에 기세에 짓눌려 뒷걸음질 칠 그들이 아니었다. 오히려 반발심으로 인해 누가 먼저라고 할 것 없이 무기를 뽑고는 장건에게로 걸음을 떼었다.

장건이 다가오는 그들을 향해 움직이려는 순간, 누군가가 뒤에서 다가와 그의 팔을 잡았다.

"잠깐 기다리시오."

장건은 자신을 잡은 자를 의아한 표정으로 바라보았다. 반강우였다.

반강우는 고개를 저으며 말했다.

"당신은 이 검을 들고 싸워선 안 되오. 응시자는 시험 도중 규정에 입각한 무기만을 써야 하오. 어떤 돌발 상황이 생긴다 해도 말이오."

장건은 미간을 살짝 찌푸렸다.

"그럼 목검을 써서 저들을 상대하란 말이오?"

"목검을 써야 하는 것은 맞지만 당신이 지금 당장 저들을 상대할 필요는 없소. 본 회는 응시자에게 의무만을 강요하는 뻔뻔한 단체는 아니니까. 응시자는 시험 도중에 보호받을 권리가 있소."

반강우는 뒤를 가리키며 말했다.

"일단 물러서서 중독이 심한 동료들을 좀 봐주시오. 저들은 우리가 알아서 할 테니."

장건은 십검단을 넘겨보며 말했다.

"저들만으로 감당할 수 있겠소? 수적으로도 모자라고, 병기 문제도 심각해 보이는데."

그의 말마따나 지금 십검단이 들고 있는 무기에는 문제가 있었다. 이들은 응시자들과 상대하기 위하여 모두 목검만을 지참하고 있었기 때문이다. 진검을 가진 것은 감독관인 반강우와 풍조량, 성연희뿐이었다.

반강우는 엷은 웃음기를 머금으며 말했다.

"보고만 있으시오, 본 회의 진면목이 어떤가를."

그는 십검단에 대고 외쳤다.

"슬슬 시작하지. 천규, 장곡태, 석성, 이도욱!"

그에게 불린 네 명이 앞으로 나왔다.

반강우는 복건쌍마를 가리키며 말했다.

"너희 넷이 저 두 괴물을 맡아라."

석성이 인상을 쓰며 말했다.

"너무 한 거 아닙니까? 목검 네 자루로 저들의 기병을 응대하라뇨. 진검을 가진 두 분 단주님이 맡으시지 그래요."

"내가 항상 그랬지. 네놈은 실력은 좋은데 잔말이 많아서 출세를 못하는 거라고. 풍 단주님과 나는 따로 할 일이 있다. 가급적 빨리 끝내고 다른 사람들을 돕도록."

"알았수다."

석성은 투덜거리며 고개를 끄덕였다. 그를 위시한 네 명이 목검을 들고 다가오자 복건쌍마는 기가 막힌 표정을 지었다.

"이것들은 또 뭐야?"

그들이 뭐라 왈가왈부하기도 전에 반강우가 긴 휘파람 소리를 울렸다. 그 순간 십검단이 일제히 움직여 금룡당에게로 쳐들어왔다.

"공격 개시!"

구중서가 다급히 외쳤다. 의표를 찔린 격이지만 장건을 공격하기 위해 좌우 숲에 매복해 있던 부하들에게 준비를 시켜놓았기 때문에 그다지 당황할 상황은 아니었다.

동편 숲에 매복해 있던 금룡당의 무리가 튀어나왔다. 바람을 등에 업은 독룡대원들이 분사기로 독연을 뿜어냈다. 그 순간 기다리고 있던 반강우와 풍조량이 그들을 향해 돌격했다. 둘은 이미 상대가 독을 쓸 것이라는 것을 예상하고 독을 뿌리기 가장 좋은 위치를 눈여겨보고 있었던 것이다.

번쩍!

둘의 진검에서 뿜어 나온 검기가 독연을 모두 태워 버렸고, 검광이 난무하며 독룡대원들은 차례로 바닥에 몸을 뉘었다. 독공이 무력화되자 암습의 효과가 크게 떨어져 버렸다.

"총공격!"

상황이 꼬이자 구중서는 숲에 매복하고 있던 전 금룡당원들을 호출했다. 십검단 오십 명과 그 세 배쯤 되는 금룡당원들이 공터에서 격돌했다.

처음에 팽팽하게 시작된 전투였지만 서서히 십검단의 우위로 변해 갔다. 금룡당의 핵심 고수라 할 수 있는 복건쌍마와 구중서가 완벽하게 묶여 있는데 반해 반강우와 풍조량, 그리고 독에서 해방된 성연희까지 가세한 성검회의 고수들은 활개를 치면서 적을 섬멸했기 때문이었다.

복건쌍마는 명성에 걸맞지 않게 네 명의 향주에게 둘러싸여 비지땀을 흘리고 있었다.

십검단의 네 향주는 사일검진(四一劍陣)이라는 기기묘묘한 검진을 구사하고 있었다. 이 검진은 네 명이 동서남북으로 배열되어 원을 그리며 끊임없이 방위를 바꾸는데, 언제나 한 명이 선두에 서고 두 명이 좌우를 보좌하며 다른 한 명은 뒤에서 대기하는 식이었다.

그러니까 실지로 복건쌍마와 상대하는 것은 단 한 명뿐인 셈인데, 둘이서 한 명을, 그것도 목검을 가진 적을 상대로 천하에 명성을 울리는 기병을 가지고 싸우는데도 복건쌍마는 전혀 이득을 취하지 못하고 있었다. 중앙의 한 명을 공격하려고 하면 좌우의 두 명이 불안하고, 좌우를 공격하자니 가까운 중앙에서 빠른 공격이 들어온다. 그렇기에 도무지 쉽사리 치고 들어갈 수가 없었다. 육박전이 전개되지 않으니 기병의 이득으로 목검을 부술 수도 없었다. 이쪽은 계속 의도하는 공격이 성공하지 못해 손발이 꼬이는데 반해 상대는 끊임없이 위치를 바꾸며 차륜전을 전개해 오니 지치지 않을 도리가 없었다.

구중서는 두 명의 향주에게 둘러싸여 협공을 당하고 있었다. 그는 본래 무공이 뛰어나 당주직을 얻은 게 아니라서 단 두 명을 상대하면서도 쉽사리 승세를 점하지 못하고 땀을 뻘뻘 흘리고 있었다. 두 향주는 공격보다는 수비로 구중서의 발을 묶는 데만 주력하고 있었다. 그러는 사이 반강우, 풍조량, 성연희 등은 십검단원들을 독려하며 금룡당원들을 일방적으로 주살하고 있었다.

'이대로는 안 된다!'

마음을 굳힌 구중서는 불시에 왼손을 뻗어냈다.

취리릿—!

철잠사가 튀어나와 향주 한 명의 목을 감았다.

"웃!"

향주는 짧은 비명과 함께 목이 돌아가며 쓰러졌다.

"이놈!"

다른 한 명이 이를 악물며 달려들었다. 순간 철잠사가 바닥에서 올라오며 입을 쩍 벌렸고, 검은색 독기가 튀어나와 그의 얼굴로 파고들었다.

그 순간 검기가 번쩍이며 날아와 독기와 충돌했다.

"물러나라!"

호령을 들은 향주는 재빨리 뒷걸음질 쳤고, 그 자리를 검기를 뿜으며 날아든 반강우가 메웠다.

"아까 못 끝낸 승부를 마무리해야지?"

반강우의 말에 구중서는 냉소를 머금었다.

"바라던 바다!"

취리릿!

똬리를 틀던 철잠사가 반강우를 향해 먹이를 덮치는 뱀처럼 파고들었다. 반강우는 검기충천한 검으로 철잠사의 몸통을 후려쳤다.

깡!

철잠사는 멸천마군의 애병답게 검기가 실린 보검에 정통으로 맞고도 갈라지는 것은 고사하고 홈집조차 나지 않았다. 보검에 맞고 잠시 물러났던 철잠사는 반강우의 하복부를 다시 쓸어왔다. 반강우는 그것을 피해 공중으로 몸을 띄웠다. 철잠사는 그의 퇴로를 따라 빙 둘러 돌아들어 와 배후를 노렸다. 반강우는 공중에서 번신을 하며 돌아들어오는 철잠사를 강타했다.

깡!

철잠사가 주춤하며 물러서는 순간, 등 뒤에서 매서운 살기가 파고들어왔다. 구중서가 어느 결에 닥쳐들어 일도를 꽂아 넣고 있었다. 철잠사를 막느라고 몸을 돌리는 순간 배후로 파고들어 온 것이었다.

거의 막기가 불가능해 보였지만 반강우는 임기응변으로 상반신을 최대한 비틀며 왼쪽 겨드랑이 사이로 검을 꽂아 넣었다.

"욱!"

설마 상대가 몸을 돌린 상태에서 반격할 줄은 몰랐던 구중서는 칼을 등에 꽂기도 전에 손목에 일검을 허용하고 말았다. 그가 주춤하는 사이 반강우가 몸을 돌리며 우각을 휘돌렸고, 그것이 구중서의 허리를 강타했다.

"크윽!"

구중서는 피를 뿌리며 뒤로 물러섰다. 반강우가 그를 따르려 했지만 뒷걸음질 치는 구중서가 철잠사를 조종하여 독을 뿌리는 바람에 쫓아오지는 못했다.

구중서는 후퇴하며 주변 상황을 살폈다. 두 향주와 반강우에 붙잡혀 있는 사이 대세는 완전히 기울어 있었다. 백 명이 훨씬 넘는 금룡당원들이 땅바닥에 쓰러진 상태였고, 서서 싸우는 자는 고작 삼십여 명 정도, 그나마도 일방적으로 몰려 언제 전멸할지 모르는 상태였다. 복건 쌍마는 여전히 네 향주에 붙잡힌 채 꼼짝 못하고 있었고, 정대랑마저 성연희와 두 무사에게 둘러싸여 일방적으로 몰리고 있었다.

더는 승산이 없다는 것을 깨달은 구중서는 왼발로 땅을 세 번 굴렀다. 처음 두 번은 가볍게, 마지막 한 번은 공력을 넣어 진각(震脚)을 내리찍었다.

쿵!

진각음이 울리고 난 직후, 돌연 그가 서 있는 부분의 땅이 쩍 갈라지기 시작했다.

"사매!"

구중서는 정대랑을 부르며 왼손을 뻗어냈다.

취리리릿!

철잠사가 다시 뻗어나갔다. 삼 장 가까이 늘어난 철잠사는 정대랑을 공격하는 성연희와 두 무사를 덮쳐 갔다.

"위험해!"

반강우가 경호성을 터뜨렸지만 때마침 성연희는 구중서 쪽에 등을 보이고 있었기 때문에 멀리서 오는 철잠사를 보지 못한 상태였다. 뒤늦게 고함 소리를 듣고 몸을 돌렸지만 철잠사는 어느덧 그녀의 코앞까지 다가들고 있었다. 철잠사의 입이 살아 있는 뱀처럼 쩍 벌어졌고, 날카로운 이빨이 성연희의 목을 향해 파고들었다.

슈캉!

그 순간, 공터 한복판에 은빛 광채가 번쩍였다.

털썩!

믿을 수 없는 광경이 벌어진 것은 그 직후였다. 금강석같이 단단하다던 철잠사가 몸통이 중간에서 끊어진 채 땅바닥으로 떨어진 것이었다.

"이… 이럴 수가!"

구중서가 비명에 가까운 고함을 질렀다.

철잠사가 끊어진 위치에 우뚝 서 있는 것은 장건이었다. 그는 다 부서진 채 손잡이만 남은 목검을 들고 있었다.

"사형! 정신 차려요!"

성연희에게서 도망쳐 온 정대랑이 넋이 나간 구중서를 잡아끌어 갈라진 땅속으로 들어갔다. 잠시 멍해져 있던 반강우가 다급히 그들을 쫓았지만 갈라졌던 땅은 어느덧 메워진 상태였다. 지둔술을 쓰는 토룡대가 미리 굴을 파놓고 있다가 그들을 데리고 도망친 모양이었다.

구중서와 정대랑이 도망친 것을 눈치챈 복건쌍마도 발을 굴러 토룡대를 불러 그 자리를 떠났다. 우두머리들이 모두 도망쳐 버린 마당에 금룡당의 잔존 인원들이 전투를 지속할 힘이 남아 있을 리 없었다. 끝까지 저항하던 삼십 명은 모두 항복해 버렸다.

반강우는 끊어진 철잠사를 주워 들고 있는 장건에게로 다가갔다. 장건은 손에 든 철잠사를 꼼꼼히 살피더니 칭칭 감아 품속에 집어넣었다.

"불법 무기 소지는 탈락 사유가 될 수 있다는 걸 말하지 않았소?"

반강우는 시비를 걸 듯 말했다.

장건은 어깨를 으쓱했다.

"이건 무기가 아니라 전리품이오. 도로 맡기리까?"

반강우는 손을 내저었다.

"그냥 해본 말이오. 그보다도 아까……."

그와 장건의 눈이 마주쳤다. 장건을 잠시 응시하던 반강우는 이내 고개를 저었다.

"아무것도 아니오."

그는 몸을 돌려 부상자를 치료 중인 십검단에게로 향했다.

'검강을 쓴 거요?'

이게 반강우가 물으려던 말이었다. 그러나 그것은 구차한 확인 작업일 뿐이었다. 검강이 아니라면 어찌 그런 선명한 광채가 날 것이며 어떻게 철잠사와 같은 신병을 반 토막 낼 수가 있었겠는가. 검강이 구사되었기에 목검이 그 힘을 버티지 못하고 그렇게 산산조각이 난 것일 터였다.

검강이라니, 반강우 자신도 아직 이르지 못한 단계였다. 아니, 그뿐 아니라 성검회 십대검객 중에 검강의 경지에 이르렀다고 알려져 있는 사람은 한 명도 없었다. 물론 쓸 수 있다고 짐작되는 사람이 한두 명 정도 있긴 하지만 말이다.

반강우는―그보다 어릴 수도 있는―동년배의 빼어난 실력에 질투심 비슷한 감정이 일기도 했지만 다른 한편으로는 묘한 감흥이 일었다. 형의 존재가 없어진 후 한없이 허무하게만 느껴지던 성검회의 현 상황에 이 이천휘란 자가 새로운 바람을 일으킬 수 있지 않을까 하는 기대감이 들기 시작한 것이다.

항복한 금룡당원들은 다행히 해독제를 가지고 있었다. 그 덕택에 독에 중독되어 쓰러졌던 하급무사들 대다수가 해독될 수 있었다.

백 명 이상이 죽어간 금룡당에 비해 성검회의 피해는 미비하다 할 수 있었다. 산 아래쪽을 지키던 하급무사 일곱 명이 기습과 독공에 당해 죽었을 뿐이고, 십검단 같은 경우 부상자가 좀 있었지만 죽은 자는 구중서의 칠점사에 당한 향주 한 명뿐이었다.

장건은 그걸 보고 성검회의 힘에 놀랄 수밖에 없었다. 금룡당은 결코 호락호락한 방파가 아니었다. 그들의 정예무사 백오십을 상대로 목검을 든 오십 명이 맞서 싸워 사망자가 단 한 명뿐이라는 것은 믿기 어려운 결과였다. 또한 복건쌍마라면 흉명이 복건성을 넘어 천하를 울리는 마두들이 아닌가. 그런 괴물들을 상대로 한 검단의 향주 네 명이서 동수를 이룰 정도였으니… 성검회의 잠재된 힘은 그의 예상치를 훨씬 웃도는 것이었다.

장내가 대강 정리된 후, 반강우와 성연희가 장건에게 다가왔다.

"시험 도중 불의한 사고가 발생했던 것, 사과드리오. 연유야 어찌 되었든 적의 침입을 미리 저지하지 못한 것은 다 본 회의 불찰이니까."

반강우가 장건에게 깍듯이 포권했다.

"내가 자초한 바도 있으니 사과하실 것 없소."

"양해해 주니 고맙군요. 그러나 저러나 어쩌죠? 목검이 이렇게 산산조각이 났으니."

성연희가 걱정스러운 듯 말했다. 반강우가 별것 가지고 그런다는 듯 대꾸했다.

"어쩌긴 뭘 어째. 새로 하나 지급해 주면 되지. 그런데 꼭 시험을 더 치러야 하나? 결정적인 도움을 줬는데 그냥 합격한 것으로 하지?"

성연희는 완강하게 고개를 저었다.

"그건 안 돼요! 돌발 상황이 있다 해도 끝까지 시험을 치러야 하는 게 입회 시험의 엄정한 규정이니까요. 이 공자 정도 실력이라면 합격이 그리 어렵지도 않을 테고……."

"아깐 달란다고 해서 진검을 잘도 건네주더니 뭘 또 새삼스럽게 규정 운운하는 거냐?"

"그땐 독에서 깨어난 지 얼마 안 돼서 정신이 없었어요. 이제라도 지킬 건 확실하게 지켜야지요. 그러는 사형이야말로 급박한 순간에는 규정을 그렇게 엄격히 지키려 하더니 왜 이제 와서 딴소리죠?"

반강우는 머쓱한 표정을 지었다. 사실 그가 규정운운하며 장건이 진검을 못 만지도록 한 것은 규칙 엄수의 신념 때문이 아니라 응시자의 도움까지 받아가며 적을 물리치고 싶지 않았기 때문이었다.

"사매는 다 좋은 데 너무 빡빡해서 탈이야. 이럴 때보면 성 사숙의 딸이 아니라 꼭 대좌의 딸 같다니까."

"뭐라고요?"

성연희가 눈을 파랗게 뜨고 흘겨보자 반강우는 겁난다는 듯 웃음을 흘리며 뒷걸음질 쳤다.

"제발 부탁인데 대좌를 그런 식으로 흉보지 좀 말아요. 사형과 맞지 않다는 것은 알지만 본 회가 제대로 된 방향을 잡아가고 있는 게 그분 덕이라는 것은 인정해야 하지 않나요?"

"알았다, 알았어. 그러니 그렇게 흘겨보지만 마라. 이거 무서워서 같이 일 하겠느냐."

성연희는 다시 한 번 그를 째려본 후 무사 한 명에게 목검을 가져오라 해서 장건에게 건넸다.

"이걸 받으세요. 환자들을 대충 추스린 후에 바로 십검단이 진형을 취할 거예요. 그때부터 시험이 재개될 터이니 조금만 기다려 주시길 바라요. 좀 전에 우리 검단의 실력을 충분히 보셨을 테니까 남은 시험이 호락호락하지 않을 거라는 건 각오해야겠죠?"

성연희는 자부심이 이는 듯 상기된 표정으로 말했다.

그런데 장건은 그녀가 내민 목검을 받지 않았다.

"왜 안 받아요, 팔 아프게?"

"받을 필요가 없어서 그렇소."

"그게 무슨 소리예요? 시험을 더 이상 치르지 않겠다는 건가요?"

"맞았소. 난 시험을 치를 필요가 없을 것 같소."

성연희와 반강우는 어리둥절하여 얼굴을 마주보았다.

"왜 갑자기 마음이 돌변한 거요? 설마 시험을 포기하겠다는 거요? 아니면 상황이 이렇게 됐는데도 시험을 다시 치르라 해서 마음이 상한 거요?"

반강우의 물음에 장건은 고개를 저었다.

"그런 게 아니오. 난 이미 시험을 통과한 걸로 알고 있소."

반강우와 성연희는 다시금 어리둥절해질 수밖에 없었다.

"뭔가 오해가 있나 본데요, 시험을 통과하려면 저 위까지 올라가야 한다고 했잖아요."

성연희가 정상 쪽을 가리키며 말했다.

"그 말대로 했소. 저 위쪽에 있는 큰 분지까지 가면 합격 아니오?"

"…그렇죠. 근데 공자가 저 위에 분지가 있는 줄은 어떻게 알고……."

"올라가 봤으니까 알지. 저기 저 양반한테 물어보시오. 저 위에서 나를 만났으니."

장건은 풍조량을 턱으로 가리켰다. 반강우와 성연희는 멍한 얼굴로 풍조량을 바라보았다. 풍조량은 머뭇거리며 말했다.

"…저 사람이 분지까지 올라왔던 것은 맞다. 그런데 연희야, 정말 저자가 네가 출발한 뒤에 객잔에서 나왔느냐?"

"그… 랬죠. 저보다는 확실히 뒤에 나왔어요. 전서구가 반 시진 후에 객잔 방향에서 날아오는 것도 눈으로 확인했는데, 분지에서 못 받았나요?"

"받았다. 그래도 설마 해서 묻는 거야. 저자의 말대로라면 객잔에서 출발한 지 이각 만에 분지 위까지 올라왔다는 말인데, 그것도 단 한 명의 본 회 무사에게도 들키지 않고서. 그게 가능하기나 한 일인가 싶어서 확인하는 것이다."

성연희는 귀신에라도 홀린 듯한 표정으로 장건을 보았고, 반강우는 어이가 없는 듯 헛웃음을 흘렸다.

장건은 그렇게 칠차시험을 통과했다.

제6장
장건, 용의자들과 조우하다

장건, 용의자들과 조우하다

　　　　　분지까지 다시 올라온 장건은 반강우, 풍조
량, 성연희와 함께 분지와 연결되어 있는 언덕으로 올라갔다.

　언덕 위로 올라가니 아래 분지보다 조금 작은 규모의 분지가 또 하
나 나왔다. 분지 뒤로는 숲이었는데 나무 사이로 정상까지 다다르는
오르막길이 보였다.

　분지 중앙에는 돌 의자 열 개가 원형으로 배열되어 있었다. 의자에
앉아 있는 사람은 없었고 그 앞쪽에는 사람들 예닐곱 명이 모여 있었
다. 모여 있는 사람 모두 허리에 검을 차고 있었고, 하나같이 예사롭지
않은 기도를 지니고 있었다.

　반강우들은 모여 있는 사람들에게 다가가 보고를 올렸다.

　"칠차시험을 완료하고 합격한 구 번 응시자를 데려왔습니다."

　모여 있는 사람들 중 백발이 성성한 노검객이 수염을 쓰다듬으며 말

했다.

"고생들 했다. 사고가 있었다고?"

풍조량이 대답했다.

"예, 마군의 제자들이 기습을 해왔습니다. 다행히도 십검단의 활약으로 그들을 패퇴시킬 수 있었습니다."

"호오, 그래? 우리 희아가 맡고 있는 검단이 큰 활약을 했단 말이지?"

노검객은 흐뭇한 듯 껄껄 웃었다.

성연희는 다급히 고개를 숙이며 말했다.

"부끄럽습니다, 사조. 사실 이러한 소동이 일어난 발단은 제 아비와 저 때문입니다. 칭찬은커녕 엄벌을 받아도 할 말이 없습니다."

노검객은 웃음기를 입가에서 지우지 않으며 고개를 저었다.

"전후 사정은 일전에 성 사질을 찾아갔을 때 들어 노부도 대충 알고 있다. 그러나 단순히 여인네의 질투심으로 이러한 큰 싸움이 일어날 수는 없는 법, 본 회가 복건성에서 시험을 열고자 했을 때부터 금룡당이 섣부른 짓을 할 거라 예상했었다. 마군의 제자들은 자신들의 주제 파악은 하지 못하면서도 자존심은 쓸데없이 센 족속들이지. 그 여인이 아니었어도 어떤 꼬투리든 잡아서 우리에게 시비를 걸려 했을 것이다. 그러니 괘념치 말거라."

성연희를 위로한 노검객은 장건에게로 시선을 돌렸다. 노검객의 눈빛은 부드러웠지만 장건은 그 부드러운 눈빛이 자신을 꿰뚫는 듯한 느낌이 들었다.

"자네가 이천휘인가."

"그렇습니다."

"듣자 하니 개봉 고관대작의 자제분이시라고."

"그렇습니다."

노검객은 엷은 웃음기를 머금은 채 고개를 끄덕였다.

"그래, 그랬군. 칠차시험 합격을 축하하네. 노부는 장후성이라 하
네."

장건의 눈이 조금 커졌다. 그는 자세를 갖추고 정중히 포권했다.

"상산노군(常山老君)이시군요. 미처 몰라 뵀었습니다."

상산노군 장후성은 진검성의 전성기 때부터 활약하던 노고수로 한
때 영호진의 오른팔로 불리기도 했고, 천하십대고수의 물망에 오르기
도 했던 강자였다. 그러나 영호진이 죽기 얼마 전 전투에서 큰 부상을
입은 이후로는 활동이 뜸해졌었다. 주화입마를 입어 무공이 전폐되었
다는 소문이 돌기도 했었다. 그러다가 진검성이 무너진 후 성검회의
활동이 뜸해지면서 세상에 모습을 보이지 않아 점차 세인의 관심에서
잊혀져 간 인물이었다.

"어린 친구가 안목이 넓군. 나 같은 퇴물을 기억해 주니 말일세."

장후성은 기분이 좋은 듯 껄껄 웃었다.

그때 중년의 검객 하나가 와서 장후성을 불렀다. 장후성이 자리를
뜨자 장건은 성연희에게 물었다.

"저 사람이 십대검객의 대좌요?"

성연희는 고개를 저었다.

"전대 대좌님이세요. 육 년 전에 지금 대좌님께 자리를 물려주셨죠."

"그럼 현 대좌는 어디 있소?"

성연희는 주변을 둘러보더니 말했다.

"지금 안 계신 듯한데요. 그러고 보니 상삼좌가 모두 안 보이시는

군요."

그때 검객 하나가 손뼉을 쳐서 모인 사람들을 주목시켰다.

"이제 팔차시험에 앞서 간단한 상견례를 가지겠습니다. 모두 착석해 주십시오."

사람들은 시키는 대로 돌 의자에 가서 앉았다. 모인 사람은 아홉 명으로 한 자리가 남았다.

장건은 순간적으로 의아한 생각이 들었다. 상삼좌가 자리에 없다고 했으니 십대검객 중에 일곱 명이 있단 말일 텐데, 상산노군과 자신까지 합치면 딱 아홉 명 아닌가. 상산노군은 대좌 자리를 대물림해 줬다 하니 십대검객에 포함되지는 않을 듯한데. 그렇다면 팔차시험의 합격자는 자신 한 명뿐이란 말인가?

그의 의문은 눈을 들어 앞을 보는 순간 단숨에 풀려 버렸다. 맞은편 돌 의자에 앉아 있는 자를 바라본 바로 그때에.

'저자는……!'

장건은 그가 누구인지 바로 알아보았다. 그때 그자도 장건을 보았다. 불을 뿜는 듯한 안광이 쏘아져 나왔다. 장건은 기가 질린 듯한 표정으로 눈을 내리깔았다. 다분히 의도적인 행동이었다. 상대의 눈에 띄어서 좋을 일이 없었기 때문이다.

맞은편에서 활화산 같은 기세를 내뿜는 사내, 큰 키에 떡 벌어진 어깨, 부리부리한 눈과 각진 얼굴이 인상적인 사내는 장건이 그전부터 대면하고 싶었던 자 중의 한 명이었다. 그리고 사내 또한, 장건을 찾고 있을 것이 분명했다. 어쩌면 사내가 중원에서 가장 찾고 싶어하는 자가 장건 자신일지도 몰랐다.

'합격자는 두 명이로군. 저자와 나. 이거 일이 재미있게 돌아가는 걸?'

그때 사회로 나선 검객이 입을 열었다. 그는 자신을 십대검객 중 구좌를 맡고 있는 환환검(幻環劍) 손명이라고 소개하고 나머지 십검들을 차례로 소개했다. 특이하게도 상산노군은 정식 십대검객이 아니라 성연희와 마찬가지로 대행의 꼬리표를 달고 있었다. 상삼좌는 산 정상에서 차후 시험에 관한 논의를 하고 있는 중이라고 했다.

십대검객의 소개가 끝난 후 손명은 응시자들을 호명했다.

"육차까지의 관문을 통과하고 칠차시험에 도전한 응시자는 총 네 명이었습니다. 그중 두 명이 탈락하고 두 분께서 이 자리까지 오는 데 성공했습니다. 이제 한 분씩 소개해 드리겠습니다. 먼저 칠 번 응시자인 군룡회의 구태진 협사."

장건과 눈이 마주쳤던 사내는 다름 아닌 운중룡 구태진이었다. 구태진은 여유 만만한 얼굴을 한 채 일어나 양손을 맞잡고 슬쩍 허리를 굽혔다.

손명은 간단히 구태진에 대한 인적 사항을 늘어놓고는 장건을 가리켰다.

"그리고 구 번 응시자인 화산의 이천휘 공자."

장건은 몸을 일으켜서는 깍듯이 예를 차렸다.

"두 분 모두 칠차시험에 합격하신 것을 진심으로 축하드립니다. 이제 여러분은 본 회의 십대검객 지위에 도전할 수 있는 팔차시험 응시의 자격을 얻게 되었습니다. 잠시 후 상삼좌께서 내려오시면 대좌께서 친히 그에 대한 설명을 하실 것입니다."

좀 더 기다려야 한다는 말에 구태진은 싫은 기색이 역력한 표정을 지었다.

장건은 그를 보며 생각에 잠겼다. 구태진 정도 되는 인물이 초대장을 받고 여기까지 왔을 리는 없다. 그는 분명 자신과 동일한 혜택을 지닌 초청장을 지니고 왔을 것이다. 성연희의 말에 의하면 장건 외에 초청장을 가진 두 명의 응시자는 이미 그 혜택을 육차시험 재도전에 써 버렸다고 했다. 그러니까 구태진은 인성 평가에 걸려 한 번 탈락했던 '머리 나쁜' 두 명 중의 한 명일 것이 분명했다.

'역시 저자는 내가 짐작하는 음모의 주재자라고는 생각되지 않는다.'

단순히 이번 일뿐 아니라 들려오는 구태진에 대한 평판 자체가 뛰어난 지략가와는 거리가 멀었다. 지장보다는 맹장에 가까운 자였고, 제갈공명보다는 장비와 비슷하다는 것이 세간의 하마평이었다.

물론 천의문에서 군룡회가 보인 수상쩍은 행보를 떠올리면 그에 대한 혐의를 충분히 둘 만했다. 그러나 당시 그의 책사 수겸이 보인 행동으로 미루어 짐작할 때 구태진은 단순히 그의 꼭두각시 노릇을 하고 있는 것 같다는 생각이 더 강하게 들었다.

'지켜보면 알겠지. 지략은 차치하고라도 무공이 과연 내가 찾고 있는 흉수의 기준에 미칠지 궁금하군.'

그때 사람들의 시선이 오르막길로 쏠렸다. 나무로 가려진 길 위에서 누군가가 걸어 내려오고 있었다.

검은 담비 가죽으로 만든 장화가 먼저 보였다. 밤새 비가 내려 길이 진창임에도 불구하고 장화를 신은 발은 잘 닦여진 계단을 걷듯 한 치의 오차도 없이 걸음을 디뎠다. 무릎까지 내려오는 푸른색의 장포가 보이고, 기다란 장검이 허리에서 장화 바로 위까지 드리워져 있었다. 상반신에서 가장 눈에 먼저 띈 것은 기다란 수염이었다. 마치 삼국시대의 미염공 관운장처럼 명치까지 내려오는 검은 수염, 떡 벌어진 어깨가 나타나고, 이윽고 청수한 인상의 중년인의 얼굴이 드러났다. 대춧빛 얼굴과 흑발로 인해 나이가 사십 정도로 보였지만 어쩌면 그보다 훨씬 많을 수도 있다는 생각이 들었다.

사내의 얼굴이 나뭇잎 사이에서 드러나는 순간, 비스듬히 앉아 있던 구태진이 갑자기 몸을 벌떡 일으켰다.

장건은 저자가 왜 저러나 하며 쳐다보았다. 구태진은 나타난 사내를 뚫어져라 쳐다보고 있었는데, 그의 얼굴은 극도의 경악으로 물들어 있었다.

"다, 당신은……!"

길을 내려온 푸른 장포의 사내도 구태진을 보았다. 그는 인상에 걸맞는 푸근한 웃음을 지으며 입을 열었다.

"오랜만이구려, 구 당주. 아니지 참, 이거 실례. 이제 구 회주라 해야겠구려."

구태진은 이제껏 전신에서 풍겨내던 태산 같은 기세는 온데간데없이 사라진 모습이었다. 그는 입가를 가늘게 떨기까지 하며 입을 열었다.

"당신이……. 대체 왜 여기 있는 거지?"

사내는 여전히 웃음기를 입가에 머금은 채로 말을 이었다.

"구 회주도 아실 터인데. 나야 여기 소속이니 여기 있는 것이지요."

"당신이…… 성검회 소속이라고? 무슨 헛소리야!"

그때 진중한 음성이 둘의 대화에 끼어들었다.

"대좌께 예를 갖추시오. 응시자 신분으로 함부로 대할 분이 아니시오."

말한 자는 푸른 장포사내의 뒤를 따라온 초로의 노인이었다. 푸른 장포사내는 혼자 걸어 내려온 것이 아니고 뒤에 두 명을 대동하고 나타난 상태였다. 방금 말한 초로의 노인과 사내와 동년배로 보이는 또한 명의 검객이었다.

'저들이 상삼좌인가 보군.'

장건은 세 명을 보고 그들이 정체를 한눈에 알아볼 수 있었다.

물론 상삼좌가 올라갔다는 오르막에서 내려왔으니 아닌 것이 더 이상했지만 세 명에게서 공통적으로 풍기는 기운, 탈속한 도인에게서나 느껴질 법한 허허로운 기운으로 인해 그들이 수십 년간 검이라는 하나의 길에 매달려 정진해 온 자들이라는 것을 직감할 수 있었던 것이다.

그런데 저 대좌란 자가 대체 누구기에 구태진씩이나 되는 자가 이토록 경기를 일으키는 걸까.

성검회 십대검객 중에는 상산노군과 같이 강호에 알려진 인물도 여럿 있었지만 회를 이끌고 있다고 할 수 있는 대좌에 대해서는 전혀 알려진 바가 없었다. 장건은 구태진이 알아보고 경악하는 그의 정체가 무엇인지 무척 궁금해졌다.

"대좌? 저자가 십검의 대좌란 말이오, 지금?"

장포사내를 가리키며 묻는 구태진에게 노인은 고개를 끄덕였다.

구태진은 딱딱하게 굳어진 얼굴로 장포사내를 한참 동안 응시하다가 입을 열었다.

"당신이 나와 함께 성에서 활동할 당시에도 성검회원들과 같이 행동하는 것을 본 기억이 없다. 오히려 당신이나 나, 관천호 같은 성주 직속 무인들은 고고한 척하는 성검회와 대척하는 위치에 있지 않았었나? 그러던 당신이 이제 와서는 성검회의 상삼좌 중에 한자리를 차지하고 있다니, 대체 무슨 꿍꿍이속인 거지, 송천운?"

장건은 눈을 크게 떴다. 구태진이 부른 장포사내의 이름, 그것은 그에게 너무도 익숙한 이름이었기 때문이다.

일세검협 송천운!

세력에서는 철무림에 뒤지고 재력에서는 군룡회에 뒤지나 소속 무인 개개인의 실력에서는 단연 당대최강이라는 사천의 패자 전검문의 문주. 관천호와 함께 오행신단의 힘을 극성으로 체득한 최강의 무인, 그리고 영호진과 당진량을 살해했을 법한 가장 유력한 용의자 중의 하나!

그런 그가 전혀 예상치 못한 장소에서 예상치 못한 신분으로 장건의 앞에 출현한 것이다.

장포사내, 송천운은 표정의 변화 없이 평온한 어조로 구태진의 말에 대꾸했다.

"구 회주께서 뭔가 착오가 있는 듯한데, 한 가지만 물읍시다. 구 회주, 당신은 나와 진검성에서 함께 활동했으니 내가 유룡검법을 시전하는 것을 본 적이 있을 거요, 그렇지요?"

구태진은 의아한 표정으로 고개를 끄덕였다.

"그렇지."

"풍뢰십삼검을 쓰는 것을 본 적도 있을 것이오."

구태진은 말없이 고개를 끄덕였다.

"사의진검을 쓰는 것을 본 적도 있을 거고."

구태진은 인상을 쓰며 말했다.

"계속 진검성의 검법을 나열할 셈인가? 당신은 성주 다음가는 검도 고수였고, 진검성의 모든 검법을 망라하여 터득한 사람 아닌가? 왜 그걸 재확인하려 하는 거지?"

"당신이 의문을 가지니까 그렇소. 방금 말한 검법들은 모두 성검회의 검법들이오. 성검회의 검법을 익힌 자는 본 소속이 어디든 간에 성검회의 회원이기도 하오. 이 법칙은 초대회주로부터 내려온 불문율이오."

구태진은 잠시 머뭇거리다가 말했다.

"그게 당신에게도 해당되는 말인가? 당신은 오행신단의 효능을 크게 본 후 관천호와 더불어 성주에게 특별 선택된 자가 아닌가? 그래서 예외적으로 성의 모든 검법을 익히게 된 것이잖나? 성주의 직계가 아님에도, 성검회원이 아님에도 초고수를 키워내겠다는 성주의 욕심 덕에 받았던 혜택이 아닌가."

"본 회는 그런 혜택을 이대회주님을 포함하여 그 누구에게도 남용한 적이 없소. 회의 검법을 익히는 순간부터 대좌께서는 이미 본 회의 회원으로 선택받으신 거요."

초로의 노인이 송천운 대신 대답했다.

구태진은 어이가 없는 표정으로 헛웃음을 흘렸다.

"허허헛, 이거 정말 기가 찰 노릇이군. 노인네 말하는 걸 보니 이미 당신에게 껌벅 넘어간 모양인걸? 관천호 못지않은 야심가인 당신이 왜 사천 구석에 처박혀서 십오 년이 넘도록 조용한가 했더니 뒤에서 성검회를 구워삶는 수작을 벌이고 있었군. 늘 당신이 관천호에 뒤처진다고 생각했었는데, 내가 단단히 잘못 본 모양이야. 송천운! 당신이 그보다 한 수 위다! 내가 인정하지!"

구태진은 송천운을 향해 손가락을 치켜 올렸다.

"칭찬 고맙소, 구 회주. 본인을 그렇게 높이 평가해 주니 감사할 따름이오. 자, 이제 우리끼리의 사담은 그만 하고 본론으로 넘어갑시다."

송천운은 구태진에게서 고개를 돌려 좌중을 돌아보았다. 그의 시선이 어느 순간 장건에게 다다랐고, 둘의 눈이 마주쳤다.

송천운의 눈은 평탄했다. 흔들림없는 평정심이 눈빛에서부터 느껴졌다. 장건은 그가 부동심을 갖춘 사람이라는 것을 알아차렸다.

'섣부른 판단일지는 몰라도… 지금껏 만난 사람 중에 최고수인 것 같다. 같은 십대고수인 좌산이나 요불반선도 저자에 비하면 손색이 있다. 구태진 역시 마찬가지이고.'

장건은 서문세가에서의 깨달음과 음양조화의 방에서의 기연으로 실력이 급상승한 후 안목도 크게 상승한 상태였다. 이제는 상대를 한번 접하기만 해도 그에게서 느껴지는 기파를 읽고 실력을 예측할 정도가 되어 있었다. 실제로 이곳에 와서도 이곳에 모인 십대검객 개개인의 실력을 거의 다 파악할 수 있었는데, 지금 마주보고 있는 송천운만은 도무지 실력을 읽을 수가 없었다.

구태진 역시 송천운과 같은 반열이라 할 수 있는 십대고수이고 온몸에서 발산되는 기세가 대단했지만 장건이 느끼기에 힘이 너무 넘쳐 불안정해 보이는 감이 있었다. 그에 반해 송천운은 기가 착 가라앉아 있었고, 그 깊이를 도무지 짐작할 길이 없었다.

'최소한 나와 비슷하든지, 나를 상회하는 고수일 것이다.'

송천운은 의미를 짐작할 수 없는 미소를 그에게 지어 보이고는 이내 좌중을 향해 시선을 돌리며 입을 열었다.

"금번 오회차 성검회 입회 시험은 이전에 열린 네 번의 시험에 비해 응시자의 질과 양이 크게 호전되었다고 할 수 있소. 지난 사회 동안 칠차시험을 통과한 예는 불과 세 명에 불과한데, 이번에 무려 두 분의 응시자가 동시에 칠차시험까지 탈락하지 않고 통과하였소. 두 분의 뛰어

난 검예와 강인한 의기에 찬사를 보내며, 앞으로 본 회의 한 축으로서
큰 몫을 담당하시리라 믿어 의심치 않는 바이오."

십대검객의 의례적인 박수 소리가 뒤따랐다.

송천운의 뒤를 이어 초로의 노인이 한 발 앞으로 나섰다.

그는 장건과 구태진에게 포권지례를 취하며 말했다.

"성검회 십검의 이좌인 도광수라 하오. 두 분의 칠차시험 합격을 축
하드리오."

들어본 적이 있는 이름이었다. 그는 옛 진검성에서 영호진을 보필하
던 고수 중의 한 명이었다.

뒤이어 나머지 한 명의 중년인도 자기소개를 했는데, 번교령이란 이
름은 들어본 적이 없었다. 장건뿐 아니라 구태진도 모르는 듯한 표정
이었다.

번교령이 자신을 삼좌라 칭하는 것을 보고 장건은 반설우를 떠올렸
다. 상삼좌 중 일인이라던 그는 십대검객이 모두 모인 이 자리에 없었
다. 그리고 그의 동생인 반강우는 그의 행방을 묻는 질문에 아무 대답
도 하지 않았다.

'신상에 무슨 문제가 있나 보군.'

나중에라도 성연희에게 그의 안부를 물어보아야겠다고 생각하는 찰
나, 번교령이 장건과 구태진을 호명했다.

"두 분께서는 이제 십검의 직위에 도전할 수 있는 팔차시험에 응시
할 자격을 갖추게 되었소. 그런데 한 가지 문제가 있소. 그것은 현 시
점에서의 팔차시험이 별 의미가 없다는 거요."

구태진이 눈살을 찌푸리며 말했다.

"무슨 뜻이오? 십검이 단체로 도전을 회피하기라도 하겠단 말이오?"

"그런 뜻이 아니니 구 협사께서는 미리 흥분하지 마시오. 연배나 공적에 관계없이 오로지 검법 실력만으로 그 자격이 부여되는 본 회의 십검은 도전자를 회피하거나 하는 일은 없소. 다만 이번에는 좀 특수한 문제가 있는데… 그것이 무엇이냐면 현재 십검의 두 자리가 비어 있다는 것이오."

"두 자리가 비어 있다고? 여기 열 명이 다 있지 않소?"

"상산노군께서는 은퇴하신 지 오래지만 결원이 생기는 바람에 보충을 하시고자 대행을 하고 계신 것이고, 또 저쪽의 성사질 역시 몸이 불편한 부친을 대신하여 대행을 맡고 있소."

그때 송천운이 끼어들었다. 그는 두 사람뿐 아니라 다른 십대검객도 들으라는 듯 말했다.

"사실 합격자가 몇 명이 될지 모르는 상태이고 또 십대검객이 본 회에서 의미하는 위치가 워낙 중차대하기 때문에 쉽게 정할 수 있는 사안은 아니었소. 그러나 상산노군을 비롯한 다른 십검 형제들이 부족한 우리 상삼좌에게 모든 결정을 의탁하면서 어렵사리 결론을 지을 수 있었소. 정확히 두 분이 칠차시험을 통과하셨고, 우리에겐 두 자리가 비어 있으니 두 분께서는 각각 그 두 자리 중 하나를 맡아주시면 고맙겠소."

"그럼 팔차시험은 치르지 않아도 된단 말이오?"

구태진의 말에 송천운은 엷은 미소를 지으며 고개를 끄덕였다.

"그렇소. 십검의 자리에 오른 것을 환영하는 바이오."

장건은 뜻밖이란 생각이 들었다. 설마 이렇게 쉽게 목적한 바를 달성할 수 있을 줄이야. 두 자리가 공석이라고는 해도 외인인 자신과 구태진에게 거리낌없이 그 자리를 내어줄 줄은 정말 예상치 못했다.

구태진 역시 어리둥절한 표정을 짓고 있다가 이내 껄껄 웃었다.

"후후후. 무슨 꿍꿍이속인지는 몰라도 고맙군 그래. 그럼 나도 이제 성검회의 십대검객인가? 날 서열 몇 위로 올려줄 작정이지? 십대검객은 좋지만 송천운 당신 밑으로는 들어가기 싫은 걸?"

그의 방약무인한 태도에 수련을 깊게 쌓은 십대검객들도 분노한 기색을 얼굴에 떠올렸다. 그러나 송천운은 눈썹하나 까딱하지 않고 대꾸했다.

"내 밑으로 들어가기 싫다면 구차시험을 치르면 되오. 두 분께서는 팔차까지 통과했으므로 엄밀히 말해 삼 년마다 열리는 이 입회 시험의 정식 절차를 끝마쳤다고 봐도 좋소. 구, 십차시험은 실상 입회 시험 응시자뿐 아니라 본 회의 모든 회원들까지도 언제든지 응할 수 있는 절차요. 두 분께서는 지금 바로 구차시험에 응해도 좋고, 오랜 시험으로 휴식이 필요하다면 나중에 재도전하셔도 상관이 없소."

"그 구차시험이라는 게 대체 뭐지? 송천운 당신에게 도전하는 건가?"

"그건 노부가 대답해 드리겠소. 구 협사뿐 아니라 여러분 모두 주목하시길 바라오. 응시자 두 분을 제외한 다른 분들은 익히 알겠지만 현재 구차시험 역시 팔차시험과 마찬가지로 시행하는 데에 문제점이 있소."

말한 것은 송천운이 아닌 도광수였다. 그는 카랑카랑한 목소리로 설명을 이었다.

"먼저 응시자 두 분께 구차시험 과정을 설명 드리겠소. 구차시험은 십대검객의 과정을 통과한 응시자의 서열을 정하는 과정이오. 서열을 정하는 것 역시 비무로 결정되는데, 응시자와 상대하며 그의 실력을 가능하는 것은 본 회의 회주가 해야 할 일이오. 그런데 아시다시피 현재 본 회의 회주는 공석이오. 그렇기 때문에 임시방편으로 현재 본 회의 가장 고수이신 대좌께서 응시자와 비무를 하기로 결정을 했소.”

“그러니까, 송천운 당신과 싸워야 한단 말인가?”

구태진의 말에 송천운은 고개를 끄덕였다.

“그렇소. 만일 구 회주가 나를 꺾는다면 당연히 구 회주는 본 회의 서열 일위, 대좌의 직위에 오를 수 있을 것이오.”

“크하하하! 그거 듣던 중 반가운 소리로군!”

한바탕 앙천광소를 터뜨린 구태진은 웃음을 멈추고는 다시 물었다.

“그런데 궁금한 게 또 있다. 듣자 하니 십차시험을 통과하면 성검회의 회주가 될 수 있다고 하던데, 구차에서 회의 최고수인 당신을 상대하고 나면 십차에서는 대체 누굴 상대해야 하는 거지? 십차 역시 누군가와 비무를 해야 할 게 아닌가? 유성도천하를 쓸 줄 아는 사람과 말이야.”

마치 구차시험은 벌써 통과한 듯한 구태진의 태도에 송천운을 제외한 십대검객들은 일제히 분노한 표정을 지었고, 장건은 신기해하는 표정으로 구태진을 바라보았다. 구태진이 강하다는 것은 익히 알고 있었지만 지나치게 자신만만했다. 대체 뭘 믿고 저토록 방자한 태도를 취하는 것일까? 구태진 역시 진검성 소속이었기 때문에 당시 영호진의 오른팔이라 칭해졌던 송천운의 실력을 충분히 파악하고 있을 것이다. 그 당시나 지금이나 당대의 실력자로 꼽히는 송천운인데 그를 상대하면서 저렇게 자신감을 넘어선 오만함을 표출한다는 것은 뭔가 믿고 있는 것이 있는 듯했다.

다른 십대검객들과는 달리 송천운은 아무렇지도 않은 듯 무덤덤한 얼굴로 구태진의 물음에 답했다.

"구 회주 말대로 십차시험은 전임회주께서 남기신 궁극의 초식, 유성도천하를 상대하여 그것을 파훼하는 시험이오. 부끄럽게도 전임회주께서 돌아가신 후 아직껏 본 회에서 유성도천하를 완벽하게 시전할 수 있는 고수가 나오지 않고 있소. 그래서 십차시험을 치르게 되는 경우에는 부득이하게 편법을 쓰고 있소. 그것은 본인을 비롯한 십대검객의 상삼좌가 동시에 손을 써서 셋이서 유성도천하 한 초식을 시전하는 것이오."

"당신들 셋이 힘을 합쳐 유성도천하를 완성한단 말인가?"

"그렇소. 그것도 다년간의 연구와 수련 끝에 얻어낸 성취요. 물론 세 자루의 검으로 단 한 자루의 검을 쓰는 것과 동일한 효과를 내야 하기 때문에 두 자루 이상이 동시에 내뻗는다던가 하는 일은 없소. 오직 한 자루의 검이 초식을 주도하고 다른 두 개의 검은 모자란 공력과 기세를 보충해 주는 것뿐이오. 십차시험의 도전자는 그것을 물리쳐야 하오."

구태진은 어이가 없다는 듯 키득거렸다.

"그러니까 구차에서는 당신과 일 대 일로, 십차에서는 보조자 두 명까지 곁들여 상대해야 한다는 말인가? 그렇게 안 봤는데 몹시 교활한 데가 있군, 송천운."

"말을 삼가시오! 이 이상 대좌께 불손한 언행을 한다면 합격을 무효화할 수도 있소!"

번교령이 분개하여 외쳤다.

"불손한 언행이라, 아직 내 직위가 정해지지도 않았는데 벌써부터 알아서 길 이유가 없지 않나. 예를 차리는 것은 서열이 정해진 이후라도 늦지 않을걸?"

구태진은 여유만만하게 대꾸했다.

번교령이 다시 뭐라 할 찰나 송천운이 손을 들어 그의 말을 막았다.

"구 회주 말이 맞소. 아직 서열이 정해지지 않았는데 구태여 예를 차릴 필요는 없지요. 그럼 이제 서열을 정하는 구차시험을 실행하는 것이 어떻겠소?"

당장이라도 시험에 응할 듯하던 구태진은 의외로 한 발 뒤로 물러섰다. 그러더니 장건에게 고개를 돌려 말했다.

"애송이! 네가 먼저 나가라. 난 두 번째로 붙도록 하지."

장건은 갑자기 발을 빼는 구태진을 보며 씁쓸한 웃음을 지었다. 입으로는 자신만만해하면서도 송천운을 경계하긴 하는 모양이다. 아마도 장건을 먼저 상대하게 하여 그의 실력이 어느 정도인지 간파하려는 의도로 보였다.

구태진의 태도 변화에 어리둥절한 표정을 짓던 십대검객들도 이내 그의 속내를 알아차린 듯 서로 눈길을 마주하며 화난 표정을 지었다.

송천운은 고소를 지으며 장건에게 물었다.

"이 소협이 먼저 나서시겠소?"

장건은 고개를 저었다.

"전 괜찮습니다. 실력이 모자란데 운이 좋아 여기까지 온 것 같으니 서열에 욕심이 나지 않는군요. 두 자리가 비었다면 말석인 십좌 자리를 주십시오."

모두의 예상을 빗나가게 하는 대답이었다. 구태진은 이내 똥 씹은 표정이 되었다. 설마 애송이가 구차시험 자체를 거부할 줄은 전혀 예측하지 못했던 것이다.

송천운는 담담한 미소를 지으며 고개를 끄덕였다.

"알겠소. 그럼 구 회주의 시험 결과와 관계없이 이천휘 소협은 본회의 십대검객 중 십좌에 오르게 되었소. 회주 대행인 십검대좌의 이름으로 윤허하는 바이오."

송천운의 선언이 있은 후, 장건 주변에 있던 십대검객이 다가와 그에게 십대검객의 한자리를 얻게 된 것을 축하하는 인사를 건넸다. 성연희는 환하게 웃으며 동료가 된 것을 환영했고, 반강우도 피식 웃으며 그의 어깨를 두드렸다.

"결국 동지가 되었구려. 실상 형장을 처음 보았을 때부터 이렇게 될줄 알았소."

장건은 엷은 웃음을 띤 채 그들의 축하에 응대했다.

구태진은 어이가 없다는 듯 툴툴거렸다.

"간이 작은 놈이로고. 저런 놈이 어떻게 팔차까지 통과했는지 도무지 알 수가 없군."

송천운이 그에게 말했다.

"이제 남은 응시자는 구 회주뿐이구려."

"그런가 보군."

구태진은 똥 씹은 표정으로 대꾸했다.

"구 회주는 아까 말하는 것으로 보아 십차시험까지 도전할 기세던데, 구차시험에서 포기할 리는 없을 테지요."

"물론."

송천운은 분지의 평평한 지대로 이동했다. 그리고 이리 오라는 듯 구태진을 쳐다보았다.

구태진은 불편한 기색을 풀지 않으며 그에게로 다가갔다.

구태진과 마주한 송천운은 감회가 새로운 듯 말했다.

"구 회주와 손을 섞어보는 것도 참으로 오랜만이구려. 아마 이십 년은 족히 되었을 듯한데?"

구태진은 더욱 인상을 일그러뜨렸다. 예전 진검성에 소속되어 있을 때 그는 성내에서 열리는 비무대회에 참가한 적이 있었다. 당시 준결승에서 송천운과 만났던 그는 손 한 번 제대로 써보지 못하고 일방적으로 패배한 기억이 있었다.

"예전과는 다른 결과가 나왔으면 좋겠소."

송천운은 그렇게 말하며 천천히 검을 뽑았다. 그리고 느리다고 느껴질 정도로 천천히 검을 움직여 검병을 오른쪽 가슴께에 붙였다. 왼손의 검결지는 비스듬히 정면을 겨눈 검극을 가리키고 있었다. 양팔과 검이 긴 삼각형을 이루고 삼각형의 꼭지점은 정확히 구태진의 미간을 향하고 있었다. 영호진에게 직접 전수받은 그의 성명절기 중 하나인 낙성추검(落星追劍)이었다.

구태진은 가슴이 답답해짐을 느꼈다. 그가 이십 년 전에 된통 당했던 수법이 저 낙성추검이 아닌가. 그는 비무 시작서부터 끝날 때까지 저 겨누어진 삼각형의 꼭지점에서 단 한 순간도 벗어날 수가 없었다. 강산이 두 번 바뀔 시간이 지났지만 다시 대적하고 보니 그때의 참담한 패배가 다시 떠올랐다.

'여기서 저자와 일 대 일 대결을 하고 다시 삼 대 일 대결을 하는 것은 시간과 정력 낭비이다. 어차피 준비해 온 필승의 수법은 한 번밖에 쓸 수 없는데 쓸데없이 두 번 싸울 이유가 없지.'

생각을 굳힌 구태진은 발검 자세를 풀고 몸을 똑바로 세웠다.

구태진이 갑자기 싸울 의사가 없는 듯한 몸가짐을 하자 송천운 역시 자세를 풀고 의아한 눈으로 그를 바라보았다.

구태진은 어깨를 으쓱하며 말했다.

"생각해 보니 부질없는 짓 같아서 말이지. 구차와 십차시험을 치르는 동안 결국 당신과 나는 두 번 연달아 싸우게 된다는 얘긴데, 그럴 필요 뭐 있나? 차라리 몰아서 단판에 끝내는 것이 났지."

"몰아서 하자는 말은……."

"아예 십차시험을 치르자는 얘기야. 난 유성도천하를 파훼할 자신이 있다. 그러니 삼 대 일로 싸워보자고. 거기서 이기면 회주가 될 것이니 서열을 논하고 자시고 할 것도 없지 않나? 구차시험을 치르지 않으면 십차시험을 치를 자격이 없는 것은 아닐 테지?"

십대검객들이 크게 웅성이는 가운데 송천운은 물끄러미 구태진을 바라보다 입을 열었다.

"십차시험은 구차까지의 시험과는 달리 특별한 자격을 요하지 않소. 본 회는 항시 유성도천하를 깨고 본 회를 발전시킬 기재를 구하고 있기 때문에 응시자뿐 아니라 강호의 그 누구라도 언제든 유성도천하에 도전할 수 있는 기회를 열어놓고 있소."

"그럼 됐군. 구차는 필요없으니 생략하고 바로 십차로 넘어가도록 하지."

구태진의 자신만만한 태도에 십대검객들은 너나 할 것 없이 의혹의 눈초리를 보냈다. 장건 역시 그가 십오 년간 천하 그 누구도 깨뜨리지 못한 불멸의 초식을 깨뜨릴 수 있다고 자신하는 것에 놀라고 있었다.

'저자가 저토록 자신하는 근거가 무엇일까. 혹시 정말 저자가 영호진과 당진량을 살해한 음모의 주재자인 걸까?'

여기까지 생각한 장건은 이내 고개를 흔들었다. 지금 그가 느끼고 있는 구태진의 기파는 지극히 강했지만 범접할 수 없을 정도로 강하다고 느껴지지는 않았다. 영호진의 유성도천하가 듣던 바대로 절고한 위력을 간직한 초식이라면 구태진 정도가 그렇게 쉽사리 깨뜨리기는 어려울 듯싶었다.

'결과를 보면 알겠지.'

송천운은 십대검객을 한데 모아 잠시 숙의한 후 구태진을 불러 말했다.

"구 회주의 제안을 받아들이겠소. 부디 구 회주의 용맹함이 자기 과신이 아니길 바라겠소."

"크하하하, 벌써부터 겁이 나나, 송천운? 내가 회주가 되는 것이 두려워 딴 수작을 부릴 생각은 하지 말라고."

그 말에 번교령이 노한 표정으로 말했다.

"그런 모욕적인 말은 삼가시오! 본 회는 누구든 유성도천하를 파훼해 주길 간절히 원하고 있소. 그래야만 검의 완성을 추구하는 본 회가 한 발 앞으로 나아갈 수 있기 때문이오."

"알았어, 알았어. 잔말 말고 준비들 하지 그래. 이제 슬슬 지루해지려고 하는군."

장내는 십차시험을 치를 준비에 들어갔다. 유성도천하란 초식이 지극히 위험한 때문인지 모여 있던 십대검객들은 분지의 끝까지 후퇴해서 아주 멀찍이서 비무를 지켜보아야 했다. 그런 가운데 분지 중앙에서는 구태진과 성검회의 상삼좌가 대치했다.

상황이 어찌 돌아가는지 주시하고 있던 장건은 비무 시작 직전에 뜻밖의 광경을 보게 되었다. 그는 좌중의 맨 좌측에 서 있었는데, 서 있는 위치 덕분에 분지 중앙으로 걸어간 다음 몸을 돌리는 구태진의 모습을 가장 끝까지 지켜볼 수 있었다. 구태진은 주변을 살피는 시늉을 하며 몸을 한 바퀴 돌렸는데, 몸이 상삼좌가 있는 반대편으로 향했을 때 그의 목젖이 크게 꿈틀거리는 것이 장건의 예리한 눈에 잡혔다.

장건은 의아한 생각이 들었다. 분명히 뭔가를 삼킨 것 같은 데, 그토록 자신만만해하던 자가 긴장감으로 인해 군침을 삼킬 것 같지는 않았다.

'그 외에 뭘 삼킨단 말인가?'

독공의 고수와 상대하는 것이라면 피독제라도 먹는 것이라 유추할 수 있겠지만 성검회의 상삼좌가 독을 쓸 리 없을 것이니 그렇지도 않을 것이었다.

'혹시……'

장건은 불현듯 스쳐 가는 생각이 있었다. 그는 눈을 들어 구태진을 바라보았다. 구태진은 호흡을 고르는 듯 미동도 하지 않고 있었다. 상삼좌는 유성도천하를 준비하는 듯 진형을 갖추고 있었다. 송천운이 한 발 앞으로 나와 있고, 도광수와 번교령은 그를 보좌하듯 한 발 물러서서 품자 대형을 유지하고 있었다. 그들은 구태진이 준비할 때까지 기다리고 있는 듯 보였다.

잠깐의 시간이 흐른 후 마침내 구태진이 허리에 차고 있던 검을 뽑았다. 그 순간 송천운이 움직였고, 그의 검이 흔들렸다.

번쩍!

서릿발 같은 은빛의 검기가 하늘 높이 치솟았다. 검강에 가까운 짙은 광채가 장내를 휩쓸었다.

위이이이잉!

치솟은 검기가 구태진을 향해 일직선으로 날았다.

"으하하하하!"

갑자기 구태진이 앙천광소를 터뜨렸다. 공력이 실린 그의 웃음은 분지를 뒤흔들 정도로 크게 울리며 좌중의 귀를 멍멍하게 했다.

웃음이 채 사라지기도 전에 구태진이 움직였다. 그는 다가오는 검기를 피하지 않고 그 안으로 뛰어들었다. 그의 검에서 붉은 광채가 꿈틀거리며 솟아올랐다.

"광염검법?"

십대검객 중 하나가 탄성을 질렀다. 장건도 광염검법에 대해서 익히 들은 기억이 있었다. 이 검법은 진검성의 부성주였던 무광 반우재가 진검성의 세 가지 검법을 조합하여 새로이 창안한 검법으로, 일정 수준에 다다르면 다채로운 광채가 검신에서 흐른다는 검법이었다. 지금 보는 것과 같은 피처럼 붉은 광채는 광염검의 수준이 극성에 다다랐다는 것을 반증하는 것이었다.

붉은 광채는 분지를 가득 메운 은광을 산산이 쪼갤 듯한 기세로 파고들었다. 검기와 검기가 맞닿는 순간, 송천운의 검에서 뻗어 나온 은광이 조각조각으로 갈라져 버렸다. 구태진의 붉은 검기의 힘에 못 이겨 으스러지는 듯이 보였다.

그러나 조각조각나던 송천운의 은빛 검기는 뒤따라온 도광수와 번교령의 검기와 뒤섞이더니 무수한 검영을 만들며 구태진에게로 다시 쏟아져 내리기 시작했다. 마치 온 하늘을 덮은 유성우처럼. 상대의 강한 반발에 깨어난 유성도천하의 진정한 위력이 마침내 모습을 드러낸 것이다.

자신만만하던 구태진의 얼굴이 경색되었다. 천지 사방을 뒤덮으며 내려오는 유성우를 도무지 어디서부터 막아야 할지 손을 쓸 방도가 없었기 때문이다.

"타앗!"

다시 한 번 붉은 광채가 번쩍였다. 선홍색의 검기가 공중으로 치솟아 하강 중인 유성우에게로 파고들었다.

쿠궁! 쿠궁! 쿠쿠쿠쿠쿵!

승천하는 용처럼 꿈틀거리며 올라가는 선홍색 검기는 충돌하는 유성들을 산산이 부서뜨렸다. 그러나 끊임없이 내려오는 유성과 한 번한 번 충돌할 때마다 적룡(赤龍)의 승천하는 힘은 점점 약화되었고, 이내 힘을 잃고 바닥으로 추락하기 시작했다.

'뭔가… 잘못됐다!'

구태진은 가슴이 섬뜩해지는 것을 느꼈다. 군룡회 본타의 지하 뇌옥에 삼 년 전부터 수감되어 있는 무광자, 즉 진검성의 부성주 무광 반우재가 그에게 설명해 온 유성도천하와 지금 상대하고 있는 유성도천하는 전혀 다른 초식이었다. 이렇게 손쓸 도리가 없이 위험에 몰리는 상황은 반우재의 설명대로라면 있을 수가 없는 일이었다.

반우재가 가르쳐 준 대로 그의 광염검법과 천의문의 천명검법을 조화시킨 혈광검법을 완벽하게 시전했다. 반우재의 설명대로라면 혈광검의 강력한 힘이 유성도천하의 초식 흐름을 분절시켜 초식이 가닥가닥으로 끊어질 것이고, 그 빈틈을 틈타 상대를 쓰러뜨릴 수 있을 것이라 했다. 혈광검의 파괴력을 극대화시키기 위해 전투 직전에 폭룡단까지 복용한 상태였다. 지금의 힘이라면 송천운 아니라 영호진이라도 상대할 수 있다고 생각했다. 그런데 그가 내뻗은 검기는 온 하늘을 뒤덮은 유성우에 떠밀려 더 이상 힘을 쓰지 못한 채 소멸되고 있었다.

"끄아아아압!"

구태진은 괴성과 함께 온몸의 기운을 뽑아 올렸다. 폭룡단으로 증폭되어 공포스러울 정도로 강해진 그의 내기가 피처럼 붉은 검기로 발현되어 그의 애검에서 뽑혀져 나왔다. 검기는 다시 한 번 적룡이 되어 빗줄기처럼 내리붓는 유성우를 향해 포효하듯 입을 벌렸다.

쾅!

분지가 조각날 듯한 커다란 충돌음이 울리고, 온 산이 흔들렸다.

비무를 지켜보던 십대검객과 장건은 마지막 충돌 직후 비무 장소가 검영과 먼지로 휩싸이는 바람에 상황이 어찌 돌아가는지 전혀 알 수가 없었다.

더 이상의 충돌음은 없었다. 서서히 먼지가 가라앉았다. 그리고 장내의 모습이 또렷이 드러났다.

서 있는 것은 단 한 사람뿐이었다. 다른 세 사람의 모습은 먼지가 완전히 가시고 나서야 드러났다. 한 사람은 누워 있었고, 두 사람은 주저앉아 있었다.

유일하게 서 있던 송천운은 뚜벅뚜벅 앞으로 걸어가서 한 지점에서 걸음을 멈추었다. 그리고 바닥을 내려다보았다. 그곳에는 구태진이 큰대자로 누워 있었다. 그는 벌레처럼 꿈틀거리고 있었고, 마치 난도질이라도 당한 듯 갈가리 찢어진 옷 사이로 선혈이 질질 흘러내리고 있었다.

송천운은 미묘한 눈빛으로 구태진을 보다가 고개를 돌렸다. 충격으로 주저앉아 있던 도광수와 번교령이 몸을 일으키고 있었다.

"괜찮소?"

둘은 고개를 끄덕였다.

"견딜만 합니다."

송천운은 멀리 있는 십대검객들에게 손짓을 했다.

"비무는 끝났소. 부상자를 옮깁시다."

십대검객들은 구태진이 패한 것이 반가운 듯 환한 표정으로 그들에게 다가갔다.

장건은 그들 뒤를 조용히 따르며 속으로 혀를 내둘렀다.

만일 구태진이 복용한 것이 폭룡단이라면? 충분히 가능한 가정이었다. 전투 직전에 먹을 만한 약이 그것 말고 또 뭐가 있을까. 게다가 비무 중 보여준 구태진의 신위는 분명 장건이 파악하고 있던 그의 실력보다 훨씬 상위에 있었다. 그토록 강력하게 느껴지는 검기는 아직껏 본 기억이 없었다. 그럼에도 불구하고 유성도천하는 그 힘을 깨고 그를 땅바닥에 뉘어버렸다.

'폭룡단을 복용한 구태진을 이길 자가 당금 강호에 존재할까?'

장건은 문득 가슴 한구석이 서늘해짐을 느꼈다. 혼돈지서의 설명에 의하면 폭룡단은 고수일수록 그 효능이 감소한다. 하급무사가 복용할 시 지난바 능력의 대여섯 곱절의 힘도 발휘할 수도 있지만 절정고수가 복용할 경우 그보다 훨씬 효능이 떨어져 발휘할 수 있는 힘은 두 배가 채 되지 않는다고 했다. 그러나 그 정도라 하더라도 구태진 정도의 고수라면 절대적인 힘을 얻었다고 봐야 한다. 그런 그를 무참히 짓밟은 유성도천이란 초식이, 그걸 만들고 자유자재로 구사한 영호진이 얼마나 대단한지를 절실히 실감할 수 있었다.

'그런 영호진과 당진량을 죽인 홍수는 대체 얼마나 대단하다는 것인가.'

장건은 머리가 복잡해짐을 느꼈다. 처참히 깨진 구태진은 이제 홍수일 가능성이 없어졌다. 그렇다면 유력한 용의자는 더욱 좁혀진다.

장건은 눈을 들어 송천운을 보았다. 그 역시 강력한 용의자다. 그러나 성검회의 대좌 직을 맡고 있다는 것이 못내 마음에 걸린다. 그가 영호진의 모든 것을 가지려 한 흉수라면 대좌 자리에 만족할 리가 없지 않은가. 지난 십오 년의 기간 동안 충분히 회주 직까지 차지할 수 있었을 텐데 그러지 않았던 것을 보면 그에 대한 판단 역시 섣불리 할 필요는 없겠다는 생각이 들었다.

'우선은…….'

장건은 한 가지 선행되어야 할 일을 떠올렸다. 그의 시선은 구태진에게 머물렀다.

구태진은 조금씩 의식이 돌아오는 듯했다. 그는 기침과 함께 선혈을 토해내며 중얼거렸다.

"쿨럭…… 네 이놈 송천운……! 쿨럭! 용서할 수… 용서할 수 없다……! 쿨럭쿨럭!"

계속 기침을 하며 욕설을 내뱉던 그는 우웩! 하고 검은 피를 한 움큼 내뱉은 후 다시 까무러쳤다.

상산노군 장후성이 기절한 그를 진맥하더니 고개를 절레절레 저었다.

"여기 더 이상 방치하면 안 되겠소, 대좌. 속히 하산시켜 의원으로 데려가야 목숨이라도 살리겠소."

"알겠습니다, 노군."

송천운은 고개를 끄덕인 후 성연희와 반강우에게 밑에서 대기 중인 회원들을 불러 구태진을 데려갈 것을 명했다.

잠시 후 들것을 든 회원들이 분지로 올라와 구태진을 태우고 산을 내려갔다.

장내가 정리된 후, 송천운이 정리 발언을 했다.

"이것으로 금번 오회차 입회 시험의 막을 내리겠습니다. 유감스럽게도 이번 회차 역시 유성도천하를 파훼할 능력자는 나타나지 않았고, 회주 선임 역시 실패했습니다. 그러나 기쁘게도 공석 중이던 십대검객의 두 자리가 채워지게 되었습니다. 최종 합격자인 구태진 협사와 이천휘 소협, 두 분은 본 회의 십검 중 사좌와 십좌로 간택되었습니다. 이때껏 사좌와 십좌 대행을 맡고 있던 장후성 대협과 성연희 대행에게서 인수인계를 받고 긍지 높은 성검회의 대표로서 부끄럽지 않은 성취를 이루어나가길 바랍니다."

구태진이 사좌란 말에 십대검객의 다수가 눈살을 찌푸렸다. 풍조량이 손을 들고 반대 의견을 표했다.

"그 오만방자한 자를 사좌에 놓을 이유가 있는지요? 큰 부상을 당했으니 재기하지 못할 수도 있을 텐데요."

송천운은 무덤덤한 얼굴로 대꾸했다.

"본 회의 직위는 성품이나 인간성과는 아무런 관련이 없소. 구 회주는 십차시험을 치르면서 실력을 가늠해본 결과 능히 상삼좌에 속할 수 있는 능력을 가지고 있었소. 그럼에도 사좌에 넣는 이유는 발휘하는 공력에 비해 검의 수법이 지나치게 급조한 바가 있는 듯하여 검법 실력을 명확히 파악하기가 어렵기 때문이오. 그렇지 않다면 능히 이좌인 도 대협을 웃도는 실력이고, 대좌인 나도 우위를 장담하기 어려우니, 사좌에 넣는 것에 대해서는 너무 섭섭하게 여기지 말기 바라오, 풍육좌."

풍조량은 얼굴을 붉히며 섭섭하기에 항의한 것은 아니라고 항변했다.

장건은 송천운의 일 처리가 칼같이 날카롭다고 느꼈다. 도중서가 바로 옆에 있는데도 구태진의 실력이 더 낫다고 직접적으로 얘기하기는 쉽지 않다. 풍조량의 말마따나 성검회에, 특히 그 자신에게 오만방자한 태도를 보인 자를 실력으로 평가하여 사좌라는 높은 자리에 앉히는 처리는 공과 사를 정확히 구분한다는 인상을 주었다. 게다가 검법이 급조된 것을 단숨에 간파하는 안목 또한 예리하기 짝이 없었다.

'야심가라기보다는 명민한 행정가의 인상을 풍기는군.'

장건은 송천운에 대한 판단을 섣불리 할 필요는 없겠다는 생각이 들었다. 조금 더 관찰하고 판단해도 늦지 않을 듯했다.

송천운의 폐회 선언이 있은 후 장건에게 십대검객들이 다가와 축하 인사를 건넸다. 가장 먼저 축하를 건넨 송천운은 '앞으로 잘 부탁한다'는 짧막한 인사를 남기고는 자리를 떴다. 모두의 축하가 끝난 후 맨 마지막으로 다가온 것은 상산노군 장후성이었다. 그는 대뜸 장건에게 질문을 던졌다.

"검이란 무엇인가?"

장건은 잠시 생각하다가 대답했다.

"신념을 가진 검사의 영혼이고, 자신을 지키고자 하는 자가 움켜쥔 용기이며, 의지를 지닌 자가 마지막에 사용할 수 있는 정의입니다."

청산유수 같은 답변에 잠시 어리둥절하던 장후성은 껄껄 웃음을 터뜨리며 장건의 어깨를 두드렸다.

"껄껄껄! 마치 문사가 작성한 모범 답안 같군. 혹시 누가 물어볼까 봐 준비해 온 건가?"

그런 것은 아니지만 그럴듯하게 들리도록 꾸며낸 답이었기에 장건은 고개를 끄덕였다.

"재미있는 친구로군. 자네의 멋들어진 대답을 들었으니 노부가 하고 싶었던 얘기를 해줌세. 도는 외날이지만 검은 양날일세. 수련이 부족한 자는 자신을 다치게 할 수 있는 도구지. 그걸 늘 명심하게."

검을 이제 갓 잡은 초심자들에게나 할 법한 이야기였다. 그러나 장건은 그가 말하는 수련이란 것이 단순히 육체적인 것이 아니라, 마음에 관한 것임을 짐작할 수 있었다.

"명심하겠습니다."

상견례가 끝난 후 장건은 성연희와 어깨를 나란히 하고 분지를 내려왔다. 장건은 십검단의 단주 대행 역할을 맡고 있던 그녀에게서 인수인계를 받고, 십검단과 상견례를 할 예정이었다.

장건은 분지에서 벗어나자마자 내심 궁금해하던 것을 성연희에게 물었다.

"내가 알기로 성검회 십대검객 중에 절정일검 반설우가 속해 있던 것으로 아는데… 그 사람은 지금 어디 있소?"

성연희는 침울한 표정으로 대답했다.

"반 대사형은… 지금 생사 불명이에요."

"생사 불명? 무슨 사고가 있었소?"

"예……. 작년에 불사동을 찾던 대사형 일행이 호북 인근에서 실종된 사건이 발생했어요."

"불사동? 삼절서생 조휴의 불사동 말이오?"

장건은 뜻밖이라는 듯 억양을 높였다. 광신의의 수제자이며 영호진의 총애를 받았던 삼절서생 조휴, 어쩌면 그는 영호진과 광신의의 의문의 죽음에 관한 진실의 실체에 가장 가까이 접근했던 사람일지도 몰랐다. 그런 그가 은거했다고 하는 불사동을 성검회의 반설우가 찾고 있었다니 조금 의외였다.

"대사형 일행은 우연히 불사동의 위치에 대한 중대한 실마리를 잡았다고 했어요. 그런데 호광성으로 간다는 언질을 남기고 떠난 지 두 달이 넘도록 아무런 연락이 없었죠. 혹시 사고가 있나 조사대를 꾸리려는 찰나 일행 중 한 명이 모처에서 치료를 받고 있다는 연락이 본 회로 도달했어요. 그러나 그는 우리가 그 장소를 찾아갔을 때 이미 죽은 뒤였어요. 죽기 직전까지 그를 간호했던 사냥꾼의 말에 의하면, 그와 대사형 등은 불사동의 정확한 위치를 거의 찾았는데, 그만 철무림의 무리와 맞닥뜨렸다고 해요. 철무림과 본 회는 진검성이 갈라질 때부터 매우 사이가 좋지 않았고, 또 그들 역시 불사동을 찾아왔던 듯했기 때문에 그 자리에서 전투가 벌어졌다고 해요. 그런데 정확한 얘긴지는 몰라도 생존자가 보기에 철무림의 무리 중에 관천호로 추정되는 고수가 있었고, 그가 반 대사형을 공격하여 절벽 밑으로 추락시켰다고 해요. 일행 중 최고수였던 대사형이 없어져 버리자 본 회의 사람들은 뿔뿔이 흩어졌고, 생존자는 등에 화살을 맞고 강물에 떠내려가던 중에 사냥꾼에게 운 좋게 구함을 받게 된 것이었죠. 그러나 그 역시 화살에 발린 독 때문에 결국 우리가 도착하기 전 죽어버렸고, 상황은 미궁으로 빠져버린 거예요."

장건은 흥미롭다는 표정을 지으며 물었다.

"세간에 알려진 불사동은 삼절서생 조휴가 진검성에서 가지고 나온 기진이보, 특히 사대신약을 비롯한 영단의 보관 장소로 알려져 있지 않소? 성검회도 그런 곳을 탐할 줄은 몰랐군."

성연회는 샐쭉해진 표정으로 말했다.

"본 회는 기진이보를 탐하여 조사를 시작한 것이 아니에요. 저희는 조휴가 혹시 유성도천하의 파훼식과 관련된 어떤 단서를 갖고 있지 않을까 하여 불사동을 찾으러 다녔던 거예요.”

“의제자인 조휴가 검법 파훼식을 알고 있을 거라 생각했단 말이오?”

“그래요. 조휴는 광신의의 수제자로 널리 알려져 있지만 삼절서생이란 별호에 걸맞게 검법에도 조예가 깊었죠. 그의 재주를 아낀 영호진 전대 회주님이 친히 검법을 전수하기도 했고요. 진검성에 있을 당시에는 심지어 전대 회주님의 후계자로 점지되었다는 소문까지 돌았을 정도이니까요. 그런 총애를 받은 그이기에 혹시 ‘진검성 검식의 완성형’이라 칭해지는 유성도천하의 파훼에 대한 어떤 언질을 듣지 않았을까 하여 그의 행적을 쫓다 보니 불사동까지 가게 되었던 거죠.”

장건은 생각에 잠겼다. 불사동이라면 장건 또한 남들이 모르는 몇 가지 사실을 알고 있었다. 몹시 찾기 힘든 곳인데 성검회와 철무림이 동시에 발견했다는 것도 의아했고, 또 철무림에서 그곳을 파헤쳤을지도 궁금했다.

‘설사 위치를 찾았다고 해도 안으로 들어갈 수 없었을걸.’

장건이 알고 있는 불사동은 지금 철무림뿐 아니라 강호의 그 누구도 함부로 접근하기 어려운 영역에 위치하고 있었다.

그는 성연희에게 다시 물었다.

“회원들이 당했는데 성검회는 아무런 조치를 취하지 않았던 거요? 난 지금껏 성검회와 철무림이 전투를 벌인다는 말은 들어본 기억이 없는데.”

“사고 원인을 알게 된 당시에는 모두 격앙됐었어요. 다수의 회원들이 당장에라도 일전을 불사해야 한다고 주장했지요. 그러나 대좌님을 비롯한 상삼좌는 신중론을 견지했어요. 아무리 본 회라 해도 당금 강호의 손꼽히는 세력인 철무림과 정면으로 맞붙는 것은 무모하다는 논지였지요. 무력만으로 따지자면 본 회가 패할 리 없겠지만 강호의 전투라는 게 무공 수위로만 결정되는 것은 아니기에 좀 더 신중해야 한다는 판단이었지요. 대다수의 대검객들도 그 의견에 찬동했고요. 반면 젊은 회원들 사이에서는 주전론이 절대적으로 우세했기에, 작년 내내 그 문제로 회원들 간에 격론이 벌어졌죠. 반 사형과 같이 죽은 사람들과 관련이 있는 회원들은 수뇌진에 큰 실망을 보이기도 했고……."

"좀 이해가 가지 않는군. 당신네 대좌가 거느리고 있는 전검문만 해도 철무림에 그다지 꿀리지 않을 텐데? 성검회와 전검문이 힘을 합친다면 철무림이라 해도 승산이 충분하지 않소."

"그건 좀 어려운 일이에요. 대좌께서는 육 년 전 대좌 직에 오르면서 일성으로 하신 말이 전검문의 일에 성검회를 끌어들이지 않겠다는 말씀이셨어요. 그러한 권한은 회주만이 가능한 것이고, 대좌 직에 있는 한 성검회를 사유세력화하는 일은 없을 거라는 말씀이셨죠. 그리고 그 선언은 그 반대의 경우에도 해당이 되겠죠. 전검문의 일에 성검회의 힘을 빌릴 수 없는데 성검회의 일에 전검문의 힘을 빌릴 수 있을까요?"

"듣고 보니 그럴듯하군. 그럼 신중하자는 말 한마디로 모든 논란이 정리된 거요?"

"그 후로 조사를 계속했고, 회원들의 시체 몇 구가 더 발견되었죠. 주전론자들은 발견된 시체들에 남겨진 흔적이 철무림의 초식이라고 하면서 일전을 벌일 것을 맹렬히 주장했어요. 그러나 수뇌부는 여전히 행동을 망설였죠. 사실 제가 보기에도 시체에 새겨진 몇 군데의 자상만 가지고서 강호 어느 누구의 초식이라고 확정하는 것은 어려운 일이라고 생각해요."

장건은 고개를 갸웃거렸다.

"몸을 지나치게 사리는군. 강호에 떠도는 말이 사실이었나? 진검성 출신 세력끼리는 상호불가침의 조약을 맺었다는 소문 말이오."

장건의 말대로 영호세가를 제외한 진검성의 분파들은 기이하게도 서로 간의 충돌이 없었다. 물론 지엽적이고 겉으로 드러나지 않는 암투는 치열했지만 철무림과 군룡회, 전검문 등 굵직굵직한 세력들은 거리가 떨어진 지역에서 자신들의 세력을 구축한 채 서로 간의 영역을 침범하거나 하는 일이 지난 십오 년간 한 번도 없었다. 그 때문에 서로 간의 불가침조약을 맺은 것 아니냐는 소문이 강호에 횡행했다.

성연희는 인상을 쓰며 말했다.

"그런 뜬소문으로 대좌님을 모욕하지 말아주세요. 그렇지 않아도 대좌님께서는 지난 연말 전체 회동 때에 새로운 방안을 제시하셨어요. 단독으로 치는 것보다는 철무림에 적대하는 세력과 힘을 규합하는 것이 피해를 최소화하며 승리할 수 있는 길이라고요. 대좌께서는 올해 결성되는 강북무림련과의 결탁을 염두에 두시고 계셨어요."

"강북무림련이라… 좋은 생각이긴 하군."

강북무림련은 전통의 명문들이 나날이 그 세력이 커지는 신흥 강호들로 철무림과 군룡회 등을 견제하고 변방의 불안 요소인 집마부를 경계하기 위해 설립된 단체이다. 물론 아직 총련주 선임 문제 때문에 정식 발족은 하지 않았지만 일단 결성되고 나면 가장 먼저 철무림이나 군룡회, 둘 중 한 단체와 충돌할 것이 명약관화했다.

"문제는 언제 결성될 지 모른다는 것 아니오? 작년부터 창단식을 가진다 어쩐다 하는데 해를 넘기도록 전혀 해결된 것이 없으니… 어쩌면 올해도 넘길지 모르잖소."

"그걸 저한테 물으면 어떻게 해요? 공자가 바로 강북무림련 예하 용봉지회 소속이잖아요? 그쪽에 복귀해서 한시라도 빨리 무림련이 결성되도록 힘을 써야 하는 것 아녜요?"

"아, 내가 참 그쪽 소속이었지!"

장건은 깜빡했다는 듯 머리를 긁적였다.

성연희는 그를 어이없어 하는 눈으로 바라보다가 고개를 흔들고는 화제를 바꾸려는 듯 물었다.

"이제 십검단주가 되셨는데, 앞으로 어떻게 운영을 하실 건가요?"

"위에서 시키는 대로하면 되지 않겠소?"

즉시 나오는 장건의 대답에 성연희는 휴— 하는 긴 한숨을 내쉬고는 말했다.

"공자… 아니, 단주님은 본 회가 어떤 식으로 운영되는지 모르시나요?"

"알 리가 있소? 이제 처음 입문한 셈인데."

"참나… 모르면 물어라도 보세요. 이제 저희 검단을 책임지실 분이 이렇게 아무 생각이 없어서야……. 걱정이 태산이군요."

성연희는 잘 들으라는 듯 성검회의 검단의 운영과 활동에 대해 자세히 설명했다.

성검회의 각 검단은 통솔하는 십대검객 개개인의 취향에 따라 강호 어느 곳에서 무슨 활동이든 자유로이 할 수 있다. 단 활동의 목적은 항상 검의 완성에 기반을 두어야 한다. 독립적으로 일 년간 활동한 후, 매해 십이월에 다 같이 모여 지난 한 해간의 결실에 대해 토론하고 논검한다.

대좌부터 십좌까지의 서열은 하위의 대검객(십대검객의 개별적 명칭)이 상위의 대검객에게 비무을 신청함으로서 변동이 가능하다. 하위 대검객이 상위를 꺾을 경우 두 대검객의 직위가 뒤바뀌고 소속 검단 또한 통솔하는 대검객과 동일한 지위로 격상된다. 상삼좌에 포함되는 대검객과 검단은 성검회의 모든 비급을 열람하고 연구할 수 있는 특혜를 가진다. 이상이 성연희의 설명이었다.

"그럼 상삼좌의 검단을 제외한 나머지 검단은 사검단부터 십검단까지 직급에 따른 어떤 차이가 있소?"

"대동소이하다고 보셔도 될 거예요. 다만 하위검단의 단주는 자신보다 세 직급 위의 단주에게 도전하지 못해요. 그러니까 십검단주님의 경우, 도전할 수 있는 상대는 팔검단주까지이죠. 그러니까 상삼좌에게 도전하기 위해서는 최소한 세 번의 승급이 이루어져야 가능하다는 얘기예요."

알겠다는 듯 고개를 끄덕인 장건은 문득 산 아래쪽을 내려다보더니 성연희에게 다시 물었다.

"십이월을 제외한 다른 달에는 자유로이 활동한다고 들었는데, 그럼 지금부터 본검단은 단독 행동을 해도 되겠구려?"

성연희는 잠시 머뭇거리다가 수긍했다.

"그… 렇겠죠. 이제 입회 시험도 끝났고 하니."

장건은 다시 눈길을 아래쪽으로 돌리며 고개를 끄덕였다.

"잘 알겠소."

십검단원들은 지정된 장소에서 새로 부임할 단주를 기다리고 있었다.

"이봐, 석 향주, 자넨 누가 새 단주가 되었으면 좋겠나?"

오향주 장곡태의 질문에 사 향주 석성은 어깨를 으쓱하며 말했다.

"선택의 여지가 있나? 우리는 지금까지 대행이 이끌어왔으니 새로 온 두 명이 모두 팔차시험까지 통과했다면 그 둘 중에 하나가 되지 않겠어? 그럼 당연히 그 이천휘란 친구지."

"군룡회주는 싫은가?"

"자넨 좋나? 그자의 부하가 되면 지금 강호에서 군룡회가 벌이고 있는 온갖 사건 사고를 우리가 떠맡아야 할 텐데. 난 제발 대검객들께서 혜안을 발휘하시어 그 악당 놈을 팔차시험에서 탈락시키셨으면 좋겠다."

"도욱이가 물어온 소식에 의하면 칠차 합격자가 두 명 이하면 팔차시험은 아예 없을 수도 있다고 하던데?"

"이런 제길, 그게 진짜야? 그렇다면 지금 우리가 절반의 확률로 극락과 저승의 갈림길에 들어섰단 말인가?"

석성의 과장된 말에 히죽이던 장곡태는 옆에 있던 제일향주 천규에게 물었다.

"일향주님은 어떠신가? 자네도 군룡회주는 피하고 싶은가?"

천규는 무표정한 얼굴로 대꾸했다.

"아무라도 상관없어. 다만 단주 될 사람이 팔차시험을 잘 치러서 검단 지위나 상승했으면 좋겠군."

석성이 혀를 차며 말했다.

"그럼 넌 지위만 상승하면 그 군룡회주의 부하가 되어도 좋단 말이냐? 그 악당 녀석에게 이용당하고 싶어?"

"악당이든 아니든 내 검을 발전시킬 계기만 마련해 준다면 별 상관

없어. 난 오히려 그 이천휘란 자가 조금 못마땅하다."

"어째서?"

"그는 단 한 차례의 격돌도 없이 칠차시험을 통과했다. 경신술이 지극히 뛰어났기 때문이지. 그러나 본 회와 본검단은 검법을 연마하기 위해 존재하는 곳이다. 경신술의 대가를 우두머리로 둬서 무슨 발전이 있겠는가?"

"듣자 하니 아까 전투 때 성 대행을 도와 금룡당주를 격퇴시켰다고 하던데?"

"자네 그가 싸우는 걸 봤나?"

"아니."

"곡태 자네는?"

"나도 못 봤네."

석성은 물론 장곡태나 다른 단원들도 이천휘가 싸우는 것을 본 사람은 한 사람도 없었다. 그도 그럴 것이, 장건이 금룡당주의 철잠사를 잘라낸 것은 단 한 수였고 지극히 빨랐기 때문에 당시 전투에 열중하고 있던 단원들은 물론 그와 같이 싸우던 성연희도 제대로 보지 못했었다. 오직 반강우만이 그가 검강을 쓰는 것을 명확히 보았을 뿐이었다.

"싸우는 건 못 봤어도 경신술이 대단하다는 것은 확실히 봤잖아. 경신술이 그 정도 경지면 검법도 만만치 않게 뛰어나지 않을까?"

"그건 희망 사항이지. 양수겸장이면 더할 나위 없겠으나 일반적으로 경신술이 뛰어난 자가 검법까지 경지에 다다른 예는 강호에서 그다지 찾기가 어렵다. 게다가 도욱이 물어온 정보가 사실이라면 십대검객의 자격을 얻기까지 가장 난관이라 할 수 있는 칠팔차시험을 검 한 번 쓰지 않고 통과했다는 얘기가 아닌가? 육차시험은 인성 시험이었으니 검을 쓰지 않았을 가능성이 높고. 그러면 오차까지 통과하여 향주직을 얻은 우리와 그가 다를 게 대체 뭐란 말이냐?'

그의 말에 다른 단원들은 잠시 말이 없었다. 일리가 있는 지적이기 때문이었다.

"혹시 알아? 팔차에서 엄청난 신위를 발휘하여 상삼좌의 자리에 올랐을지."

석성의 말에 천규는 피식 웃으며 말했다.

"그럼 내가 절이라도 올리겠다. 그러나 팔차시험까지 어물쩍 넘기고 어영부영 본검단의 단주직을 꿰차는 일이 벌어진다면 일향주로서 좌시하지 않을 생각이야."

"좌시하지 않으면? 자네가 단주직에 도전이라도 하겠다는 말인가?"

"난 아직 그 정도 실력은 못 돼. 그저 그의 실력이 어느 정도인지는 최소한 확인하고 싶다. 가령 사일검진을 발동시킨다든지 해서 말이야."

그의 말에 장곡태, 심지어 논쟁하던 석성조차 고개를 끄덕였다.

"그건 재미있겠는걸? 어차피 단주라 해도 신고식은 해야 하니 말이야."

"그런데 성 대행, 아니, 이젠 도로 성 사매가 되겠지. 화내지 않을까?"

"사매도 내심 그의 실력이 어느 정도인지 확인하고 싶어하지 않을까?"

천규가 정리하듯 말했다.

"너무 앞서 가지 말게. 그건 어디까지나 이천휘란 자가 단주가 되었을 때의 얘기니까. 군룡회주가 될 가능성도 절반이지 않나."

"젠장! 그 생각하니 또 머리가 지끈거리는군. 차라리 이러면 어떨까? 그자한테도 실력을 평가한답시고 사일검진을 발동하여 패퇴시켜 버리는 것이. 그런 다음 '댁은 우리를 이끌 자격이 없소' 하면 군룡회 예하로 들어갈 걱정 안 해도 되잖아."

석성의 말에 장곡태와 천규가 실소할 적에 이도욱이 헐레벌떡 뛰어왔다. 그는 위쪽의 분지에 가서 십대검객 회동의 동태를 살피다가 내려오는 길이었다.

"급보일세! 우리 검단의 단주가 결정되었네!"

"그게 누군가?"

"이천휘일세!"

"좋았어!"

석성과 장곡태는 좋아라 박수를 쳤고, 천규는 도욱에게 물었다.

"우리 검단의 직위는 어떻게 되었나?"

"십검단 고대로라던데?"

직위의 변화가 없다는 말에 천규는 인상을 썼다.

"팔차시험 결과 그렇게 나온 것인가? 그의 실력이 십검 중 가장 처진다는 평가였나?"

이도욱은 고개를 저었다.

"글쎄, 그건 뭐라 확답하기 어렵네. 왜냐하면 팔차시험 자체를 포기해버렸거든."

"포기? 그런데도 십대검객이 되었단 말인가?"

"합격자가 둘뿐이라 그렇게 정해진 모양이야."

천규는 더욱 마음에 들지 않는다는 표정을 지었다. 석성과 장곡태는 돌아가는 정황이 신고식을 피할 수 없겠다는 생각이 들었다.

그때 이도욱이 온 길을 따라 내려오는 한 사람이 있었다. 성연희였다.

이제 대행 자리에서 물러나 부검단주 직책을 맡게 된 그녀가 홀로 나타나자 단원들은 의아함을 감추지 못했다.

천규가 대표로 물었다.

"신임 단주는?"

성연희는 짜증스러운 얼굴로 대답했다.

"바쁜 일이 생겼다면서 가버렸어요."

"가다니? 상견례는 어쩌고?"

"몰라요, 나도. 다음 달 말까지 강서성 남창으로 집결하래요. 상견례는 거기서 한다나 뭐라나……."

그녀의 대답에 천규 이하 단원들은 황당한 표정을 감추지 못했다.

제7장
장건, 마군을 만나다

장건, 마군을 만나다

　　　　　　무이산 초입에서 출발한 커다란 마차는 관
도 위를 달리고 있었다. 어자석에 앉은 마부는 마음이 급한 듯 달리는
말에 채찍을 가하고 있었다.

마차 내부에서는 신음 소리가 흘러나오고 있었다.

"이놈··· 반우재······ 용서 안 한다··· 절대로 용서 안 한다······!"

마차 안에 앉아 있는 군룡회 일심대주 소지관은 식은땀을 흘렸다.
그의 앞에 누워 있는 구태진은 지금 이렇게 큰소리로 떠들어서는 안
되는 몸 상태였다.

소지관은 구태진을 복건성까지 보좌한 후 무이산 입구에서 마차를
대기시키고 시험이 끝나기를 기다리고 있었다. 그런데 성검회주가 되
어 돌아올 줄 알았던 구태진은 들것에 실린 채 반송장이 되어 산 밑으
로 내려와 그를 기겁하게 만들었다. 지금 구태진은 성검회 소속 의원

에게 응급 처치만 간단히 받은 상태였고, 확실한 치료를 위해 무이산에서 출발해 큰 의원이 있는 지역으로 달려가는 중이다.

응급 처치를 받은 후 어느 정도 정신이 돌아온 구태진은 자신의 처지를 용납할 수 없는 듯 이를 갈며 저주의 말을 씹어뱉고 있었다.

"반우재 네놈이… 감히 나를 속여? 이놈… 놈이 틀림없이 송천운과 결탁하여 나를 함정으로 몰아넣은 게야……. 그렇지 않고서는 이런 일이 있을 수 없어!"

"주군, 진정하십시오! 더 이상 말씀하시면 위험합니다!"

"닥쳐라, 이놈! 내가 이 꼴이 되니 소지관 네놈까지 나를 우습게 보는 게냐!"

구태진은 분을 참지 못하는 듯 간이 침상 위에서 몸부림을 쳤다. 소지관은 더 이상 어쩌지도 못하고 한숨만 내쉴 따름이었다.

그때였다. 마차가 갑자기 급정거를 하는 바람에 구태진이 하마터면 침상 밑으로 굴러 떨어질 뻔하는 일이 벌어졌다.

간신히 침상을 잡아 원위치시킨 소지관은 어자석에 대고 버럭 소리를 질렀다.

"마차를 어떻게 모는 게냐! 왜 멈춘 것이냐!"

마부의 당황한 목소리가 들려왔다.

"아… 앞에 수상한 자들이 길을 막고 있습니다!"

"뭐야?"

소지관은 옆에 대기하고 있는 일심대 수하 두 명에게 무슨 일인지 살피라 했다. 둘은 기민한 동작으로 밖으로 나갔다. 둘은 구태진의 호위단인 일심단 내에서도 그를 제외하고는 최고수였기 때문에 어지간한 상황이 아니라면 맡겨도 안심이었다.

그런데 잠시 후 밖에서 두 마디의 비명이 들려왔다. 문제는 그 비명 성이 귀에 익는다는 것이었다. 귀에 익은 그 소리는 다름 아닌 부하들의 목소리였다.

"크… 큰일입니다! 두 분 다 당했습니다, 대주님!"

마부의 떨리는 목소리가 다시 들려왔다.

상황이 심상치 않음을 직감한 소지관은 즉시 옆에 놓여 있던 칼을 차고 밖으로 나갔다.

마차 앞 관도 위에는 앞서 나갔던 두 명의 수하가 쓰러져 있었다. 그리고 한 명의 노인이 그 앞에 우뚝 서 있었다. 노인의 뒤에는 두 남녀가 죄를 지은 듯 고개를 숙인 채 시립해 있었다. 두 남녀가 서 있는 위치로 보아 수하들에게 손을 쓴 것은 노인인 듯했다.

소지관은 노인의 기세가 심상치 않음을 직감하고 정중히 공수하며 말했다.

"어느 고인이신지요? 갈 길이 바쁜 소인들의 진로를 막으신 연유가 무엇이신지?"

주먹코에 처진 눈, 중키에 늘어진 어깨로 인해 외양만으로는 영락없이 촌로로밖에 보이지 않는 노인은 소지관의 위아래를 못마땅한 듯 훑고는 말했다.

"남의 신분을 묻기 전에 자기소개부터 먼저 하는 것이 예의임을 꼭 손을 쓰고 나서야 아는 게냐?"

소지관은 길을 막고 사람을 쓰러뜨린 자가 예의 운운한다는 것이 이치에 맞지 않는다고 생각했으나 이미 상대의 기세에 짓눌린지라 순순히 신분을 밝혔다.

"저는 군룡회 일심대주인 좌천성 소지관이라고 합니다."

노인은 쓰러진 부하들을 곁눈질하며 말했다.

"이놈들 손쓰는 것이 눈에 익다 했더니 군룡회의 아해들이었군. 그럼 너희 군룡회가 감히 본 당을 건드린 것이냐?"

소지관은 노인이 무슨 말을 하는지 알아들을 수가 없었다. 다짜고짜 본 당이라고 하면 어느 단체인지 알게 무언가?

그때 노인의 뒤에서 고개를 수그리고 있던 여인이 머리를 번쩍 쳐들고 말했다.

"사부님, 군룡회가 아니라 성검회라니까요! 그놈들이 이천휘와 결탁하여 저를 능멸하고 사형들을……."

"닥치고 있으라고 하지 않았느냐!"

노인의 일갈에 여인은 찔끔하며 고개를 다시 수그렸다.

"하늘 높은 줄 모르고 성검회를 건드렸다가 일패도지하여 노부를 망신시킨 놈들이 뭘 잘했다고 주절거리느냐? 네놈들이 무슨 속셈으로 일을 벌였는지 뻔히 짐작하고 있으니 더 이상 가타부타 하지 마라. 난 오직 그 이천휘란 놈을 잡고 싶을 뿐이니까."

그때 소지관이 조심스럽게 입을 열었다.

"저, 대인, 사정이 어찌 된 일인지는 몰라도 저희 군룡회는 그 이천휘란 자와 아무런 상관도 없고, 그렇기 때문에 대인이 이 마차를 세우신 것은 뭔가 오해가 있으신 걸로 압니다. 마차 안에는 지금 큰 부상을 당한 사람이 누워 있습니다. 조속한 치료가 필요한 실정이니 대인께서는 부디 오해를 푸시고 길을 비켜주십시오."

노인은 퉁명스럽게 대꾸했다.

"오해는 얼어 죽을. 마차에 있는 놈이 이천휘가 아니면 내가 네 아들이다."

'염병할. 나이 오십에 칠십도 넘어 보이는 늙은 아들이 생겨 버렸군.'

소지관은 속으로 욕지거리를 내뱉으며 대체 이 노망 든, 그러나 고수임이 분명한 늙은이를 어찌해야 하나 고민했다. 그때 노인이 마차에 대고 외쳤다.

"거기 숨어 있는 거 다 아니 이제 모습을 드러내시지. 자네와 얘기를 좀 하고 싶군."

"저기 대인, 안에 계신 분은 지금 혼자 밖으로 나오실 만한 상태가……."

여기까지 얘기한 소지관은 갑자기 말문이 막히고 눈이 커졌다. 마차 뒤에서 누군가가 천천히 걸어 나왔기 때문이었다. 나온 자는 검은 옷을 입은 생전 처음 보는 청년이었다. 자신도 모르는 자가 달리는 마차에 붙어 있었다니! 소지관은 눈으로 보고도 믿을 수가 없었다.

청년은 그에게는 눈길도 주지 않은 채 노인에게 다가가 물었다.

"제가 있는 줄은 어떻게 아셨습니까?"

노인은 씩 웃으며 대답했다.

"노부가 아무리 눈이 좋아도 달리는 마차 안에 붙은 경신술의 대가를 찾아낼 수야 없지. 사실 아까 무이산 초입에서 자네를 기다리고 있었다네. 무작정 나서긴 했지만 이 애들에게 자네 외양만 대강 설명을 들은지라 막상 거기서 어슬렁거리고 있자니 과연 제대로 찾아낼 수가 있을까 싶었지. 그러던 중에 이 마차가 출발하는 게 보이더군. 그때 검은 그림자가 마차 뒤로 붙어 달리는 것을 볼 수 있었지. 출발하는 마차 근처에는 십수 명이 있었지만 마차로 붙는 그림자를 단 한 명도 보지 못한 듯하더군. 그때 직감할 수 있었지. 이 애들이 말한 자가 분명 자네일 거라고."

여인이 다시 소리쳤다.

"사부님, 저자가 맞아요! 저자가 저를 능멸하고 사형의 철잠사를 가로 챈 이천휘예요!"

노인은 입을 다물라는 듯 한 손을 살짝 들었다. 여인은 다시 고개를 떨구었다.

그때 청년이 두 남녀를 가리키며 노인에게 물었다.

"저자들은 노인의 제자들입니까?"

"그렇네."

"그럼 노인이 바로 마군이시겠군요?"

노인은 의미심장한 미소를 지으며 말했다.

"그래, 내가 바로 멸천마군 사마광일세. 자네는 이천휘겠지?"

청년, 장건은 고개를 끄덕였다.

"맞습니다. 제가 바로 그입니다."

멸천마군 사마광은 천하십대고수 중에서도 세 손가락 안에 꼽히는 강자였지만 칠 년 전부터 강호의 행사에서 은퇴하여 은거하고 있었다. 그런 그가 어떻게 이 자리에 나타난 것일까? 그의 뒤에서 고개를 숙이고 있는 자들은 아까 싸워 패퇴시켰던 구중서와 정대랑이었다. 그들이 불러 이 자리에 나타났다고 하기에는 시간이 너무 촉박했다. 그럼 처음부터 정대랑과 함께 이곳으로 온 것일까? 장건 자신, 혹은 성검회를 치기 위해? 그렇다면 왜 아까 나타나지 않고 이제야 나타났을까?

그 궁금증은 사마광의 다음 말에서 모두 풀렸다.

"노부는 칠 년 전 은퇴한 후 세속의 연을 끊고 이 무이산에서 은거하고 있었다네. 성검회가 육 년 전인가부터 이 산으로 들어선 것을 알았네만 어차피 은퇴한 터라 그냥 모른 척하고 있었지. 한데 며칠 전부터 산이 시끄럽다 싶더니만 오늘 제자 몇 놈이 찾아왔더군. 성검회 놈들에게 망신을 당했다고 말이지."

사마광은 제자들 쪽을 바라보며 혀를 찼다.

"한심한 노릇이지, 패한 것만 해도 한심스러운데 은거한 사부를 찾아와 복수해 달라며 우는소릴 하다니. 노부는 칠십 평생 동안 누구 못지않은 성취를 이루었다고 자부하네만 딱 하나 제자 농사는 형편없었다는 생각이 들어 화가 치밀더구먼."

장건은 의아한 생각이 들었다. 말하는 것으로 보아 별로 제자들의 복수에 간여할 생각이 없는 것 같은데 왜 앞길을 가로막은 것일까.

"말씀 중에 죄송합니다만 성검회와 볼일이 있으신 거라면 저와 저 마차는 그냥 보내주실 수 있으신지요. 마차 안에 위중한 환자가 있습니다만."

마차 안의 구태진이 죽어버리면 장건 입장에서도 곤란했다. 그에게 들어야 할 말이 아직 많았기 때문이다.

사마광은 고개를 저었다.

"아니, 성검회와는 볼일이 없네. 은거한 주제에 금룡당이 패했다고 해서 나설 이유가 없지. 게다가 시시비비로 따지자면 이놈들이 더 잘못한 것이고 말이야."

"그럼 저와 볼일이 있단 말씀이십니까?"

"그렇네. 자네 아까 산 위에서 저놈과 격돌한 적이 있었지?"

사마광은 구중서를 가리키며 말했다. 장건은 고개를 저었다.

"전투 장소에 있긴 했습니다만 직접적인 격돌은 없었습니다."

"놈의 철잠사를 목검으로 잘라 버렸다며?"

"……."

장건은 대답을 망설였다. 긍정하면 왠지 귀찮은 일이 따라붙을 것 같은 예감이 들었기 때문이다.

과연 그랬다.

"철잠사는 내가 직접 재료를 구해 진검성의 담청기에게 부탁해 만든 명기이지. 현철과 금강석을 각 관절부에 장착시켰기 때문에 절세보검으로 수십 번 후려쳐도 끊어지지 않았던 기병일세. 그런데 자네는 목검으로 끊어냈다고 하더군. 듣기로 검강 비슷한 광채가 번득였다고 하던데……."

장건은 고개를 가로저었다.

"무슨 오해가 있었나 보군요. 아마도 다른 고수의 공격에 이미 손상이 되어 있었던 게지요. 손상된 부위가 제 목검에 우연히 맞아 끊어진 걸 겁니다."

그럴듯한 얘기였지만 사마광은 납득하지 않는 표정이었다.

"그건 자네 무공을 직접 견식해 보면 알 수 있지 않겠나?"

차르르르륵!

그의 통 넓은 왼 소매에서 쇠사슬 같은 것이 흘러내렸다. 오른손에는 어느새 길쭉한 아미자가 모습을 드러내고 있었다.

"원래 철잠사와 용수검을 써야겠지만 다 제자 놈들에게 줘버린 터라 다른 걸 들고 나왔다네. 그렇다고 해서 방심하진 말게. 노부는 병기의 효용성에 의지하는 단계를 넘어선 지 오래니까."

장건의 눈빛이 전에 없이 침중해졌다. 멸천마군은 강호에서 가장 다채로운 기병을 다룰 줄 아는 무인으로 알려져 있다. 어찌 보면 평상시의 풍파투도와 가장 흡사한 형태의 전투 방식을 쓰는 절대고수라고 할 수 있었다.

'드러난 저 두 무기 외에도 통 넓은 소매와 허리춤에는 온갖 기병이 산재해 있겠지.'

장건은 조금 자신이 없었다. 평상시와 같이 손에 익은 기병들을 지니고 있는 상태라면 해볼 만했지만 지금 수중에는 오직 검 하나뿐이지 않은가. 게다가 지금껏 '검객으로의 그'가 싸워온 상대들은 모두 검객이었다. 즉, 검으로 검 이외의 다른 무기와 상대한 적은 거의 없다고 해도 무방했다. 절대고수와의 싸움에서 부족한 실전 경험은 치명적인 결과를 부를 수도 있는 것이다. 패하는 것이 두렵지는 않았지만 마군에게 붙들려 지금 뒤에 서 있는 저 마차를 놓친다면 간신히 잡은 중요한 단서를 놓칠 수가 있다.

'이 싸움은 가급적 피해야 한다.'

생각은 굳힌 장건은 입을 열었다.

"전 마군과 제가 왜 싸워야 하는지 이유를 모르겠군요. 설사 제가 검강을 써서 철잠사를 끊어냈다고 해도 그게 어찌 싸울 이유가 되는지요?"

"싸울 이유가 충분하지. 아까도 말했지 않나. 노부는 세상사에 관심을 끊은 지 오래라고. 그러나 단 한 가지, 무공에 대해서는 여전히 끝을 알 수 없는 호기심에 사로잡혀 있다네. 노부는 천하에 못 다루는 병기가 없다고 알려져 있네. 사실 그렇기도 하고. 그러나 다룰 줄 아는 병기가 많다고 해서 그 사람이 가장 강한 것인가 하면 그렇지는 않지. 오히려 한 가지라도 제대로 익힌 자가 팔방미인들을 압도하는 경우는 흔하지. 그러나 노부는 예외적인 경우라 할 수 있는데, 이것저것 온갖 무기를 섭렵해 온 노부를 단 한 가지 무공으로라도 압도하는 자를 만나본 적이 없네."

그의 말은 사실이었다. 멸천마군은 '마군'이란 칭호를 얻은 이후 패한 적이 한 번도 없었다. 그것은 그가 실질적으로 강하기도 했지만 변방에서 주로 활동했기에 영호진 같은 희대의 고수와 직접적으로 충돌할 일이 없었기 때문이기도 했다.

"노부는 지금까지도 후회하는 게 한 가지 있는데 그것은 당대제일고수였던 검진만리 영호진에게 도전해 보지 못한 것일세. 활동 영역이 다른 탓도 있었지만 사실 그가 살아 있을 당시에는 도전할 자신이 없었네. 내 실력이 미치지 못함을 알고 있었기 때문이지. 그러나 실력을 쌓아 언젠가는 반드시 도전하리라 마음을 먹고 있었는데, 그가 그만 덜컥 죽어버리더군. 그 이후로는 누구와 대적하고픈 마음이 별로 생기지 않았네. 그래서 은퇴도 남들보다 일찍 하게 되었지. 그런데 막상 은퇴를 하고 보니 몸이 금세 근질근질해지더군. 일선에서 손을 떼고 나니 무공을 보는 눈도 달라져 새로운 경지에 근접하게 되기도 하고 말이야. 세상 일 알 수 없다고 무림에서 발을 빼고 보니 무공이 오히려 일취월장하더구먼. 그러던 차에 제자 놈들이 와서는 철잠사를 검강으로 잘라버린 자가 근처에 있다고 하니 내 어찌 그냥 보낼 수 있겠나."

장건은 몸을 빼기 쉽지 않겠다는 것을 깨달았다. 눈앞의 노인네는 자신을 영호진의 대용품으로 삼겠다는 말을 하고 있는 것이 아닌가.

"그러니까 마군께서는 강자와 비무를 하고 싶다는 거군요?"

"그렇다고 할 수 있지."

"그럼 굳이 저 같은 애송이를 고르실 필요가 없습니다. 저 산꼭대기에 성검회의 십대검객이 모여 있으니까요."

멸천마군은 피식 웃음을 흘렸다.

"성검회? 십대검객? 영호진이 죽은 후 십오 년 간 회주도 뽑지 못하고 눈치를 보고 있는 얼간이들이 아닌가?"

"저도 그 얼간이 중에 한 명입니다만."

"얼간이도 얼간이 나름이지. 자넨 같은 얼간이라도 제법 쓸모가 있을 듯하이."

장건은 잠시 망설이다가 말했다.

"위에는 당대제일의 검객이라는 송천운도 있습니다. 그분이라면 마군의 입맛에 맞는 상대가 될 듯합니다만."

송천운까지 언급하고 싶지는 않았지만 이대로 붙잡혀 있다가는 무슨 일을 당할지 모를 듯하여 하는 수 없이 이야기를 꺼내고 말았다.

마군은 송천운이란 말에 눈을 크게 떴다.

"송가가 성검회의 일원이라고?"

"그렇습니다. 저희 대좌님이시지요."

마군은 기이한 표정을 짓고 있었다. 뭔가 이치에 맞지 않은 말을 들은 듯한 얼굴이었다. 장건은 왜 그가 그런 표정을 짓는지 궁금했다.

"송천운 대협이 대좌라는 게 이상하십니까?"

장건의 질문에 마군은 천천히 고개를 가로저었다.

"딱히 이상할 것은 없네만… 그가 검을 닦는 성검회에 들어갈 필요가 있을지 모르겠군. 더 이상 수련을 할 이유가 있을까?"

이해하기 쉽지 않은 대답이었다.

"수련을 할 필요가 없다면 그가 더 이상 오를 데가 없는 경지에 이르렀다는 얘기신지요?"

장건의 질문에 마군은 피식 웃으며 말했다.

"그건 그에게 직접 물어보게. 타인인 내가 이러쿵저러쿵 할 문제는 아닌 듯하군."

계속 이해하기 어려운 대답이었다.

"그럼 나중에 직접 물어보지요. 그럼 이제 길을 비켜주시겠습니까?"

마군은 또다시 고개를 저었다.

"말했잖나, 자네와 비무를 하고 싶다고. 노부가 또 언제 검강을 쓰는 자와 맞붙을 기회가 있겠는가."

"강자와 맞붙고 싶은 거라면 송 대협과 붙으시지요. 더 이상의 수련이 필요치 않은 강자라 하지 않으셨습니까?"

"그는 별개일세. 그는 붙어봐야 좋을 일이 없는 인물이야."

수수께끼 같은 말이었다. 그럼 장건 자신은 붙어도 좋을 사람이란 말인가?

"왜 그런 것인지요? 그와 대결하면 필패고, 저와 대결하면 이길 수 있기 때문입니까?"

자존심을 건드릴 수도 있는 물음이었지만 마군은 오히려 크게 웃음을 터뜨렸다.

"크하하하! 어찌 보면 그렇다고 할 수도 있겠군. 오해는 말게. 그와 싸우면 결과가 빤히 보이기도 하고, 또 지든 이기든 그다지 얻을 것이 없어. 그러나 자네와 싸우게 되면 승패가 어찌 되든 뭔가 얻는 것이 있을 것 같기에 이렇게 대결을 종용하는 걸세."

한시라도 빨리 자리를 떠야 할 상황이었지만 장건은 문득 강한 호기심이 일었다. 멸천마군과 같은 절대고수가 왜 송천운에 대해서는 대결을 회피하고 또 붙어봐야 '필패'라는 식의 언급을 하는지 그 이유가 알고 싶어졌다. 게다가 끈질기게 승부를 요구하는 노인네가 고까운 마음이 들어 승부욕이 일기도 했다.

"좋습니다. 계속 고집을 하시니 저도 더 이상 피하고 싶지는 않군요."

"오, 승부할 마음이 생긴 겐가?"

"그렇습니다. 단, 조건이 있습니다."

"뭔가 그게?"

"제가 이기면 왜 송천운과 싸울 필요가 없는지, 또한 싸워도 얻을 것이 없는 것인지 이유를 설명해 주십시오."

멸천마군은 잠시 난감한 표정을 지었지만 이내 고개를 끄덕였다.

"좋네, 어차피 노부가 질 일은 없을 테니."

마침내 비무에 대한 합의가 이루어졌고, 둘은 대결 태세로 들어가려 했다. 그때 지금껏 분위기에 눌려 말을 꺼내지 못하고 있던 소지관이 뒤에서 조심스레 입을 열었다.

"저기… 저희는 이만 가봐도 될까요? 마차 안에 환자도 있고 한데……."

"안 되오."

장건이 그를 보며 또렷이 말했다.

소지관은 새파란 놈이 하는 말에 잠시 울컥했지만 차마 뭐라 반박할 수가 없었다. 이놈은 지금 그 이름도 드높은 멸천마군과 맞장을 뜨려는 놈이 아닌가? 게다가 뒤에서 얘기를 듣고 있자니 목검으로 검강을 썼다는 등의 믿을 수 없는 말까지 들려오는 판국인데 함부로 엉길 수도 없는 노릇이었다.

"들었지? 승부 끝날 때까지 마차에서 가만히 기다려."

마군이 확인사살까지 하자 힘없는 소지관으로서는 더 이상 어찌할 도리가 없었다. 그는 어깨를 늘어뜨린 채 뒤로 물러섰다.

장건과 멸천마군은 주위를 물리고 넓은 관도 위에 나란히 섰다.

스산한 바람이 둘 사이의 공간을 쓸고 지나갔다.

차라라라랑!

마군의 왼 소매에 감겨 들어갔던 쇠사슬이 다시 흘러내려 와 소리를 냈다. 오른손의 아미자가 산에서 내리쬐는 햇빛에 반사되어 위협적으로 반짝였다.

취릿!

먹이를 덮치는 뱀의 부르짖음 같은 소리와 함께 쇠사슬이 둘 사이의 공간을 갈랐다. 뾰족한 사슬의 끝이 장건의 미간으로 파고들었다.

그 순간, 장건의 허리춤에서 어깨까지 섬광이 번쩍였다. 그리고 동강난 쇠사슬이 관도를 굴렀다. 그의 손에 들린 이검이 벤 최초의 물건이었다.

마군은 토막난 쇠사슬에 신경 쓰지 않았다, 이미 삼 장의 거리를 좁히며 뛰어들어 와 아미자로 장건의 왼 어깨를 찌르고 있었기 때문에.

아미자가 어깨를 꿰뚫는 듯했으나 장건의 신형은 잔상을 남긴 채 사라졌다. 극성의 승천탈영보를 발휘해 아미자의 공세에서 벗어난 장건은 마군의 사선으로 움직이며 반격을 감행했다. 이검이 내리쬐는 햇살을 튕겨내며 마군의 허리를 베어갔다.

마군은 뒤에서 오는 공격을 감지한 듯 몸을 튕겨 공중으로 치솟았다. 공중에 뜬 채 뒤집힌 그의 몸에서 검은 선 하나가 튀어나와 장건의 목을 휘감았다.

장건은 반격할 새도 없이 다급히 목을 빼고 뒤로 물러서야 했다. 그 틈에 마군은 무사히 땅에 안착했다. 그가 휘두른 것은 기다란 채찍이었다.

'묵룡편!'

장건은 긴장된 눈으로 꿈틀대는 검은 채찍을 바라보았다. 저 무기는 마군으로 하여금 강호에서 최초의 명성을 얻게 해준 병기였다. 당시 마군은 워낙 채찍을 잘 쓴다 하여 편왕이란 별호를 얻었고, 나중에 채찍뿐 아니라 온갖 무기를 모두 잘 쓴다는 것이 알려진 후에야 별호가 바뀌었다.

오래되고 손에 익은 병기를 꺼내 들었다는 것은 본격적인 실력을 보여주겠다는 의미의 다름 아니었다. 장건은 마군의 움직임에 보다 집중했다.

취리릿!

다시 뱀 소리가 나며 채찍이 장건의 발목으로 파고들었다. 이검이 번득였다. 그러나 아까와 같은 분절은 일어나지 않았다. 묵룡편은 진짜 살아 있는 뱀인 양 자유자재로 움직이며 이검의 움직임을 피했고, 한 번 물러섰다가 재빨리 되튕겨 나오며 장건의 빈틈을 노렸다. 장건은 빠른 신법과 쾌검술을 병행하며 다가오는 채찍을 피하고 그것을 베려 했다. 어떻게든 채찍과 검이 충돌하기만 하면 베어버릴 자신이 있었지만 채찍의 움직임은 그의 예상을 상회하는 빠르기를 보이고 있었다.

순식간에 오십여 초가 흘러갔다. 그동안 채찍과 검은 한 번도 부딪치지 않았다.

장건이 장기전으로 들어가는 것인가 하는 생각을 하는 순간, 뜻밖의 공격이 들어왔다. 채찍과 함께 암기가 날아오기 시작한 것이다.

휙! 휘휘휘휙!

깨알 같은 암기들이 채찍의 움직임에 동조하며 장건의 급소로 날아

들었다. 개수는 그리 많지 않았지만 빠르고 위맹하여 막아내기 여간 성가신 것이 아니었다.

고전하던 장건은 문득 처지가 뒤바뀐 것 같다는 생각이 들었다. 마군의 공격 방식은 평상시 자신이 즐겨 쓰던 방식이 아니던가. 그러고 보면 다채로운 기병을 섭렵하고 그것을 전투에 응용한다는 면에서 마군과 자신은 비슷한 점이 있었다.

'그렇다면……'

장건은 문득 마군의 움직임에 자신을 투영해 보면 어떨까 하는 생각이 들었다. 강유를 혼합한 무기를 조합하고 암기를 덧붙이는 형식은 그도 자주 유용하는 방식이다. 가령 그가 검강을 쓰는 검도고수와 대결한다면 어떤 공격 방식을 채택할까. 그 역시 묵룡편과 같은 유연한 장병을 써서 직접적인 충돌을 피하고 암기, 또는 독을 조합하여 유리한 위치를 선점할 것이다. 그렇게 되면 상대는 궁지에 몰려 무리수를 쓸 것이고 그 순간,

'준비해 두고 있던 단병으로 승부를 결하겠지!'

장건은 이대로 장기전으로 가면 먼저 지치는 것은 자신이라는 것을 잘 안다. 그러니 상대가 원하는 대로 무리수를 써주기로 했다.

그는 빠르게 파고드는 묵룡편을 향해 검을 곧추세우고 돌진했다. 예상대로 묵룡편이 뒤로 빠지고 암기가 날아왔다. 이검이 번득이며 암기를 차례차례 떨구었다. 그 순간 다시 날아온 묵룡편이 그의 목을 노렸다. 장건은 목을 구부리고 검을 휘두르며 정면으로 파고들었다. 다시 묵룡편이 회수되며 암기 세례가 퍼부어졌다. 이번에는 거리가 워낙 가까워 검으로 모두 튕겨내기 어려웠다. 장건은 돌진하며 전면에 검막을 형성하여 다가오는 암기를 닥치는 대로 튕겨냈다. 그 순간 비어버린

그의 측면으로 묵룡편이 다시 돌아 들어왔다. 이검은 아직껏 암기를 막아내고 있기 때문에 도저히 사선에서 다가오는 채찍을 막아낼 여력이 없을 듯 보였다.

다가온 묵룡편의 첨단이 막 옆구리로 파고드는 순간, 전면의 검막이 사라지며 이검이 빙글 돌아 측면을 후려쳤다.

싹둑!

묵룡편이 반 토막으로 갈라져 땅바닥으로 뒹굴었다. 암기 몇 개가 장건의 몸에 박혔고, 장건이 그 충격으로 움찔 하는 순간 지근거리에 있던 마군의 신형이 그에게로 폭사되었다.

숨겨져 있던 오른팔의 아미자와 왼팔에서 튀어나온 유엽도가 동시에 장건의 정수리와 명치로 파고들었다. 암기에 맞고 묵룡편을 써느라 이검을 측면으로 뺀 상태인 장건이 도저히 막거나 피할 수 없어 보이는 일격이었다.

그 순간, 내리쬐는 햇빛을 무색하게 만드는 짙은 광채가 둘 사이의 좁은 공간에 번쩍였다.

콰앙!

대포가 터진 듯한 폭발음이 관도를 매웠다.

"음……!"

짧은 비명과 함께 비틀거리며 물러난 것은 마군이었다. 그의 꼴은 말이 아니었다. 오른팔의 소매는 팔꿈치까지 잘려진 채 나풀거리고 있었고, 왼손에 들려 있던 유엽도는 산산조각이 난 채 땅바닥을 뒹굴고 있었다. 오른손에 들려 있던 아미자는 두 조각으로 잘린 채 공중에 치솟았다가 이제야 땅바닥으로 처박히고 있었다.

반면 제자리에 우뚝 서 있던 장건은 침착하게 몸에 박혀 있는 암기

두어 개를 빼냈다.

그 광경을 보고 자신의 잘린 소매를 보던 마군은 허탈하게 웃으며 말했다.

"내가 졌네."

장건은 고개를 가로저었다.

"비긴 걸로 하시지요. 암기에 독이라도 발라져 있었으면 쓰러져 있는 것은 저일 것 아닙니까?"

"암기에는 이미 독이 발라져 있네, 물론 사람 죽이는 독은 아니고 마비산의 일종이긴 하네만. 한데 자네는 전혀 영향이 없는 듯하군."

장건은 쓴웃음을 지으며 사실대로 말했다.

"저는 우연한 계기로 현명단을 복용했습니다. 그래서 만독불침이라 할 수 있지요."

"호오, 그랬나? 독 쪽으로는 대결할 필요가 없는 자였군."

장건은 마군의 말투가 왠지 모르게 귀에 걸린다는 느낌이 들었다.

"어찌 되었든 자네는 그 어려운 상황에서 완벽한 반격을 했네. 암기를 맞지 않았다면 잘린 게 옷소매가 아니라 내 목이었겠지."

"그건 무의미한 가정입니다. 암기가 혈도에 박히기라도 했었다면 반격이 애초에 불가능했을 테니까요."

빈말이 아니라 장건은 마군에게 내심 감탄하고 있었다. 묵룡편을 가르면서도 그가 다가올 것을 예측하고 잔뜩 벼르고 있었다. 그 짧은 거리에서 검강을 발휘했기 때문에 죽지는 않아도 신체 절반 정도는 끊어 놓지 않을까 우려했었는데, 상대는 다치지도 않고 몸을 빼낸 것이다. 특히 옷소매의 절반을 잘랐음에도 팔을 자르지 못했다는 것은 정말 수수께끼 같은 일이었다.

"아직 쓰지 않은 무기가 몇 개 있긴 하네만 더 이상 겨루는 것은 무의미할 듯하군. 이쯤 하도록 하세."

"얻고자 하던 것을 취하셨습니까?"

마군은 쓴웃음을 지으며 말했다.

"약간은. 그러나 만족할 만하지는 않아. 자네는 내 기대에 부응하는 강함을 갖고 있긴 하지만… 검강까지 쓰는 친구한테 할 말은 아니네만 자넨 왠지 검이 어울리지가 않군. 솔직히 말해주게. 원래 애용하는 무기는 무언가?"

장건은 잠시 주저했으나 솔직히 말했다.

"마군과 비슷하다고 보시면 될 겁니다. 저도 다양한 기병들을 조합하여 사용하길 즐겨하지요."

마군이 반색하며 말했다.

"오오, 그런가? 어째 검객 같은 느낌이 들지 않는다 싶었네. 그럼 자네의 본 실력을 나중에 한 번 볼 수가 있을까?"

장건은 쓴웃음을 지으며 말했다.

"나중에 기회가 있으면 한 번 찾아뵙지요."

"정말이지? 약속하는 걸세?"

"그전에 지키실 약속이 있을 텐데요."

마군은 머리를 긁적이며 말했다.

"뭐 말인가? 요새 치매기가 있어서 잘 기억이 나질 않는데……."

"어물쩍 넘어가실 생각은 안 하시는 게 좋을 겁니다. 송천운에 대해 알고 있는 것을 말해주시지요."

마군은 곤혹스러운 표정을 짓다가 한숨을 내쉬고는 말했다.

"솔직히 말하자면 죽은 사람과 약속한 게 있어서 자네에게 사실대로 말해줄 수는 없네. 뭐 듣고 보면 별것 아닐 수도 있는 얘기이지만 망자와 한 약속을 함부로 깨뜨릴 수야 있겠나."

"그럼 저와 한 약속은 안 지키시겠다는 말입니까?"

"쩝, 주책 맞은 늙은이가 망언했다 생각하고 좀 봐주게. 약속에도 선후와 경중이 있는 것이니……."

"경중 말씀이라면 좀 전에 '별것 아닐 수도 있는 얘기'라고 하시지 않았습니까? 별것 아닌 얘기에 대한 약속 또한 별것 아닌 약속일 수도 있지 않겠습니까? 반면 저와 한 약속은 무인 대 무인으로 한 약속이니 그보다는 훨씬 무거울 듯한데요."

마군은 골치가 아픈 듯 머리를 벅벅 긁더니 에이 모르겠다! 하며 말했다.

"잘 듣게! 아까 자네한테 말했었지? 자넨 독 쪽으로 대결할 필요가 없는 자였다고. 관천호는 도(刀) 쪽으로는 대결할 필요가 없는 자일세. 내가 해줄 수 있는 말은 여기까지일세. 송천운에 대한 것은 자네가 알아서 유추해 봐!"

장건은 그 말이 무슨 의미인지 빠르게 머리를 굴렸다. 그러는 사이 마군은 정대랑 등을 이끌고 휘적휘적 무이산 쪽으로 가고 있었다.

장건은 급히 그를 불렀다.

"한 가지만 더 가르쳐 주십쇼! 약속을 한 죽은 자는 대체 누굽니까?"

마군은 귀찮다는 듯 뒤도 돌아보지 않고 말했다.

"담청기다! 수수께끼를 못 풀겠거든 나중에 기병 구비하고 나에게 찾아와! 그때 날 꺾으면 몽땅 이실직고해 주마!"

장건은 낮은 코웃음을 쳤다. 지금의 공언 역시 자신이 질 리가 없다는 전제 하에 내놓는 공염불일 것이기 때문이었다.

산으로 가는 마군 일행에서 시선을 뗀 후 몸을 돌리니 마차 앞에서 그를 귀신보듯 바라보고 있는 소지관이 눈에 들어왔다.

소지관은 마군과 대적하여 그를 패퇴시킨 장건의 위력을 절실히 체감한 듯 그가 다가가자 와들와들 떨기까지 했다.

장건은 그에게 말했다.

"마차로 들어가시오. 출발합시다."

소지관은 떨리는 음성으로 말했다.

"어, 어디로 말입니까?"

"의원이 있는 지역으로 갑시다. 구태진에게는 쓸데없는 말 마시오. 그저 성검회에서 간병인으로 붙여준 거라 하시오."

"아, 알겠습니다."

소지관은 잽싸게 고개를 끄덕이고는 마차 안으로 들어갔다.

장건은 뒤따라 들어가며 생각했다. 성경계까지 가면 그곳에 맡겨놓은 자신의 기병들을 되찾을 수 있다. 구비된 물품 중에는 염왕취도 포함되어 있으니 구태진을 중독시켜 그가 알고 있는 사실을 낱낱이 밝혀낼 작정이었다. 특히 아까 마차에 붙어 달렸을 때 반우재를 끊임없이 언급한 것으로 보아 구태진이 그의 행적을 알고 있는 것이 분명한 듯했다.

그런데 그가 마차로 오르려는 순간, 안에서 소지관의 비명이 울려나왔다.

"무슨 일이오?"

마차 안으로 뛰어들어 가자 소지관이 와들거리며 바닥에 주저앉아 있는 것이 보였다. 그는 떨리는 손가락으로 간이 침상에 누워 있는 구태진을 가리켰다.

구태진의 심장에는 커다란 강전 한 대가 박혀 있었다. 장건은 그 강전이 눈에 익었다. 그것은 천의문의 송영조의 머리를 갈라 버린 강전과 똑같은 모양이었다.

구태진은 절명한 상태였다. 강전이 심장을 꿰뚫고도 살아 있을 사람은 없었다.

장건은 처음에는 마군을 뒤쫓아가려 했다. 그가 자신을 유인하는 사이 마검혈궁이 구태진을 죽인 것일 거라는 생각이 들었기 때문이다.

그러나 이내 그 판단이 잘못되었다는 것을 알아차렸다. 장건 자신의 무위를 정확히 모르는 상황에서 마군쯤 되는 자가 뭐 하러 번거롭게 미끼 역할을 한단 말인가. 차라리 마검혈궁과 힘을 합쳐 자신과 구태진을 한꺼번에 쓸어버리는 것이 이치에 맞는 행동일 것이다.

결국 마검혈궁은 마군과 자신이 대치하고 있는 새에 화살 소리를 감지할 여력이 없던 격전 중에 마차 안의 구태진을 쏘아 죽여 버렸을 것이다. 그렇게 판단할 수밖에 없었다.

강전은 박혀 있는 각도로 보아 열려 있던 창문을 통해 들어온 것이 분명했다. 강전의 각도와 창문의 연장선상을 이어보니 멀리 보이는 숲속의 큰 나무가 눈에 들어왔다.

마차 밖으로 나와 마차와 나무까지의 거리를 눈대중으로 족히 백 장은 넘어 보였다. 그 거리에서 창문을 통해 구태진의 심장에 화살을 틀어박아 넣은 것이다, 그것도 단 한 번에.

마검혈궁이 아니라면 불가능한 일이었다.

'벌써 한참 전에 도망쳤을 테니, 지금 흔적을 조사해 봐야 추적은 힘들겠지.'

장건은 고개를 젓고는 다시 마차로 올라타려 했다. 그때 저 멀리 무이산 쪽에서 먼지구름이 일며 다수의 기마가 나타났다.

수십 기의 기마는 금세 마차가 있는 장소에 다다랐다. 선두에 선 자가 말을 멈추고는 마상에서 뛰어내렸다. 그리고 장건의 앞으로 다가왔다.

"바쁘다고 단원들 얼굴 볼 시간도 없다면서 떠나신 분이 예서 뭐하고 계신 건가요?"

장건은 무덤덤한 표정으로 대꾸했다.

"지금 막 볼일이 끝났소."

말에서 내린 자는 성연희였다. 그 뒤로 십검단원들이 차례차례 도착했다. 성검회 십검단의 신임단주 상견례는 그렇게 관도 위에서 이루어졌다.

제8장
장건, 수수께끼에 골몰하다

장건, 수수께끼에 골몰하다

　　　　　　다수의 기마가 한 대의 마차를 호위하듯 감
싸고 벌판을 질주하고 있었다.

　석성은 말을 몰아 무리의 선두에 선 천규에게로 다가갔다. 천규는
얼굴이 벌겋게 상기되어 있었다.

　"어이 천규, 얼굴이 왜 그렇게 벌건가?"

　천규는 퉁명스레 대꾸했다.

　"맞바람 때문에 그렇지 뭐."

　석성은 속으로 피식 웃었다.

　'맞바람은 얼어 죽을. 충격이 아직 가시질 않았나 보군.'

　그는 천규의 옆으로 바싹 붙으며 마차가 있는 뒤쪽을 턱짓했다.

　"신임 단주 말이야. 생각보다 괜찮은 것 같지 않아?"

　천규는 잠시 말이 없다가 대답했다.

"검은 좋은 걸 가지고 있더군."

"이 친구 고집은. 단순히 검이 좋다고 해서 사일검진을 일합에 패퇴시킬 수야 있겠어?"

석성의 말에 천규가 발끈하며 말했다.

"이봐, 입은 비뚤어졌어도 말은 똑바로 하라고. 사일검진이 언제 패퇴했나? 그저 우리의 검이 다 부서졌을 뿐이지."

석성은 고개를 갸웃거리며 말했다.

"전투 불능이 되었으면 검진이 패퇴한 거나 매한가지지 뭘……."

그는 천규가 매섭게 노려보는 바람에 결국 뒤로 물러나야 했다.

"그 친구 성질머리하고는……."

석성이 투덜거리자 옆에 있던 장곡태가 말했다.

"천규 심정도 헤아려 주라고. 우리 검단의 사일검진이 검진 비무대회에서 저 친구 주도로 일등한 이후 자부심이 얼마나 강했나. 그런데 신임단주의 단 일 수에 개박살이 나버렸으니…… 충격이 여간하지 않을걸?"

석성은 어깨를 으쓱하며 말했다.

"나도 검진의 한 축이었고 같이 개박살난 처지인데 저 친구 심정을 못 헤아리겠나. 그러나… 지는 것도 지는 것 나름이지 아까와 같이 황망한 패배는 별로 분하다는 생각도 들지 않더라고. 되레 단주에게 경탄하는 마음이 들었네."

장곡태도 고개를 끄덕였다.

"나도 단주가 마음에 들더군. 일단 보검을 준다고 하니 기대되지 않나? 단주가 가진 그 검에 필적하는 걸 준다면 범사에 충성함은 물론 내 간이라도 빼줄 작정일세."

석성은 장곡태의 넉살에 피식 웃고는 아까 벌어졌던 비무를 떠올렸다.

관도에서 간단한 상견례를 마치고 곧장 출발하겠다는 장건을 붙잡은 것은 천규였다. 그는 무이산에서 석성과 얘기했던 대로 신임단주의 실력을 보고 싶다고 하며 사일검진을 상대해 줄 것을 종용했고, 장건은 뜻밖에 흔쾌히 허락했다.

석성은 천규, 이도욱 등과 함께 사일검진을 준비하면서도 조금 걱정이 앞섰다. 십검단의 사일검진은 회에서 주체한 검진 비무대회에서 일등을 했을 정도로 그 위력이 정평이 나 있었다. 일례로 목검만을 가지고도 사파의 마두라 할 수 있는 복건쌍마를 꼼짝도 못하게 하지 않았나. 그는 신임단주가 신고식에서부터 망신살이 뻗치면 어떡하나 우려했었다.

그러나 그 걱정은 기우였다. 쌍방이 대치하고 사일검진을 구성하는 네 명이 일제히 검을 뽑아 든 순간, 전면에서 광망이 번쩍였고, 곧바로 상황이 종료되었다. 광채가 사라진 직후 네 명은 뽑아 든 검이 모조리 반 토막이 나 있는 것을 눈으로 확인할 수 있었던 것이다.

장건은 언제 뽑았는지도 보지 못한 검을 검집에 채워 넣으며 말했다. 부러진 검은 나중에 더 좋은 보검으로 갈아주겠다고. 그리고 그는 마차에 올라탔고, 마차가 출발하자 단원들은 어안이 벙벙한 채 뒤를 쫓아갈 수밖에 없었다.

"그 검… 정체가 뭐죠?"

창밖을 바라보며 생각에 잠겨 있던 장건은 질문을 던진 성연희 쪽으로 고개를 돌렸다. 성연희는 그가 타고 있는 마차에 동승하고 있었다.

"내 검 말이오?"

"그래요. 우리 검단의 사일검진을 구성하는 네 향주는 본신의 실력이 전체 검단 향주급 가운데서도 걸출한 사람들이에요. 그런 사람들의 검을 단 일 격에 박살 낸 것을 보면 보통 검이 아닌 것 같아서 묻는 거예요."

"내 실력이 워낙 탁월했다는 생각은 들지 않소?"

장건의 반문에 성연희는 어이가 없다는 듯 말했다.

"실력이 탁월하다는 것은 인정하지만 얼굴도 두껍군요. 어떻게 자기가 자기 입으로 그런 얘길 해요?"

"남이 얘기하지 않으면 나라도 얘길 해야 흥이 나지 않겠소?"

장건은 차고 있던 검을 성연희에게 건넸다.

"궁금하면 직접 보시구려."

성연희는 골이 아픈 듯 고개를 흔들고는 받아 든 이검을 천천히 뽑았다.

스르릉!

검명이 울리고, 광채가 마차 안을 밝혔다.

"와아, 정말 좋네요, 이 검."

그녀도 천생 검객인 듯 좋은 검을 보자 감탄사가 절로 흘러나왔다. 성연희는 이검을 이리저리 흔들어보고 쥐었다 놨다 하며 말했다.

"본 회에도 명검이 여러 개 보관되어 있지만 이 검만큼 좋은 검은 본적이 없는 것 같아요. 무게도 적당하고, 날도 완벽하게 서 있군요. 손에 쥐어지는 감촉도 최고네요. 대체 어디서 이런 걸 구한 거죠?"

"빌린 거요."

"빌려요? 누구에게서요?"

장건은 아무런 대꾸를 하지 않았다. 그녀는 그가 말하고 싶어하지 않는다는 것을 알아챈 듯 더 이상 캐묻지 않고 이검을 살피는 데만 여념했다.

장건은 짐칸 쪽으로 시선을 향했다. 그 안에는 지금 구태진의 시체와 마혈이 제압된 소지관이 가두어져 있었다.

장건은 소지관을 가두기 전에 그를 윽박질러 몇 가지 사실을 알아낼 수 있었다. 우선 구태진이 무광 반우재의 소재를 확보하고 있다는 것은 확실한 듯했다. 소지관이 아는 바로는 꽤 오래 전부터 반우재가 군룡회에 잡혀 있었고, 구태진은 그에게서 뭔가를 얻어내려 했다고 했다. 무얼 얻으려고 했는지까지는 알지 못했다.

장건은 소지관이 거짓말을 한다고는 생각지 않았다. 호위대인 그가 자세한 내막을 아는 것이 오히려 더 수상한 일인 것이다.

'결국 직접 가서 반운재를 만나는 수밖에 없겠지.'

장건은 시선을 돌려 마차 밖의 지나치는 풍경을 바라보았다. 멀리 무이산이 조그맣게 눈에 들어왔다. 마군이 남긴 말이 문득 떠올랐다.

"나는 독으로 대결할 필요가 없고 관천호는 도로 대결할 필요가 없다. 나는 현명단을 먹었기 때문에 만독불침이다. 따라서 독으로 대결해 봐야 승산이 없으니 싸울 필요가 없다. 그런데 관천호는 칼刀로 대결할 필요가 없다고 했다. 물론 관천호는 뛰어난 도객이다. 그런데 왜 칼로 대결할 필요가 없을까. 누구라도 도로서는 그의 경지를 뛰어넘지 못한다는 말일까? 그게 말이 되는 얘기인가? 그렇다면 송천운은? 그와는 칼이나 독과 같은 특정 분야를 언급하지도 않고 그저 싸울 필요가 없다고 했는데, 무공으로 아예 넘어서지 못한다는 말인가? 마군쯤 되는 자가 그런 자포자기의 선언 같은 말을 할 이

유가 무어란 말인가?'

마군이 무공에 환멸을 느끼고서 했던 발언이라면 일견 이해가 갈 수
도 있을 것이다. 그러나 그는 검강을 쓰는 자가 있다는 한마디에 은거
지에서 뛰쳐나와 장건과 대결했던 자가 아닌가. 그렇게 승부욕이 강한
자가 어째서 싸울 필요가 없다고 한 것일까.

'관천호에 대해서는 한 가지 짐작 가는 것이 있긴 하다.'

장건 자신과 독을 연결 짓는 매개체는 강호십일대비기 중의 하나,
현명단이다. 관천호의 경우, 도라는 병장기의 명칭과 그를 연결 짓는
도드라진 매개체가 존재한다. 그것은 만도였다.

오대기병 중의 서열 이위, 이검이 나타나기 전까지는 강호를 통틀어
최강의 기병으로 그 어떤 절세의 보검 보도라 해도 그 앞에서는 초라
해질 수밖에 없다는 신병이었다.

제왕지도(帝王之刀)! 온갖 수식어란 수식어가 다 붙었던 그 병기는
지금 관천호의 손에 들어가 있었다. 가득 차 있다는 의미의 만도, 그것
은 관천호와 철무림을 대변하는 상징이기도 했다.

'만도가 있기에 도로서는 그에게 대적 못한다는 의미인가. 과연 기
병 하나가 도전을 불가하게 만드는 힘을 가지고 있단 말인가?'

이검을 가지고 있는 장건으로서도 받아들이기 어려운 얘기였다. 관
천호가 지극히 뛰어난 무인이긴 하나 누군가 그를 뛰어넘는 무공을 쌓
고 빼어난 도법을 익힌다면 능히 꺾을 수도 있는 것이다.

만도가 있다고 해도 그 칼이 천번지복하는 도술이라도 부리지 않는
한에야 상대의 도전 의지마저 꺾을 재주는 없을 것이 아닌가. 현명단
의 만독불침과 동일하게 적용하기에는 비유가 적절치 않다고 생각되

었다.

송천운에 이르러서는 더욱 이상했다. 마군 자신이 싸워봐야 득이 될 것이 없는 상대라 했고, 또한 검법을 닦는 성검회에 들어간 것이 이해가 가지 않는다고 했다. 그렇다면 그가 더 이상 오를 경지가 없는 검법 고수라는 뜻인가? 만일 그런 경지에 송천운이 올랐다면 그는 벌써 유성도천하를 파훼하고 성검회의 회주가 되어 있어야 할 것이니 말이 안 되는 가정인 것이다.

'내가 아직 깨닫지 못하는 부분이 있는 것 같은데… 수수께끼에 대한 암시랍시고 준 내용들이 너무 형편없군. 정말 기병을 섭렵하여 마군과 다시 싸워볼까나?'

고민하던 장건은 마군이 입을 다물기로 약조한 자가 담청기라는 사실이 떠올랐다. 담청기는 천하오대기병을 제조한 자이니, 이 수수께끼와 오대기병이 연관되어 있을 가능성이 높았다(굳이 암시로 관천호의 도를 거론한 것을 보면 확실한 듯했다). 그렇다면 송천운에게 마군이 도전할 의사를 포기하게 만든 기병은 무엇일까? 천하오대기병 중의 네 개는 이미 장건 자신이 가지고 있지 않나? 한 개는 관천호가 가지고 있고. 그렇다면 세간에 알려지지 않은 여섯 번째 무기가 있는 걸까? 그걸 송천운이 가지고 있다는 말인가?

의문이 꼬리에 꼬리를 물었지만 해답이 쉽게 나올 리 없었다.

장건은 송천운에 대해 좀 더 많은 정보가 필요하다는 것을 느꼈다. 그는 옆에 있는 성연희에게 질문을 던졌다.

"송천운 대좌 말인데, 그가 대좌 직위에 오른 것은 언제요?"

이검 구경에 여념이 없던 성연희는 잠시 생각하고는 대답했다.

"제가 아버지를 따라 본 회에 정식 입문한 직후였을 거예요. 그러니까 육 년 전이 되겠군요. 상산노군께서 은퇴한 후 이좌였던 송 사숙이 자연스레 대좌 직을 계승하셨지요."

"그럼 그 이전부터 쭉 성검회 활동을 했단 얘기요?"

"그럼요. 진검성 때부터 계속 성검회에 적을 두고 계셨다는걸요."

그 얘기는 무이산에서 가진 구태진과의 대화에서도 들은 기억이 있었다.

"좀 이상하군. 그는 사천 전검문의 문주 아니오? 지난 십오 년간 다른 문파의 문주 직과 성검회 십검 자리를 병행했단 말이오?"

"본 회는 그런 경우가 꽤 있어요. 뛰어난 검객으로 인정받은 경우 본 회에 적을 둔 채 개인의 활동은 따로 하는 거죠. 그러다가 일 년에 한 번 회동할 때만 참석하여 자신의 성과를 다른 동료들과 교류하면 회원으로서의 직분을 다한 것으로 인정되죠. 대좌님의 경우 이좌 시절까지는 전검문의 사업에 전념하시는 편이었고, 대좌의 직위에 오르신 후에는 본 회의 일에 보다 주력하고 계세요."

장건은 영호진과 당진량을 해한 흉수로 유력한 용의자들을 조사하면서 당연히 송천운과 그의 소속 단체인 전검문에 대한 조사도 했었다. 전검문은 무너진 진검성의 대를 이었다고 해도 무방한 방파이다. 당시 진검성의 세력들은 사분오열되어 각지로 흩어졌지만 사천에 계속 남은 자들이 있었고, 이들은 덕망이 높은 송천운을 대표로 삼아 전검문을 새로 세웠다. 전검문은 초창기 당문이나 청성파 등 진검성 통치 기간 중 내내 눌려 있던 토착세력들의 강력한 견제를 받았으나 어려움을 극복하고 태동한 지 팔 년 만에 사천의 최강자로 자리잡았고, 그 중심에는 영호진 사후 최고의 검객이라 꼽히고 있는 송천운이 있었다.

호사가들은 사천을 평정한 전검문이 당시 한창 세력 확장 중이던 철무림, 군룡회 등과 같은 행보를 보이게 될 것이라 예상했지만 송천운은 무분별한 확장보다는 내실을 기하겠다며 사천 밖으로 한 발짝도 나가지 않았고, 사천 내에서도 세력 확장을 빌미로 타 문파를 괴롭히거나 하는 짓을 하지 않았다. 이러한 행보로 인해 그는 관천호나 구태진 같은 여타 진검성 출신 십대고수들에 비해 협의지사라고 인정받는 편이었다.

'시기적으로 보면 내실을 기하겠다고 선언한 지 얼마 안 되어 성검회의 대좌가 되었군. 세력 확장 대신 스스로의 검을 닦는 길을 선택한 것이니 자신의 말을 지켰다고 볼 수가 있는 건데……'

어느 쪽으로 봐도 그다지 수상할 것이 없는 행보였다.

장건은 다시 물었다.

"대좌는 회주가 되려고 십차시험에 도전한 적이 있소?"

성연희는 고개를 가로저었다.

"솔직히 말하자면 대좌님 이전에는 십차시험의 진행 자체가 불가능했어요. 본 회의 누구도 유성도천하를 흉내 낼 수가 없었으니까요. 그나마 대좌님이 적극적으로 본 회의 행사에 참여하고 나서야 간신히 세 사람이 함께 시전하는 유성도천하가 가능하게 되었죠. 그것도 대좌님이 주도하시지 않으면 시전이 불가능한 실정이에요."

"그럼 대좌는 시험을 치를 상대가 없기 때문에 회주 직에 도전 못하는 거요?"

"그렇기도 하고, 아니기도 해요. 대좌님 본인이 말씀하시길 아직 유성도천하를 홀로 시전하지도 못하는데 어찌 파훼식을 만들 수 있겠냐고 하시니까요."

"흠……."

장건은 다시금 생각에 잠겼다. 송천운의 지난 십오 년간의 행보는 매우 신중하고 반듯했다. 얘기를 듣고 보니 마음만 먹으면 성검회의 회주도 될 수 있었을 듯했다. 유성도천하를 불완전하게나마 시전할 수 있는 유일한 인물이니 파훼식을 만들었다고 주장한다면 그걸 검증할 사람이 없지 않나.

'그럼에도 불구하고 회주 직을 욕심내지 않았다는 것은 야망이 크지 않다는 것인데……'

장건이 생각하는 흉수의 범행 동기는 천하제일인자가 되겠다는 야심이었다. 그런데 지금까지 분석한 송천운의 성격이 사실이라면 용의 선상에서 빼줘도 될 듯했다.

'벌써부터 단정 지을 필요는 없다. 오히려 단정하고 반듯한 이면에 누구도 알지 못하는 전혀 다른 얼굴이 숨어 있을지도 모르니까.'

마군의 송천운에 대한 언급이 여전히 마음에 걸렸다. 그 수수께끼가 풀리지 않는 한 송천운을 용의 선상에서 섣불리 뺄 일은 없을 것이다.

마차와 기마는 쉼없이 달려 어느덧 성 경계에 도착했다. 장건이 맡겨 뒀던 병장기들을 찾으러 간 장소에는 뜻밖에도 서달룡이 기다리고 있었다. 장건은 그에게서 놀라운 소식 몇 가지를 접하게 되었고, 그로 인해 십검단과 장건의 진로는 대폭 수정되어야만 했다.

제9장
장건, 서문세가로 돌아오다

장건, 서문세가로 돌아오다

강호가 들썩이고 있었다.

변방의 잠재적 위험으로 여겨졌던 집마부, 그 실체가 드디어 모습을 드러낸 것이다.

중원 최남단 귀주 한구석에 숨어 있다던 그들은 도적같이 강서성에 출몰했다. 삽시간에 강서성 남부 문파들을 휩쓸어 버린 집마부의 세력은 여세를 몰아 강서성의 상징적인 무가라 할 수 있는 남창의 서문세가로 진격했다.

강서와 귀주 사이에는 호남이 가로놓여 있다. 집마부가 호남을 가로지르면서 호남의 터줏대감 격인 군룡회와 충돌하지 않았다는 것은 군룡회가 그들을 묵인, 방조했다는 말에 다름 아니었다. 게다가 군룡회와 대적하고 있던 서문세가로 곧장 진격하고 있다는 것은 두 세력 간의 결탁 가능성까지 염두에 둘 수 있는 대목이다. 세간에는 군룡회가 집마부를 끌어들여 강서를 친 다음 호북까지 진격할 거라는 소문이 파다했다.

서문세가는 때마침 영호세가의 세력을 끌어들여 놓고 있던 터라 어느 정도 버틸 수 있을 거라 기대되었다. 그러나 그 기대는 이내 무참히 짓밟혔다. 불과 사흘 만에 남창이 함락되었고, 가주인 서문강조는 집마부의 부부주 혈염신마(血染神魔) 개서추에게 목숨을 잃었다.

서문세가까지 무너지자 련주 선출 문제로 출범이 지지부진하던 강북 무림련은 즉시 임시 체제로 결성되어 집마부의 공격에 대비하기 시작했다. 소문대로라면 군룡회와 결탁하여 호남에서 북상할 가능성이 가장 높았기에 무당파 등 주요 문파가 운집한 호북에는 폭풍 전야와도 같은 긴장감이 감돌았었다.

그런데 정작 집마부가 이차 준동을 시작한 곳은 호북이 아닌 사천이었다. 운남의 점창파가 소리소문없이 무너진 데 이어 사천의 청성파, 당문 등이 차례로 쓰러졌다. 집마부는 강서와 사천, 두 갈래로 전력을 나누어 공격을 하면서도 양쪽 모두에서 일방적인 승리를 거두었다.

이제 마지막 보루는 사천의 패자 전검문이었다. 강호인들은 천하십대고수 가운데서도 세 손가락 안에 꼽히는 강자이며 최고의 검객으로 불리는 송천운이 이끄는 전검문이라면 집마부를 막을 수 있을 거라 생각했다. 아니, 그렇게 믿고 싶어했다.

중원 무림은 이제 두려움에 떨고 있었다. 웅크리고 있던 호랑이 집마부의 거대한 포효가 이내 모든 것을 삼켜 버릴 듯했기 때문이다.

*　　　　*　　　　*

야심한 밤, 커다란 장원에 두 개의 검은 그림자가 소리없이 흘러들어 왔다. 장원은 무슨 사고가 있었는지 폐허가 되다시피 무너져 버린 상태였다. 그렇기에 사람이 살고 있을 것 같지 않았지만 두 그림자의 움직임은 매우 조심스러웠다.

검은 그림자들은 불타 버린 후원으로 움직였다. 둘은 반쯤 타버린 커다란 소나무 앞에 멈춰 섰다.

키 작은 인영이 늙수그레한 목소리로 말했다.

"다행히 아직 박혀 있군. 저 위일세."

그의 손은 나무 위쪽을 가리켰다. 키 큰 인영은 고개를 끄덕이고는 나무 위로 가볍게 뛰어올랐다. 그는 나무 둥치 중간쯤에 삐죽 튀어나온 뭔가를 낚아채 뽑고는 소리없이 땅에 착지했다.

키 큰 인영은 신중히 뽑아낸 것을 살피고는 고개를 끄덕였다.

"예상대로요."

"확실한가? 어두운데 불이라도 켜고 보는 게 어때?"

"두 번이나 본 물건을 헷갈릴 리야 있겠소. 이건 분명 마검혈궁의 화살이오."

"그것 참 기이한 일이군. 그럼 거의 같은 시기에 마검혈궁이 강서와 복건성에 동시에 있었단 말인가?"

"충분히 그럴 수도 있지요. 똑같은 활과 화살을 꼭 한 명만 쓰라는 법은 없으니까."

"자네 말은……!"

"마검혈궁이 단 한 사람이라는 것은 억측일 수도 있겠단 생각이 드오. 둘이 될 수도 있고, 셋이 될 수도 있고, 더 많을 수도 있을 거요. 이 활과 화살만 충분하다면."

"이런 화살은 쉽게 만들 수 있는 물건이 아닐세. 실력이 대단한 장인이 만든 명기임이 분명해. 쩝, 장이회만 건재하다면 추적할 수도 있었을 텐데……."

입맛을 다시는 작은 인영은 서달룡이었고, 다른 한 명은 장건이었다. 둘은 지금 폐허가 된 서문세가에 와 있었다.

"아무튼 서문 대협을 죽인 것이 집마부의 부부주 개서추가 아니라 마검혈궁인 것은 확인되었구려."

"마검혈궁이란 놈이 그렇게 무서운 놈인지는 처음 알았네. 세가에서 벌어진 전투는 강호에 퍼진 소문과는 달리 일방적이지 않고 백중세의 접전이었네. 되레 서문 대협의 검에 개서추란 놈이 쓰러지기 직전이었지. 그때 뒤에서 소리없이 날아온 두 대의 화살이 아니었더라면 개서추는 곧 쓰러졌을 것이고, 서문세가와 영호세가 연합은 승기를 잡았을 걸세. 서문 대협은 뒤에서 날아온 화살 한 대를 간신히 쳐냈지만 곧바로 닥친 두 번째 화살에 결국 절명하고 말았지. 쳐낸 화살이 박힌 곳이 바로 저 나무였고."

서달룡은 당시 생각이 나는 듯 몸을 움츠렸다. 그는 전투가 벌어질 당시 서문세가에 있다가 간신히 몸을 빼내 장건에게 간 것이었다.

"내가 몸을 빼낼 수 있었던 것은 전적으로 그 범 선생 때문이었네. 생긴 건 변변찮은 양반이 무공이 상상 이상이더군. 아직 몸이 완전치 않은 조비연 소저와 서문세가의 애들까지 챙기고서 그 아비규환을 빠져나갔으니 말이지."

조비연은 백담이 가져간 천우신단을 먹고 다행히 생명을 구했다고 한다. 범생과 나할라리, 석초진 등은 조비연을 경호한다는 핑계로 세가에 계속 남아 있었는데 위기의 순간 결정적인 역할을 한 모양이었다.

"그들이 어디로 갔는지는 모르오?"

"모르겠네. 달아나는 중에 나와 헤어져 버렸으니 알 턱이 없지. 걱정은 안 해도 될 걸세. 그 일행은 범 선생도 범 선생이지만 노련한 친구들이 많아서 쉽사리 잡히지는 않을 게야."

장건은 고개를 끄덕였다. 수수께끼의 기인인 범생과 강호 경험이 많은 석초진, 나할라리, 패기만만한 조비연은 썩 조화가 잘된 무리였다. 서달룡 말대로 쉽게 잡힐 리는 없는 사람들이었다.

"지금 문제는 영호세가일세. 아들이 마검혈궁의 손에 죽임을 당한 지 몇 년 되지도 않았는데 딸까지 행방불명이 되었으니 세가가 발칵 뒤집힌 모양이더군."

장건은 침중한 표정을 지었다. 영호선은 약속대로 계열 세력을 이끌고 서문세가에 와서 함께 집마부와 싸웠다고 한다. 그런데 전투가 끝난 후에도 그녀의 행방이 알려진 바가 없었다. 살았는지 죽었는지, 생포되었는지 다른 곳으로 도망쳤는지 전혀 확인이 되지 않고 있었다.

"영호세가 쪽에 배신자가 있었다는 것은 확실하오?"

"확실하네. 원래 작전은 서문세가의 장원까지 집마부를 끌어들인 후 영호세가 무사들이 배후를 친다는 거였네. 그런데 쥐도 새도 모르게 움직이던 영호세가의 위치가 갑자기 탄로나고 말았네. 영호세가 내부에서 배반자가 있지 않았다면 절대 발각될 수가 없는 상황이었어."

장건은 미간을 찌푸렸다. 영호세가는 외부에서 보는 천하제일세가라는 시각과는 달리 내부적으로는 무척 문제가 많은 가문임이 틀림없었다.

"들기로는 가주인 영호관웅이 세가의 전 무사를 이끌고 남하하고 있다던데, 조만간 이 남창이 다시 시끄러워질지도 모르지."

장건은 문득 팔에 채워진 용완구의 무게가 느껴졌다.

처음 만났을 때부터 자신에게 전적인 믿음을 보이며 선뜻 용완구를 내주었던 그녀, 그리고 다시 만났을 때 오빠를 잃은 슬픔을 삼키며 또 한 개의 용완구를 내주던 영호선의 모습이 눈에 밟혔다.

생각해 보면 영호선에게는 호의만을 받았을 뿐 정작 그녀가 원하는 것은 뭐 하나 제대로 들어준 것이 없었다. 진룡환인검만 해도 처음에는 찾아줄 마음이 없다가 마지막 순간에 변심하여 그녀를 도운 것뿐이고, 꼭 잡아달라던 마검혈궁은 장건 자신의 일에 바쁜 나머지 찾는 시늉도 해본 적이 없지 않은가.

서문세가가 패하고 그녀가 생사 불명이 된 것도 따지고 보면 마검혈궁이 결정적인 역할을 한 셈인데, 만일 그가 만사 제치고 마검혈궁을 먼저 추격했다면 그녀가 이런 위험에 빠질 일이 있었을까?

부질없는 가정임을 잘 알지만 장건은 가슴이 답답해 왔다. 의무감에서인지 죄책감 때문인지 잘 알 수 없었지만 어떻게 해서든 영호선을 구해내고 싶은 심정이었다.

"새로 들어온 소식은 없소? 영호 소저에 관해서 말이오. 집마부에 잡혀 있는 게 확인되었다던가."

"잠시만 기다리게. 정보원 한 명이 여기 오기로 했으니까. 새로운 소식이 있으면 말해줄 걸세."

승리자인 집마부는 폐허가 된 서문세가를 방치해 두었기 때문에 누굴 비밀리에 불러 만나기는 적격인 장소였다. 시간이 얼마 지나지 않아 정보원이 도착했고, 그는 장건들이 빠르게 이동하느라 듣지 못했던 지난 보름간의 굵직한 소식들을 전해왔다.

"사천이 함락되었답니다. 전검문이 성도에서의 충돌에서 패배하여 중경까지 밀려났다고 합니다."

"으음… 전검문까지 밀려나다니, 집마부의 저력이 상상을 불허하는 군."

서달룡은 신음성을 흘렸지만 장건은 어느 정도 전검문의 패배를 예상하고 있었다. 문주가 자리를 비운 상태였으니 싸움이 제대로 될 리가 있겠는가. 전검문이나 송천운 입장에서는 불운한 전투가 아닐 수 없었다.

'그가 어떻게 나올지 궁금하군. 성검회가 과연 어떤 식으로 이 싸움에 개입할지도.'

정보원은 집마부가 사천을 넘어 섬서와 호북으로 거침없이 진격 중이라고 했다. 그리고 그는 장건의 귀가 번쩍 뜨일 만한 소식을 이야기했다.

"강서성으로 내려오던 영호세가의 행보가 갑자기 멈춰졌습니다. 동호(東胡) 부근에서 더 이상 움직이지 않고 있습니다."

"왜 그러지? 영호 소저가 행방불명된 후 집마부와 당장이라도 일전을 벌일 듯이 신속하게 오고 있었잖아."

"저희가 얻어낸 정보에 의하면, 그들은 지금 풍파투도를 수소문하고 있다고 합니다."

뜻밖의 말이었다. 서달룡은 장건을 바라보았고, 장건은 알겠다는 듯 말했다.

"영호 소저의 행방을 찾은 모양이군. 그렇지 않고서야 행보를 멈출 이유가 없지."

"한데 자네를 찾는 이유는 뭘까?"

"그건 나도 모르겠소."

"가볼 텐가?"

"그럴 작정이오."

*　　　*　　　*

"풍파투도가 왔다고?"

상관충은 놀란 얼굴로 앉아 있던 자리에서 벌떡 일어섰다.

소식을 전한 부하는 고개를 조아리며 말했다.

"지금 객잔 대청에 있습니다. 안으로 들일까요?"

"들여보내게!"

부하가 나간 뒤 얼마 안 되어 객방 문이 열렸다. 그리고 낯익은 얼굴이 안으로 들어왔다. 풍파투도였다.

상관충은 환해진 표정으로 말했다.

"오랜만이군. 이렇게 빨리 올 줄은 몰랐네."

장건은 물끄러미 그를 바라보며 말했다.

"당신이 날 맞이할 줄은 몰랐군."

상관충은 장건을 데려온 부하에게 말했다.

"밖에 나가서 대기하도록."

부하가 방을 나가고 단둘만 남게 되자 상관충은 장건에게 무릎을 꿇었다.

"무슨 짓이오?"

그는 허리까지 구부리며 말했다.

"용서하게! 당시에는 기밀 유지가 최우선이었기에 어쩔 수가 없었네. 이제와 사과하는 것이 의미가 없다는 것을 아네만 아가씨를 봐서라도 용서해 주게!"

그는 삼 년 전 장건과의 거래를 끝마친 후 그를 살인멸구하려 영호선 몰래 자객들을 동원했었다. 이제와 어울리지도 않는 사죄를 하는 것을 보면 뭔가 아쉬운 구석이 있는 듯했다.

장건은 냉랭한 눈으로 허리를 구부린 그를 내려다보았다. 좌측 어깨에 똘똘 매인 붕대가 눈에 들어왔다. 그러고 보니 얼굴에도 아물지 않은 작은 자상 몇 개가 있었다. 막 격전을 치르고 난 사람 같은 모양새였다.

장건은 차갑게 말했다.

"일어나시오. 당신하곤 별로 어울리지 않는군."

상관충은 그의 눈치를 보며 일어났다.

"그 일은 눈감아주는 건가?"

"짚고 넘어갈 작정이었다면 여기 오지도 않았을 거요."

"고맙네. 은혜는 잊지 않으이. 그리고 가주한테는 비밀로 해주게."

장건은 눈살을 찌푸렸지만 별다른 대꾸를 하지 않았다.

상관충은 객방 밖으로 그를 이끌었다. 둘은 객잔의 후원으로 향했다. 그곳에 영호세가주가 머무르고 있다고 했다.

"날 부른 이유가 뭐요?"

"짐작하고 온 거겠지만 아가씨의 행적을 알아냈네. 아가씨는 지금 군룡회 놈들에게 잡혀 있네."

'역시······.'

집마부에게 공격을 당했는데 군룡회에게 잡혀 있다는 것은 집마부와 군룡회가 결탁했을 거라는 강호의 소문이 사실이라는 의미였다.

"군룡회 놈들은 인질을 찾고 싶으면 본 가의 두 가지 보물을 가져오라더군. 하나는 지금 우리에게 있지만 또 다른 하나는 바로 자네가 갖고 있는 물건일세."

장건이 가지고 있는 영호세가의 보물은 하나뿐이었다.

"용완구 말이오?"

"그렇네."

기이한 일이었다. 진룡환인검과 용완구는 나름대로 가치를 지닌 물건들이었지만 천하오대기병도 아니지 않은가. 왜 그 두 가지를 영호선과 같은 훌륭한 인질과 바꾸려 하는 것일까?

생각하는 사이 둘은 후원에 도착했다.

후원의 가장 큰 객방 문 앞까지 간 상관충은 문을 두드렸다.

안에서 진중한 목소리가 들려왔다.

"무슨 일이냐."

"풍파투도가 왔습니다."

안에서는 잠시 말이 없었다.

"들어오게."

"알겠습니다."

장건은 상관충이 열어진 문 안으로 들어섰다.

객방 안에는 오십대 초중반 정도의 중년인이 의자에 걸터앉아 있었다. 기골이 장대하고 허리에는 고색창연한 보검이 매여져 있어 한눈에 무인임을 알아볼 수 있었지만 정광이 어려야 할 눈빛은 흐리멍덩하고 왠지 모르게 지친 느낌이 들었다. 그가 바로 영호진의 둘째 아들이며, 영호세가를 맡고 있는 영호관웅이었다.

영호관웅은 흐릿한 눈을 들어 장건을 바라보았다.

"자네가 풍파투도인가?"

"그렇소."

그는 지친 듯한 느낌의 목소리로 말했다.

"상관 대주에게 설명은 들었나?"

"들었소."

"용완구를 돌려줄 수 있겠나?"

"……."

잠시 생각하던 장건은 그에게 물었다.

"진룡환인검과 용완구만 있으면 인질을 교환해 주겠다고 하오?"

"그렇네."

"어디로 가져오라 했소?"

"장사의 군룡회 본타일세."

장건은 눈을 번득였다.

"용완구는 주겠소. 다만 조건이 두 가지 있소."

"뭔가?"

"첫 번째로, 이 물건들은 내가 직접 가져가서 교환하겠소."

"자네가?"

흐릿하던 영호관웅의 눈이 이채를 띠었다.

"그럴 것까지야 있나? 자네한테 용완구를 달라는 것도 미안한데 그이상의 신세를 질 수야 없지."

상관충의 말이었다.

장건은 그의 말에는 신경 쓰지 않고 영호관웅에게 말했다.

"내 조건을 들어줄 것인지 결정하시오. 안 된다고 하면 그냥 가겠소."

영호관웅은 담담한 어조로 말했다.

"그러하다면 우리에겐 선택의 여지가 없네. 상관 대주, 이 친구와 동행하게."

상관충은 경색된 얼굴로 말했다.

"가주님, 놈들의 조건을 들으셨잖습니까? 물건을 가진 단 한 명의 사자만 본타로 보내라고 말입니다."

"달리 방도가 없지 않나. 정히 그 말이 신경 쓰인다면 자네는 본타 근처까지만 동행하고 이자에게 물건을 들려 보내게."

"가주! 이자가 행여 다른 마음을 먹기라도 한다면 어쩌시려고……."

장건은 속으로 코웃음을 쳤다. 기껏 호의를 베풀러 온 사람 앞에서 할 소리가 아니지 않은가. 상관충은 예나 지금이나 여전히 속이 시꺼먼 놈이었다.

영호관웅 역시 그렇게 생각한 듯 노한 목소리로 말했다.

"상관 대주, 자넨 다 좋은 데 사람을 믿지 못하는 게 가장 큰 문제야. 이 청년이 다른 마음이 있었다면 굳이 여기까지 올 이유가 있겠는가?"

"그러나……."

"자넨 그만 입 다물고 있게."

상관충을 다그친 영호관웅은 장건에게 시선을 돌렸다.

"자네가 원하는 대로 해주겠네만 한 가지 의문이 있네. 굳이 위험한 곳으로 가겠다는 이유는 뭔가?"

"사업상의 절차이기 때문이오."

"사업상의 절차라? 무슨 말인가?"

장건은 팔뚝에 채워진 용완구를 들어 보였다.

"이 물건은 영호 소저에게 청부의 대가로 받은 물건이오. 그러나 난 아직 그 청부를 이행하지 못했소. 그런 와중에 대가품을 반환해야 하는 상황이니 당연히 직접 의뢰인을 만나 허락을 구하고 물건을 돌려줘야 하지 않겠소?"

"허허, 도둑치고는 직업 윤리가 투철하군 그래. 좋아, 그럼 두 번째 조건은 뭔가?"

장건은 상관충을 슬쩍 한 번 쳐다보고는 말했다.

"그에 대해서는 가주와 단둘이서만 얘기하고 싶소."

상관충은 인상을 잔뜩 구기며 영호관웅에게 눈짓을 했지만 영호관웅은 장건의 말을 들어주었다.

"자넨 나가 있게. 얘기가 끝나면 바로 출발할 수 있도록 준비하게."

"알겠습니다."

상관충이 나가고 난 후 영호관웅이 말했다.

"이제 말해보게. 두 번째 조건은?"

"그전에 하나 묻겠소. 저 상관충이란 자는 영호세가에서 하는 일이 뭐요?"

영호관웅은 인상을 찌푸렸지만 순순히 대답했다.

"정보를 총괄하는 비영대주를 맡고 있네. 본 가의 책사라고 봐도 무방할 걸세."

"그렇군. 그런데 몸 상태가 안 좋아 보이던데 어디서 다친 거요?"

상관충의 어깨에 매여진 붕대와 얼굴 자상의 원인을 묻는 거였다.

"상관 대주는 본 가의 강서성 원정에 선아와 함께 참여했었네. 본 가의 세력이 궤멸하다시피 한 상태에서 간신히 몸을 빼내 우리와 합류한 것일세. 불행 중 다행이지. 그가 없었다면 자네와 연락하는 것조차 요원했을 테니."

장건은 알겠다는 듯 고개를 끄덕였다.

"알겠소. 이제 두 번째 조건을 말하리다."

"상관 대주와 관계있는 건가?"

"아니, 연관은 없소."

장건은 한결 낮아진 목소리로 말했다.

"이전부터 조사해 온 것이 있는데, 당신이 알고 있는 사실을 말해주면 나에게 큰 도움이 될 것 같소."

"뭘 알고 싶은 건가?"

장건은 잠시 뜸을 들이다가 말했다.

"십오 년 전 진검성에서 벌어진 일을 빠짐없이 말해주시오. 영호 대협이 누구에게 죽었는지, 성이 사분오열된 주원인은 누구에게 있는지."

영호관웅은 전혀 예상치 못한 질문에 큰 충격을 받은 듯 잠시 몸을 가누지 못했다.

"무, 무슨 헛소릴 하는 게냐? 부친께서는 병사하셨다."

"거짓말할 생각은 하지 마시오. 당신이 모든 것을 알고 있다고는 생각지 않소. 그저 아는 대로만 말해주시오."

영호관웅의 눈동자가 급격하게 흔들렸다. 그는 벌떡 일어서서 검을 뽑아 장건에게 겨누었다.

"네, 네놈은 대체 누구냐? 왜 그런 것을 캐묻는 거지?"

장건은 한동안 말없이 그가 내민 검극을 응시하다가 입을 열었다.

"공공자란 이름을 알고 있소?"

"혼돈지서를 쓴 공공자 말이냐?"

"그렇소. 난 그분의 후예요."

"공공자의 후예가 왜 부친의 일을 캐묻는 것이냐?"

"사부께서는 암살당했소, 당신의 부친을 죽인 자의 손에."

"……!"

한동안 침묵이 이어진 후, 대화는 재개되었다. 재개된 대화는 오랫동안 끊어지지 않고 이어졌다.

제10장
장건, 공격을 받다

장건, 공격을 받다

　　　　장건은 동호에서 출발하는 배를 타고 장강을 거슬러 남서쪽으로 향해 가고 있었다.

장건은 붉게 물든 서녘 하늘을 응시한 채 동호변 객잔에서 영호관웅과 있었던 일을 떠올렸다.

그는 영호관웅에게 자신이 공공자의 후계자라는 것을 밝히며 공공자가 어떻게 죽임을 당했는지, 또 어째서 그를 죽인 자가 영호진을 살해했을 거라 판단하게 되었는지를 설명했다.

또한 조사에 착수한 후 밝혀낸 중요한 사실, 영호세웅과 반우재가 영호진의 죽음에 연루되었다는 고태붕의 증언까지 이야기했다. 이 대목을 영호세웅의 동생인 그에게 털어놓는다는 것이 조금 고민되었지만 영호관웅은 영호진 사후 영호세웅과 대적하는 위치에 있기에 그까지 고태붕이 밝힌 사건에 연루되어 있을 것 같지는 않다는 판단이 들었다.

또한 영호선을 빌미로 그에게 진술을 강요하는 게 썩 내키지 않았기에 좀 더 솔직하게 협조를 구하고자 하는 마음도 있었다.

영호세웅과 반우재에 얽힌 얘기를 들은 영호관웅은 큰 충격을 받은 얼굴이었다. 그는 한참을 침묵한 끝에 입을 열었다.

"가문의 치부를 드러내는 것 같아 무덤까지 가져가려 한 일인데… 자네가 이미 알고 있다 하니 말을 못 해줄 것도 없겠지. 나도 형님이 부친의 죽음과 연관이 있다는 것을 어렴풋이 짐작하고 있었네."

그는 사고 당시 성에 있지 않았기 때문에 정확한 내막을 알 수 없다고 했다. 그러나 나중에 성에 복귀한 후 나름대로 조사한 바에 의하면 분명 무광 반우재와 영호진은 사고 당일 비무를 했고, 참관인으로 영호세웅이 그 자리에 있었다고 한다.

"그럼 무광 반우재가 영호진을 죽였다는 고태붕의 증언이 사실일 수 있단 말이군요."

영호관웅은 고개를 흔들었다.

"난 아직까지도 그가 부친을 해했을 리는 없다고 생각하네. 부친에 대한 그의 충성심은 아들인 내가 부친을 생각하는 마음보다도 훨씬 강했어. 그와 형님이 사고 당시 같은 자리에 있었다면 차라리 형님을 의심하겠네."

그는 비무가 있었다는 사실을 포착한 후 영호세웅과 반우재를 차례로 찾아갔다. 영호세웅은 반우재가 도전을 한다기에 참관인으로 간 것은 사실이지만 부친이 몸이 불편하다고 나중으로 비무를 미루자고 했다는 것이었다. 그리고 나서 그날 저녁 병이 갑자기 위중해져 돌아가셨다는 말이었다. 영호관웅은 느낌상으로 영호세웅이 뭔가 숨기고 있다고 확신했다.

반우재를 찾아가 봤지만 그는 영호진이 죽은 후 자기 집 지하에 틀어박혀 계속 술만 마시고 있었다. 취한 그에게 뭘 물어도 제대로 된 대답이 나오지 않았다. 영호세웅이 말한 대로 비무를 하지 않았다는 말만 앵무새처럼 되풀이할 뿐이었다.

"형님은 야심가였지. 부친의 대를 이어 천하제일세력의 주인으로 행세하겠다는 꿈에 늘 부풀어 있었어. 그러나 부친은 자신의 은퇴와 동시에 진검성을 해체하겠다는 뜻을 피력하셨지. 성의 힘이 너무 강성하여 강호에 해악을 끼칠 수도 있다는 우려 때문이셨네. 형님이나 여타 가신들은 극력 반대했고, 나 역시 반대했으나 부친의 뜻은 결코 변하지 않았어. 난 부친이 타살되신 것이 맞다면, 범인은 진검성의 힘을 욕심 낸 가신 중의 한 명이거나… 형님일 거라고 생각했네. 아니, 솔직히 말해 가신 중에 단독으로 아버님을 살해할 능력이 있는 자는 없다고 봤기 때문에 형님이 어떤 식으로든 부친의 사망과 결부되어 있을 거라 확신했지."

그런 마음을 품게 된 이후 영호관웅은 영호세웅을 가만 놔두면 안 되겠다는 판단이 들었고, 그때부터 둘은 치열한 기득권 싸움을 벌였다. 그 힘 겨루기의 와중에 관천호, 구태진, 송천운 등 핵심 가신들이 차례로 성을 떠나면서 결국 그 누구도 승리자가 되지 못했다. 진검성은 그렇게 공중분해 돼버렸고, 영호세웅은 끝까지 욕심을 부리다 자객의 손에 유명을 달리했다.

"형님이 그렇게 죽고 나자 허탈하더군. 주위를 돌아보니 이미 진검성은 진검성이 아니었네. 형제끼리 실체가 없는 싸움을 벌이고 있었던 게야."

그는 영호세웅과 지리한 싸움을 거듭하면서 증오가 쌓이다 보니 자신의 형이 권력에 대한 욕망 때문에 부친을 죽였을 거라 확신했다. 그러다가 영호세웅이 죽어버려 증오의 대상이 없어지고 나니 더 이상 부친의 죽음에 대해 알고 싶은 마음 또한 없어져 버렸다.

그는 모든 것이 허탈해져 껍데기만 남은 진검성을 정리하고 사천을 떴다. 그리고 하북으로 가서 영호세가를 새로이 구축하는 데 힘을 쏟아왔다는 것이 그의 얘기였다.

"십오 년이 흐른 지금 자네의 말을 다시 듣고 보니 부친의 죽음이 형님 탓이 아닐 수도 있다는 한가닥 희망이 생기는군. 여전히 공범일 가능성이 남아 있지만 최소한 주모자가 아닐 지도 모르지."

"당신은 누구일 가능성이 크다고 보오?"

"글쎄, 부친에 버금가는 검도고수라면… 첫 번째로 꼽힐 수 있는 자는 송천운일세."

장건은 고개를 끄덕였다. 공공자가 죽기 직전 남겨둔 혈서에 의하면 흉수는 진검성의 현음검법을 영호진 못지않게 구사했다고 했다. 현음검법은 본래 영호가의 가전무공이었으나 송천운과 같이 성의 핵심 고수로 육성되는 이에는 왕왕 익히는 것이 허용되기도 했다.

"당신의 형은 어떻소? 그는 영호 대협의 직계이니 당연히 현음검법을 통달했을 것이 아니오?"

영호관웅은 고개를 저었다.

"형님은 검법에 조예가 깊지 않았네. 나보다도 못했지. 오히려 장법이나 도법에 뛰어난 편이었다네."

"무광 반우재는 어떻소? 그는 현음검법을 익혔소?"

"그는 무광이란 별호답게 성의 무공을 익히지 않은 것이 없네. 분명 현음검법도 익혔겠지만……."

영호관웅은 말꼬리를 흐렸다. 여전히 그가 범인일리는 없을 거라 확신하는 듯했다.

"관천호는 어떻소? 그는 도법고수로 알려져 있는데 현음검법을 익혔소?"

"그가 부친께서 하사한 만도를 지니게 된 후로 천하제일도객이니 하는 별칭이 붙는 바람에 도객으로 인식되고 있지만 실은 무광 반우재 못지않게 다재다능한 인물일세. 도는 물론 검, 편, 곤, 창, 암기, 활 등 못 다루는 무기가 없지. 다만… 그는 앞선 두 사람과는 달리 현음검법을 익히지 않았네. 당시 진검성에서 본 가의 직계 외에 현음검을 전수받은 자는 앞서 말한 두 명뿐일세."

영호관웅은 심정적으로는 관천호가 유력하다고 생각하는 듯했다. 그는 위험한 야심가로 알려져 있었고, 실제로 당시에도 영호진이 은퇴하면 자신의 세력을 이끌고 성을 박차고 나갈 것이라는 소문이 파다했었다고 한다. 그에 반해 유력한 용의자인 송천운에 대해서는 호의적인 시각이었다. 그는 일세검협이란 별호처럼 협의를 지니고 있으며 성실한 자란 평이었다. 실지로 송천운은 가신 가운데서 가장 마지막까지 성을 지켰던 사람이기도 했다. 오히려 성의 무사들에게 신임을 얻고 있는 그를 경계했던 것은 영호세웅과 관웅 두 형제였다. 둘은 앙앙불락하면서도 송천운이 행여 어부지리를 얻어 성주로 추대되지 않을까 두려워 그에게 성에서 나가주기를 종용했고, 송천운은 제 발로 나간 다른 가신들과는 달리 둘의 등쌀에 못 이겨 축출되는 식으로 성을 떠나고 만 것이다.

영호관웅은 당시 그와 손을 잡았더라면 성이 와해되는 것은 막았을 거라고 후회하고 있었다.

장건은 영호선을 일단 구한 후 조사를 계속하겠노라고 했고, 영호관웅은 앞으로 세가와 협조하여 흉수를 밝혀내자며 모처럼 의욕을 보였다. 거기까지가 객잔에서 있었던 영호관웅과의 대화였다.

'사건의 해결을 위해서는 무광 반우재를 찾아야 한다.'

장건은 남녘으로 시선을 돌렸다. 그쪽에는 호남 땅이 있었고, 군룡회의 본타가 도사리고 있을 것이다. 영호선은 그곳에 붙들려 있다고 했다.

생각해 보면 기이한 일이었다. 회주인 구태진이 죽임을 당했음에도 군룡회는 전혀 타격을 입지 않은 듯 활발하게 움직이고 있었다. 그들은 집마부가 쓸고 지나간 강서성에 나타나 지지기반을 새로이 확립하고 있었고, 주력 부대가 집마부와 연합하여 호북으로 향해가고 있다는 소문도 돌고 있는 상태였다. 더욱 이상한 것은 구태진이 죽었다는 사실을 전혀 언급하지 않고 있다는 것이다. 그 덕분에 강호인들은 구태진이 죽은 줄도 모르고 집마부와 결탁한 그에 대한 두려움에 떨고 있는 실정이었다.

'결국 내 직감이 맞았던 것이다. 구태진은 꼭두각시였고, 실질적으로 군룡회를 조종하는 것은 수겸이 틀림없다.'

그때 누군가 그의 등을 두드렸다.

장건은 슬쩍 고개를 돌렸다. 동행한 상관충이었다.

"무슨 생각을 그리 골똘히 하나?"

"별것 아니오."

장건의 퉁명스러운 대꾸에 잠시 머쓱한 표정을 짓던 상관충은 옆 난간에 기대어 눈치를 보는가 싶더니 다시 말을 걸었다.

"객잔에서 말일세, 가주랑 무슨 얘길 했나?"

"알 것 없잖소."

"혹시 삼 년 전 일을 고자질하거나 하진 않았겠지?"

장건은 피식 웃고는 말했다.

"그 얘긴 안 했으니 걱정 마시오."

상관충은 어설픈 웃음을 흘렸다.

"자네를 믿겠네. 한데 그때도 그렇고 지금도 아가씨 구하는 일에 발 벗고 나서는 것을 보면 마음이 있긴 있나 보지?"

장건은 쓸데없는 말만 하는 상관충과 대화를 계속하기가 싫었다. 그는 기대고 있던 난간에서 일어나 선실로 몸을 돌렸다.

"먼저 자겠소. 내일 아침에 봅시다."

선실로 향해 가는 그를 바라보는 상관충의 표정은 미묘했다. 장건의 무시하는 듯한 태도에 화가 날만도 하건만 그의 얼굴에는 기묘한 미소가 어려 있었다.

철썩— 철썩—

수면 위에 형성되는 작은 파랑이 주기적으로 뱃전에 와서 부딪쳤다. 그 소리는 배 안에 탄 사람들의 귀를 자극하지 않을 정도로 은은하게 들려와 잠을 방해하지 않고 오히려 편안한 자극을 주었다.

장건과 상관충이 쓰고 있는 선실에는 불이 꺼져 있었다. 창도 없는데다가 밤이었기에 선실 안은 칠흑같이 어두웠다. 두 사람의 고른 숨소리와 배의 측벽에서 울려오는 은은한 파랑 소리만이 어두운 공간에 울리고 있었다.

상관충이 눈을 뜨더니 조용히 일어섰다. 용변이라도 보려는 듯 엉거주춤한 자세로 조용히 문을 열고 밖으로 나갔다. 그리고 문이 다시 조용히 닫혔다.

탁—

문이 닫히는 소리는 아주 작았지만 장건의 눈이 번쩍 뜨였다. 그는 고개도 돌리지 않은 채 가만히 천장을 바라보았다. 그러다가 설핏 깨었던 잠을 다시 청하려는 듯 이내 눈을 다시 감았다.

철썩— 철썩—

작은 파랑의 울림이 일정한 간격으로 지속되었다. 밤이 계속되고 배가 계속 간다면 영원히 지속될 것 같았던 작은 소리의 반복은 한순간 굉음으로 뒤바뀌었다.

쾅!

배를 뒤흔드는 굉음과 함께 뭔가가 장건이 누워 있는 바로 옆 측벽을 으깨며 튀어 들어왔다.

쾅! 쾅! 쾅! 쾅!

폭발음은 그 뒤로도 네 번 연이어 지속되었고, 그때마다 측벽의 한 부분이 파괴되며 시커멓고 길쭉한 것이 선실로 꽂혀 들어왔다.

벽을 꿰뚫고 들어온 길쭉한 것들은 선실 내부를 산산조각으로 파괴했다. 내부에 있는 그 무엇도 온전한 것이 없었다.

파직!

다섯 번의 충돌을 겪은 측벽이 와르르 무너져 안으로 들어왔다. 뻥 뚫린 구멍으로 수면에 반사된 달빛이 휘영청 비쳐들어 왔다. 그리고 달빛을 가르며 한 사람의 인영이 구멍을 통해 선실로 날아들었다.

달빛에 반사된 얼굴은 상관충의 그것이었다. 그는 자기 몸통만한 석궁을 들고 있었고, 한 손에는 밧줄이 칭칭 감겨 있었다. 그 밧줄은 측벽 구멍 밖으로 이어져 있었다.

상관충은 좀 전에 선실 밖으로 나간 후 미리 숨겨놓았던 석궁을 찾아들고 배의 갑판으로 올라갔다. 그리고 난간에 밧줄을 묶고 자기 손에 칭칭 감은 후, 갑판 아래로 몸을 던졌다. 그는 밧줄에 의지하여 선실이 있는 측벽까지 내려간 다음, 벽 밖에서 안쪽으로 석궁 다섯 발을 쏘아 날린 것이었다. 내부에 있는 장건이 결코 예상할 수 없는 공격이었다.

그러나 그러한 공격을 성공시킨 상관충의 얼굴에는 당혹감만이 가득했다. 달빛에 비친 선실 내부는 폐허나 다름없었다. 다섯 발의 강전이 샅샅이 훑고 간 공간에는 부서진 잔재들의 먼지만이 흩날리고 있었다.

그러나 없었다. 모든 것이 파괴된 공간에 장건의 흔적만은 눈을 씻고 찾아봐도 없었던 것이다.

"날 찾고 있나, 마검혈궁?"

차가운 목소리가 상관충의 귓전으로 파고들었다. 상관충은 오한을 느끼면서도 소리가 울리는 위치를 즉시 파악했다. 그곳은 바로 천장이었다.

"이놈!"

상관충은 즉시 몸을 눕히며 천장을 향해 석궁을 조준했다. 과연 그곳에는 장건이 박쥐처럼 매달려 있었다. 놈은 영악하게도 천장에 몸을 붙인 채 다섯 발의 강전이 휩쓰는 범위를 피한 모양이었다.

피슛!

석궁에 재인 강전이 불을 뿜듯 튀어 올랐다. 가공할 만한 속도였지만 장건은 처음에 있던 위치에서 이미 사라진 후였다.

콰직!

애꿎은 천장을 뚫고 올라간 강전은 갑판 위로 사라졌다.

피슝! 피슝! 피슝!

다시 세 발이 연달아 발사되었다. 그러나 허깨비처럼 움직이는 장건의 신형은 비좁은 공간 내에서도 빛살같이 뿜어져 나가는 강전들을 모두 피해냈다.

다시 한 발을 쏘려할 때 장건의 신형은 이미 그의 코앞에 육박해 있었다. 장건의 허리에서 뽑혀져 나온 이검이 광채를 발하며 석궁을 향해 파고들었다.

상관충은 다급히 석궁을 놓아버렸다.

콰직!

이검은 석궁을 정확히 두 조각으로 갈라 버렸다. 그 순간 이제껏 제자리에서 맴돌던 상관충의 신형이 기쾌하게 움직였다.

상관충이 석궁을 버린 것은 다분히 의도적이었다. 그의 석궁은 한 번에 다섯 발을 잴 수 있었다. 선실 안으로 들어올 때 다시 잰 다섯 발 중 네 발을 이미 썼으니 석궁에 더 이상 집착할 필요가 없었던 것이다. 오히려 장건이 석궁에 집착하는 순간 빈틈을 노리는 것이 현명한 선택인 것이다.

상관충의 허리에서 뽑혀져 나온 진룡환인검이 이제 막 거두어지는 이검을 빗겨 들어와 장건의 목으로 파고들었다.

'됐어!'

상관충의 눈에 일순간 득의의 빛이 어렸다. 이제 검을 거두고 있는 놈이 도저히 막아낼 수 없는 일격이었다.

차르르륵!

갑자기 사슬이 끌리는 듯한 소리가 울렸다. 상관충은 희끄무레한 뭔가가 장건의 왼팔에서 솟구치더니 검을 뻗고 있는 그의 두 손을 휘감는 것이 느꼈다.

'이것은……!'

상관충이 자기 손을 휘감은 곡선이 무엇인가를 직감했을 때, 곡선이 옥죄어졌다.

스팟!

피보라가 비산했다.

"끄아아악!"

지난 십여 년간 수많은 강호 고수들의 피를 머금었던 혈궁을 조종하던 두 손은 번천제룡환에 휘감긴 채 허무하게 선실 바닥으로 떨구어졌다.

"네… 네놈! 어떻게 이런 일이……!"

두 손이 잘린 상관충은 바닥에 쓰러진 채 고함인지 비명인지 모를 소리를 질러댔다.

장건은 그의 고함이 잦아들기를 기다려 냉랭한 목소리로 말했다.

"네놈이 영호세가의 배신자란 사실은 이미 간파하고 있었다, 상관충. 물론 마검혈궁인지는 몰랐지만."

상관충은 이를 갈며 고개를 쳐들었다.

"네놈… 객잔에서 가주에게 무슨 얘기를 한 거였지?"

"삼 년 전 내게 의뢰했던 철무림과 결탁한 관리들의 인명부, 그것을 네놈이 말한 대로 가주에게 갖다 바쳤었는지를 물었다. 가주는 금시초문이라더군. 그래서 그때 짐작했지. 서문세가의 전투에서 영호가의 배반자가 있었다고 들었다. 그게 네놈일 것 같다는 생각이 들더군. 과연 배에 타고 너의 행동을 관찰해 보니 답이 나오더군. 붕대를 동여맨 좌측 팔을 무의식 중에 쓰고, 나 몰래 뒷 갑판에서 전서구를 날리더군. 전서구가 잠시 머무르는 영호가의 객잔에 찾아갈 리는 없을 테니, 분명 다른 곳으로 갔겠지. 아마도 군룡회의 본타로 갔다던가."

"그, 그걸 전부 보고 있었단 말이냐?"

"밤에 무슨 수작을 걸 거라는 것은 짐작하고 있었다. 설마 배 밖에서 공격해 올 줄은 몰랐지만. 과연 천하삼대살수다운 솜씨였다."

상관충은 망연자실한 표정을 지었다. 장건은 그를 손바닥 위에 올려 놓고 가지고 놀고 있었던 것이다.

"이제 흥정을 해야 할 시간인 것 같군. 서문 가주를 죽인 것을 생각하면 네놈을 육시를 해도 모자라겠지만 특별히 목숨을 건질 기회를 주겠다. 네놈이 왜 살수 행각을 했는지, 또 오행신단의 복용자만 골라서 죽인 이유가 무엇인지 이실직고해라."

허무가 깃들던 상관충의 눈이 반짝였다.

"네놈… 내가 누구를 골라 죽이는 것까지 알고 있었나?"

"네 짐작보다는 훨씬 많은 것을 알고 있으니 거짓말할 생각은 버리는 게 좋을 거다."

상관충은 갑자기 앙천광소를 터뜨렸다.

"크하하하! 네놈이 큰 장애물이 될 거 같다는 수겸의 말을 믿지 않았건만, 천하의 마검혈궁이 일개 도둑한테 수모를 당하는구나."

그는 이글거리는 눈으로 장건에게 외쳤다.

"당장 그 검으로 내 목을 베어라. 죽을지언정 배신자가 될 수는 없다."

"대체 어떤 패거리인지 몰라도 단합은 참 잘되는구나. 고태붕도 그렇고 너도 그렇고 목숨을 아까워하지 않으니 말이다. 그러나 그렇다고 해서 방법이 없는 것은 아니지."

장건은 상관충에게 다가가 입을 억지로 벌렸다.

"뭐하는 게냐!"

장건은 소리치는 상관충의 입 속에 품에서 꺼낸 병의 주둥이를 처박았다.

"크읍!"

상관충은 도리질을 쳤지만 병 속의 액체는 그의 목 안으로 흘러들어갔다.

장건은 차갑게 중얼거렸다.

"염왕취라고 들어봤나 모르겠군. 이제 말하기 싫어도 입이 저절로 열릴 것이다."

잠시 후 상관충은 약발이 이는 듯 눈이 몽롱해지기 시작했다.

"말하라, 네놈이 속한 단체의 우두머리는 누구냐?"

상관충은 조개처럼 입을 다물고 있었다. 그러나 장건의 말이 떨어지자 그 입이 조금씩 벌어졌다.

"크으으으으……."

벌어진 입에서는 고통에 찬 신음성이 흘러나왔다. 염왕취에 중독된 자는 질문에 대한 답을 거부하면 내장이 산산조각나는 듯한 고통을 받게 된다.

"끄으으으으……."

"다시 묻겠다. 네놈에게 명령을 내리는 자가 누구냐?"

고통으로 몸부림치던 상관충의 입이 마침내 열렸다. 그러나 나온 것은 물음에 대한 답이 아닌 광소와 절규였다.

"크하하하! 내가 네까짓 놈의 말을 들을 것 같으냐! 이 천하의 마검혈궁께서!"

말이 끝남과 동시에 상관충의 두 눈이 시뻘개지더니 온몸이 산산조각으로 터져 나갔다.

콰앙!

튀어나온 육편들은 무서운 속도로 온 사방에 비산했고, 육편 조각에 걸린 물체들은 조각조각으로 파괴되었다.

퉁!

폭발의 잔향이 사그러질 즈음 선실에서 사라졌던 장건이 위에서 떨어져 내렸다. 상관충이 폭발하는 순간 다시 공중으로 솟구쳤던 그였지만 이번에는 워낙 가까이에서 공격받은 터라 파편 몇 개에 격중되었다. 그러나 맞은 부위에는 연혼갑이 덮여 있었기 때문에 실질적인 피해는 없었다.

"폭멸마공(爆滅魔功)……."

장건은 쓴 입맛을 다셨다. 설마 사라진 마교의 무공까지 익히고 있을 줄은 예상치 못했던 것이다.

그는 상관충의 잔해에서 몸을 돌려 바닥에 떨어져 있는 두 동강난 석궁을 들어올렸다. 마검혈궁의 명성을 사해에 떨쳤던 무기, 혈궁이었다.

"대단하군!"

장건은 혈궁의 정교한 구조에 감탄성을 금치 못했다.

"문제는 이게 하나가 아니라는 거겠지."

상관충은 죽었지만 마검혈궁이 죽었다고 할 수는 없었다. 무이산 기슭에서 구태진을 쏘아 죽인 자는 당시 강서성에 있었을 상관충일 리 없기 때문이다.

삼대살수 중에 두 명을 만났지만 아직 적의 실체가 명확히 보이지는 않았다. 그러나 상관충과의 조우는 소기의 성과가 있었다.

상관충은 일체의 자백없이 산산조각나 버렸지만 좀 전에 손이 잘린 직후 나눈 대화에서 군룡회와 그를 연결짓는 장건의 말을 무의식적으로 긍정했다. 고로 그와 군룡회, 아니, 그와 수겸은 어떤 식으로든 연결되어 있을 것이다.

"놈이 수겸과 연결된 거라면 삼대살수의 나머지 둘 또한 한통속일 가능성이 높겠지."

측벽에 뚫린 구멍 안으로 햇빛이 들어왔다. 어느덧 동이 트고 있었다.

선실 바닥에는 물이 출렁이고 있었다. 장건이 눈을 들어보니 배는 한쪽으로 기울어지고 있었다. 상관충이 폭발하면서 바닥까지 구멍이 뚫렸기 때문이었다.

배의 선장과 선원들은 벌써 낌새를 알아채고 물속으로 몸을 던진 듯했다. 장건은 쓴웃음을 지으며 물이 들어오는 구멍 밖으로 몸을 던졌다.

제11장
장건, 기대를 한 몸에 받다

장건, 기대를 한 몸에 받다

호북 양양 외곽 무당파 분타 소속의 한 장원.

장원 내에 있는 커다란 취의청에는 승, 도, 속의 다양한 인물들이 모여 있었다. 모인 이들은 모두 일파의 장문인 급, 그것도 강호에서 내로라하는 명문의 존장들이었다.

이들이 이곳에서 긴급 회동을 하는 이유는 예상치 못한 집마부의 준동과 뒤를 이은 강호 정세의 급변 때문이었다.

회의의 주재자인 소림사의 장문방장 청진 대사가 말했다.

"여러분께서도 이곳에 오시기 전에 개별적으로 보고를 받았으리라 생각합니다만, 군룡회가 집마부와 결탁했다는 정황은 이제 소문이 아닌 기정사실이 되었습니다. 강서성을 쓸어버린 집마부가 호남으로 다시 이동했다는 정보가 들어왔고, 군룡회는 때를 맞추어 다수의 병력을 장강 근처로 이동시켰습니다. 이것은 두 세력이 힘을 합쳐 북상을 하겠다는 의도라고 볼 수밖에 없겠지요."

제갈세가주 제갈남운이 입을 열었다.

"더 큰 문제는 사천 쪽의 움직임이외다. 전검문을 구석까지 몰아넣은 집마부의 세력이 무산 쪽으로 이동 중이라는 정보가 들어왔소. 놈들이 북상하는 호남 쪽 세력과 결탁한다면 우리의 본거지라 할 수 있는 호북과 하남이 걷잡을 수 없는 위협을 받게 될 것이오."

모여 있는 존장들은 근심 어린 표정을 지었으나 지금까지의 얘기들은 그들 역시 익히 알고 있는 정보들이었다.

"상황이 이렇게 된 이상 당장 무림련을 정식으로 발족시켜 놈들과 맞서야 하지 않겠습니까?"

하북팽가의 가주 팽소유의 말은 모인 존장들의 심경을 대변하는 것이었다. 이때껏 각파의 이해관계로 인해 계속 발족이 연기되어 온 무림련이지만 사방에서 적이 몰려오고 있는 이때 이해득실을 초월한 협력이 한시라도 빨리 이루어져야 한다.

"팽 가주의 말에 이견을 달 분은 없으리라 사료됩니다. 툭 터놓고 말해 지금까지 무림련의 정식 결성이 지지부진했던 것은 역시 련주를 어느 파에서 맡느냐인데… 당장 급한 불을 꺼야 하는데 누가 물바구니를 들어야 하나 논의할 시점은 아니라고 봅니다. 빈도는 지금껏 임시 련주를 맡아 오신 청진 대사께서 이 전쟁이 끝날 때까지 련주직을 맡아주실 것을 정식으로 제안합니다."

모인 존장들은 일제히 술렁거렸다. 방금의 제안자는 다름 아닌 무당의 명송자였기 때문이다. 사실 련주 직을 놓고 무림의 태산북두라 할 수 있는 소림과 무당이 지금까지 보이지 않는 힘 겨루기를 해왔던 상황이기 때문에 이해 당사자라 할 수 있는 명송자가 대의를 위해 과감히 양보하는 모습을 보인 이상 반론이 있을 리 없었다. 만장일치로 소림의 청진 대사가 한시적인 련주직을 맡게 되었다.

"동도들께서, 특히 명송 진인께서 너그럽게 양보하셔서 부족한 빈승이 과분한 직책을 맡게 되었습니다. 지금은 취임의 포부보다는 집마부의 준동에 대한 대책을 먼저 논해야 할 듯합니다. 집마부는 지금 두 갈래로 나뉘어져 호북으로 접근해 오고 있습니다. 지금 정해야 할 것은 호북에서 그들을 기다리는 수성을 선택할 것이냐, 아니면 과감히 나아가 맞받아치는 공세를 취할 것이냐 하는 것입니다."

화산 장문인 경운 진인이 손을 들었다. 그는 장문 직을 맡은 지 얼마 안 되어 이곳에 모인 존장 가운데 젊은 축에 속했다. 그래서인지 의견을 조심스레 피력했다.

"본 련을 구성하고 있는 각파의 정예들이 호북으로 집결하려면 적지 않은 시간이 걸릴 것입니다. 집마부의 전진 속도를 감안할 때 본 련이 집결하는 시간과 그들이 호북으로 진입하는 시간이 거의 비슷할 것으로 사료됩니다. 그렇다면 수성이 올바른 선택으로 보여집니다."

종남 장문인 조청문이 강하게 반박했다.

"따로 떨어져 있어도 무서운 놈들이 한데 뭉쳐지면 감당해 내기가 쉬울까요? 게다가 본 련은 한데 뭉쳐 싸워본 적이 한 번도 없습니다. 함께 싸워봐야 손발이 맞을 리 없습니다. 차라리 지리적으로 가까운 문파들끼리 힘을 규합하여 사천 쪽과 강서 쪽을 각개 격파한다면 의외의 성과를 거둘 수도 있습니다."

그는 자신의 딸인 조비연이 강서성에서 실종된 터라 애를 태우고 있었다. 당장에라도 강서로 달려가 그쪽의 집마부와 일전을 벌이고 싶은 것이 그의 심정이었다.

존장들은 너도나도 의견을 피력했다. 수성과 공세에 대한 의견이 분분했으나 대체로 호북에 위치한 방파들은 자파의 피해가 우려되어 적극적인 공세를, 호북 외 지역의 방파들은 수성을 주장했다.

그때 조용히 있던 청진 대사가 입을 열었다.

"빈승도 각파 간의 이동 문제를 고려하면 수성이 낫지 않을까 하는 생각을 했습니다만, 뜻하지 않은 돌발 상황이 발생하여 그 방법은 불가능하게 되었습니다."

"무슨 문제가 또 있습니까?"

청진 대사는 질문에 답하는 대신 옆에 앉아 있는 개방의 용두방주 소걸개를 불렀다.

"방주께서 직접 말씀해 주시지요."

강호의 정보통인 개방의 방주 소걸개가 몸을 일으켰다.

"어젯밤 늦게 본 방이 입수한 소식을 말씀드리겠습니다. 섬서의 철무림이 남하를 시작했답니다."

존장들의 눈이 휘둥그레졌다. 특히 철무림과 인접한 지역인 화산파의 경운 진인은 벌떡 일어나 물었다.

"어, 어째서 철무림이 남하를 한단 말입니까? 설마 놈들까지 집마부와 결탁을……?"

그 의문에 대한 대답은 청진 대사가 했다.

"우리가 사실을 알게 된 직후 본 련 앞으로 서신이 한 장 도착했습니다. 철무림에서 온 것이더군요."

"뭐라고 써 있었습니까?"

"철무림은 집마부의 간자인 쌍검난 측 고태붕에게 속아 내부적으로 큰 피해를 입었다고 합니다. 그 원한을 갚기 위해 중원으로 들어온 집마부를 공격하겠다고 그러니 호북으로 들어오는 것을 양해해 달라는 글이었습니다."

"말도 안 되는 소리! 이전부터 호시탐탐 중부 진출을 노리던 철무림이 아닙니까? 집마부를 빌미로 호북과 하남으로 진출하겠다는 포석임이 분명합니다!"

경운 진인이 치를 떨며 부르짖었다. 대다수의 존장들 역시 그와 같은 생각이었다. 철무림은 원한보다는 이익과 패권을 위해 움직이는 것이 어울리는 방파였다.

"빈승도 그렇게 생각합니다. 집마부와 군룡회에 더불어 철무림까지, 그야말로 사면초가의 형국인 셈이오."

존장들의 얼굴에 전에 없는 긴장감이 흘렀다. 집마부만 해도 벅찬 판국에 철무림까지 더해진다면 호북은 물 건너갔다고 해도 과언이 아닌 것이다.

"련주님의 생각은 혹시 호북의 수성을 포기하고 물러나 전열을 재정비하자는 말씀이신지요?"

말이 없던 무당의 명송자가 입을 열었다. 청진 대사의 말대로라면 수성은 물 건너간 것이고 적이 많아졌는데 나뉘어져 공세를 취한다는 것도 말이 되지 않으니 호북을 포기하고 물러나는 선택 외에는 답이 없는 것 아닌가.

"그렇지 않습니다. 호북을 포기할 작정이었다면 이곳 양양으로 존장들을 부를 이유도 없었을 것입니다."

"그럼 다른 복안이 있으신 것입니까?"

"그렇습니다."

청진 대사는 고개를 끄덕였다.

"빈승은 오늘 아침 한 명의 객을 만났습니다. 그는 복건성에서 찾아온 자로서, 뜻밖의 낭보를 전해왔습니다."

낭보란 말에 존장들은 일제히 궁금한 표정을 지었다.

"그 낭보는 무엇인고 하니, 성검회가 우리와 공조를 하겠다는 뜻을 표명했다는 것입니다."

성검회란 말에 모두 크게 놀란 표정을 지었다. 지난 십오 년간 강호의 활동을 전혀 하지 않았지만 성검회는 천하제일세력의 일익을 담당했던 전력으로 인해 강호인들에게 늘 두려움과 경외의 대상이었다. 그런 그들이 돌연 모습을 드러내고 강북 무림련에 공조를 청했다는 말은 일견 놀랍고도 반가운 일이었다.

"참으로 반가운 소식입니다만 시기가 참으로 공교롭군요. 그들이 어째서 그런 제안을 했을까요?"

무당의 명송자가 물었다.

"소식을 전해온 사자의 말에 따르면, 성검회는 최근 강호의 활동을 재개하기 위한 준비를 해왔다고 하더군요. 협의지사였던 영호 대협의 뜻을 잇는 단체이니만큼 작금의 위기 상황에서 우리를 도와 이 싸움을 승리로 이끈 후 이후에도 강북 무림련의 일원으로 활동하고 싶다고 합니다."

"듣기 좋은 말이긴 합니다만 워낙 갑작스러운 호의인지라 믿어도 될지는 의문이군요. 그들 역시 군룡회나 철무림처럼 진검성의 분파가 아닙니까?"

남궁세가주인 남궁무혁의 지적이었다. 강북 무림련의 출범 목적이 진검성 출신 방파들을 견제하는 의도였다는 것을 상기하는 말이었다.

"갑작스러운 것은 아닙니다. 그들은 우리와의 공통분모를 만들기 위해 꽤 애를 쓴 것 같습니다."

청진 대사는 시선을 돌려 화산의 경운 진인에게 말했다.

"경운 진인, 축하드립니다."

뜬금없는 말에 화산의 경운 진인은 어리둥절한 표정을 지었다.

"뭘… 말입니까?"

"귀 파의 인재인 이천휘 소협이 성검회 입회 시험에서 우수한 성적을 거두어 십대검객의 자리에 올랐다고 하더군요."

"예에?"

경운 진인은 기겁한 표정을 지었다.

존장들의 축하 인사가 쏟아졌다.

"경운 진인, 축하드리오."

"본 련에 초청장을 발송했을 때만 해도 무슨 시비를 걸려고 하나 했는데 십대검객 자리 하나를 떼준 모양이구려. 물론 이 소협의 신위가 워낙 뛰어난 탓이겠지만 말이오."

성검회 내에서 막강한 지위라 할 수 있는 십대검객에 무림련의 인물이 들어갔다는 말에 존장들은 다들 안도하는 표정을 지었다, 단 한 명 축하의 인사를 가득 받은 경운 진인을 제외하고.

"이천휘 소협을 매개로 하여 그들과의 공조를 펼친다면 한번 해볼 만한 싸움이 될 것입니다. 사자의 말로는 전검문 등 성검회와 친분이 있는 사천 문파들도 끌어들일 수 있을 거라 하니 우리로서는 수세를 역전시킬 수 있는 기회를 잡은 거라고 해도 무방합니다."

존장들의 얼굴에 모처럼 화색이 돌았다.

"어쨌든 경운 진인, 성검회와의 공조는 이천휘 소협이 핵심이니 모쪼록 잘 부탁드립니다. 화산파의 역할이 매우 기대됩니다."

청진 대사는 기대에 찬 얼굴로 말했다. 다른 존장들 역시 입을 모아 경운 진인에게 기대를 표했다.

경운 진인은 땀을 삐질삐질 흘리며 어색한 웃음을 흘릴 따름이었다.

회의가 파한 후, 장원의 문이 열리고 존장들을 태운 마차가 차례차례 빠져나왔다. 그중에 화산파의 깃발이 걸린 마차는 장원을 벗어나자마자 마치 대군이 뒤에서 쫓아오기라도 하는 듯 화살 같은 속도로 달리기 시작했다.

화산파의 양양지부에 도착한 마차의 문이 벌컥 열리고, 그 안에서 뛰어내린 경운 진인은 바람처럼 지부 건물로 뛰어들어 갔다.

"경빈! 경빈! 네 이놈 어디 있느냐!"

대청에서 다른 동료들과 같이 경운 진인을 기다리고 있던 경빈자는 어리둥절한 표정으로 고개를 내밀었다.

"사형, 왜 그러시오?"

"너 이 자식! 네 오늘은 기필코 네놈의 모가지를 분질러 버리겠다!"

경운 진인은 시뻘건 얼굴로 들이닥쳐서는 정말 경빈자의 목을 잡고 조이기 시작했다.

"켁… 켁… 사형, 미쳤소? 정말 목 부러지겠소!"

"네놈은 부러져도 싼 놈이다. 대체 사문 망신을 얼마나 더 시켜야겠느냐! 직계 사제라고 봐주는 것도 오늘부로 끝이다. 너 죽고 나 죽자 이놈아!"

상황이 심상치 않게 돌아가자 근처에 있던 사형제들이 너도나도 달려들어 둘을 떼어놓았다.

간신히 풀려난 경빈 진인은 기침을 하며 투덜댔다.

"콜록, 콜록… 또 뭘 가지고 시비요?"

경운 진인은 사형제들에게 붙잡힌 채 고래고래 고함을 쳤다.

"네놈이 술 한 잔에 넘어가 만들어낸 제자 놈 말이다!"

"아, 그놈? 전번에 미안하다고 싹싹 빌었잖소? 치사하게 지나간 일 또 거론하기요?"

"지나가긴 뭘 지나가! 그놈이 또 대형 사고를 쳤다! 용봉지회 우승도 모자라 성검회 십대검객까지 돼버렸단 말이다!"

경운 진인은 눈이 뒤집혔다.

용봉지회에 참석했던 제자들이 이천휘가 우승자가 되었다는 소식을 전한 직후 화산파는 발칵 뒤집혔었다. 속가제자라는 그의 기록을 아무리 찾아봐도 전혀 보이지 않았던 것이다. 유령제자가 강북무림련을 대표하는 용봉지회 비무대회의 우승자가 되어버린 꼴이니 화산파로서는 환장하지 않을 수 없었다. 조사에 조사를 거듭한 결과, 현 장문인의 직계 사제이지만 술을 좋아하는 버릇 때문에 개봉 지부의 한직으로 발령되어 있던 경빈자가 이천휘란 자를 제자로 들였다는 것이 확인되었다.

경운 진인은 즉시 경빈자를 소환했고, 그가 친구인 서달룡의 술 한 잔에 팔려 제자 자리를 아무에게나 떼어주었다는 것이 밝혀졌다.

경운 진인은 경빈자를 죽지 않을 정도로 팬 다음, 즉시 이천휘에 대한 모든 사실을 대외비로 하고 문파 내에서도 엄중 기밀로 처리했다. 이 사실이 행여 밖으로 새어나갈 경우 끔찍한 망신이 아닐 수 없기 때문이었다.

경운 진인은 이천휘가 입회 시험의 오류차 정도에서 떨어져 성검회원으로 귀속되어 절대 강북 무림련으로 돌아오는 일이 없기를 바랐다. 그러나 이천휘는 그 기대를 무참히 저버리고 모든 이의 주목을 받는 십대검객으로 당당히 복귀하게 된 것이다. 직위가 보잘것없다면 가짜 제자 행세를 한 죄목으로 쥐도 새도 모르게 처리할 수도 있겠지만 십대검객 명찰까지 달았다 하니 그럴 수도 없는 노릇이었다.

경운 진인은 경빈자의 멱살을 틀어쥐고 외쳤다.

"이 일을 대체 어찌할 셈이냐? 그놈이 돌아오면 무림련의 온 시선이 놈에게로 쏠릴 터인데, 만에 하나 놈이 본 파의 제자가 아니라는 게 탄로나기라도 하면……"

경운 진인은 상상만 해도 끔찍한 듯 몸을 부르르 떨었다.

"나참 들고 보니 별것도 아닌 것 갖고 벌벌 떨긴……. 그냥 우리 제자가 잘났네, 하고 자랑하고 다니면 될 것을 뭘 그러쇼? 설마 성검회 십대검객쯤 되는 놈이 본 파 사람인지 아닌지 검증해 보자고 들이댈 미친놈이 있겠소?"

"같이 싸우면서 무공을 보게 되면 가짜인 게 탄로나게 될 것이 아니냐!"

"용봉지회 갔다온 애들한테 들어보니 육합검법 하나는 죽여주게 쓴 다던데… 사형이 어떻게 구슬려서 전투 내내 그 검법만 쓰게 하면 어떻겠소?"

"이 자식이 그걸 말이라고 하는 거야!"

경운 진인은 다시 길길이 날뛰었지만 어느 정도 진정되고 나서는 경빈자의 말이 그다지 틀리지도 않다는 생각이 들었다. 신분을 가장한 것으로 보아 이천휘도 뭔가 구린 놈임이 분명하니 잘만 구슬리면 어물쩍 넘어갈 수도 있겠다는 생각이 든 것이다.

"그놈이 복귀하면 본 파의 제자들은 전투도 전투지만 놈의 주변에서 결코 떨어지지 마라. 놈이 육합검법 이상의 무공을 쓰지 못하도록 경호에 만전을 기하도록!"

이리하여 엉뚱하게도 화산 제자들로 구성된 이천휘의 호위대가 발족하게 되었다.

제12장
장건, 군룡회 본타로 들어서다

장건, 군룡회 본타로 들어서다

거대한 장원의 육중한 문이 열렸다. 커다란 마차가 천천히 안으로 진입했다. 마차가 마당을 가로질러 웅장한 규모의 본관 건물까지 내달았을 때, 건물 안에서 몇 사람이 헐레벌떡 뛰어나왔다. 그들은 경색된 얼굴로 마차 앞으로 달려왔다.

마차는 그들의 앞에서 정지했고, 문이 천천히 열렸다. 그리고 그 안에서 한 사람이 걸어 나왔다.

걸어 나온 사람은 무릎까지 내려오는 비단 장포를 걸치고 있었고, 훤칠한 키에 매처럼 빛나는 눈, 그리고 화산 같은 기세를 뿜어내고 있었다.

마차 앞에 시립해 있던 중인들은 그와 눈이 마주치자 황급히 고개를 조아렸다.

"회, 회주! 어서 오십시오! 어찌 미리 전갈을 주시지 않고서……."

회주라 불린 사내는 날카로운 눈빛으로 중인의 선두에서 고개를 조아린 중년인을 보았다.

왜소한 체격에 걸맞지 않은 큰 칼을 차고 있는 중년인은 비굴할 정도로 허리를 굽히고서 땀을 흘리고 있었다.

"곽 장로."

사내의 음성에 곽 장로라 불린 중년인은 더욱 허리를 굽히며 말했다.

"하명하시지요."

"무광자는 지금 어디 있지?"

곽 장로는 의아한 표정으로 고개를 들고 대답했다.

"지시를 받고 혼강암으로 이동시켰습니다만… 뭐가 잘못되었는지요?"

혼강암이란 단어가 곽 장로의 입에서 나오는 순간 회주라 불린 사내의 두 눈이 일순 번득였다.

"혼강암으로 보냈단 말이지……."

곽 장로는 무표정하게 읊조리는 사내의 태도에 긴장감을 감추지 못했다.

"누가 지시했나?"

"총사께서 보내신 서신에 회주 직인이 찍혀 있기에 당연히 회주께서 지시하신 줄로 알았습니다만……. 무슨 잘못이라도……."

"아, 그런가. 그럼 됐네. 은밀한 곳에 데려다 놓으라 지시한 것을 깜박했군."

사내의 말에 곽 장로는 안도의 한숨을 내쉬었다.

"그런데 본타 분위기가 살벌하군. 누가 오기로 했나?"

곽 장로가 대답했다.

"은잠룡이 물건을 가지고 오기로 되어 있습니다. 한데… 풍파투도가 동행했다고 합니다."

사내의 눈이 순간적으로 번득였다.

"은잠룡이라…… 그리고 풍파투도가 찾아온다고?"

"그러하옵니다. 은잠룡의 말로는 풍파투도가 단독으로 두 물건을 가지고 본타를 찾을 것이라 했습니다. 그래서 놈을 잡기 위해 긴급히 동원 가능한 무사들을 소집했습니다."

사내는 재미있겠다는 표정으로 말했다.

"본좌가 때를 맞춰 잘 왔군. 곽 장로, 설마 본좌가 놈을 상대로 친히 손을 써야 할 일이 생기지는 않겠지?"

"무, 물론입니다! 미꾸라지 같은 놈을 잡기 위한 만전의 준비가 되어 있습니다! 삼사자와 오장로 이하 사령대와 맹룡대 백 명이 본타 구석구석에 배치되어 놈이 빠져나갈 퇴로를 완벽히 봉쇄했고, 거기에 흑룡동에서 데려온 실혼인 열 명이 배치 완료되었습니다."

"실혼인이라……."

회주라 불린 사내는 흥미롭다는 듯 중얼거렸다.

"그 정도면 훌륭하군. 아, 내가 갑자기 움직이느라고 요 며칠 보고를 받지 못했는데 말이야, 총사는 지금 어디 있다고 하나?"

곽 장로는 질문이 의외스럽다는 표정을 지었지만 이내 고개를 조아리며 대답했다.

"혼강암에서 계속 작업 진행 중이신 것으로 알고 있습니다. 특별한 변동 사항은 저희도 보고받은 바가 없습니다."

"혼강암에 계속 있단 말이지……."

사내는 남이 듣지 못할 작은 목소리로 입 속에서 중얼거렸다.

"알겠네. 그런데 영호선을 좀 불러주겠나? 얼굴을 좀 보고 싶군."

곽 장로는 흡족한 표정으로 뒤의 부하에게 명했다.

"계집을 데려와라!"

잠시 후, 부하가 한 여자를 데려왔다.

여자는 미색이 자못 빼어났으나 다소 천해 보이는 인상이었다.

사내는 턱을 쓸며 말했다.

"얼굴은 좀 비슷하지만 명문대가의 금지옥엽 같은 분위기가 나지 않는군. 눈썰미가 좋은 놈이 속아 넘어가기에는 무리가 있겠어."

"지금은 백주 대낮이니 차이가 확연합니다만 놈이 오는 저녁 무렵이 되면 멀리서 볼 때 구분하기 힘들 겁니다. 어차피 놈을 이 본타 내로 꾀어내는 것이 목적이니 비슷한 외양의 여자가 있다는 것만 확인시켜 주면 충분할 것으로 사료됩니다."

사내는 고개를 끄덕였다.

"좋아, 그런데 진짜 영호선은 지금 어디 있지?"

곽 장로는 잠시 당황한 표정을 짓다가 조심스럽게 말했다.

"혼강암에 계속 있는 것으로 압니다만… 다른 명을 하교하셨는지요?"

사내는 잠시 멈칫거리다가 대꾸했다.

"그런 건 아니고… 거기 있으면 됐네. 아, 그리고 실혼인의 얼굴을 좀 확인하고 싶군."

곽 장로, 군룡회의 호법장로이며 강호에 대붕검객(大鵬劍客)이란 별호로 알려진 곽오두는 암중에 고개를 갸웃거렸다. 눈앞에 있는 군룡회의 회주, 구태진은 평상시 아랫사람에게 지시한 일에 대해서는 그냥 믿고 맡기는 편이지 이렇게 재차 삼차 확인하는 법이 없었기 때문이다.

'민감한 시기여서 그러신가 보군. 헷갈리는 질문을 하신 것도 그 때문이겠지.'

곽오두는 부하를 불러 실혼인을 조종하는 술법사를 불러 오라 일렀다.

잠시 후 두 명의 술법사가 구태진이 있는 장소로 왔다.

둘이 법문을 중얼거리자 마당 한 부분의 땅이 들썩이더니 열 명의 인영이 튀어나왔다. 초점없는 눈에 무표정한 얼굴을 한 실혼인들이었다.

"위력을 보시겠습니까?"

술법사의 말에 구태진은 그리하라고 했다.

술법사는 가장 가까이 있는 실혼인 한 명에게 법문을 한 차례 외우고는 짧게 외쳤다.

"격(擊)!"

가장 좌측에 있는 실혼인이 부드러운 몸 동작으로 일장을 날려 전면에 있는 석등을 후려쳤다.

푸스스스스—

그의 손바닥과 부딪친 석등이 갑자기 흐릿해지더니 이내 먼지로 화해 흩어져 버렸다. 물체의 외부를 깨뜨리지 않고 내부를 으깨는 고절한 내가중수법이었다. 주변에 있던 군룡회의 무사들은 감탄성을 금치 못했다.

구태진은 만족스러운 듯 고개를 끄덕였다.

"듣던 대로 대단하군. 한데 궁금한 게 하나 있는 데 말이지, 이놈들이 본좌의 말을 듣게 할 수는 없나?"

술법사는 곤혹스러운 표정으로 대답했다.

"그럴 수는 없습니다. 일단 연혼 과정이 지나간 실혼인은 법문을 쓸 수 있는 저희만이 조종 가능합니다."

"자네들이 없으면 무용지물이란 얘기겠군."

"그렇습니다."

"잘 알았네."

구태진의 입가에 미소가 걸렸다. 옆에 있던 곽오두는 회주가 만족해하는 것 같자 흐뭇한 표정을 지었다. 그런데 곽오두는 문득 회주의 웃음이 서늘하다는 느낌을 받았다.

그 순간, 구태진의 몸에서 광채가 번쩍였다. 그리고 잠시 후, 술법사 두 명의 목이 바닥으로 굴러 떨어졌다.

"회, 회주! 어째서?"

곽오두 이하 중신들은 깜짝 놀랄 수밖에 없었다. 왜 회주가 갑자기 살수를 쓰는 것일까?

"이놈들이 지금 본좌를 암살하려 했다! 중신들은 놈들의 시체를 살펴보라!"

중신들은 갑작스러운 명령에 얼떨떨해하며 목이 잘린 술법사들에게로 다가갔다. 그 순간 구태진의 신형이 그들을 덮쳤고, 다시 광채가 번득였다.

"큭!"

"크악!"

"회, 회주!"

가장 늦게 움직였던 곽오두는 눈앞에서 삼사자가 회주에게 도륙당하는 광경을 보고는 숨을 삼켰다.

하얗게 질린 그의 머리 속에서 아까 전부터 이상했던 회주의 행동들이 차례로 떠올랐다.

"이, 이놈은 회주가 아니다! 가짜, 가짜다! 사령대와 맹룡대는 당장 모습을 드러내어 가짜를 쳐라!"

그의 호령을 들은 사령대와 맹룡대는 숨어 있던 장소에서 튀어나왔다. 그러나 곧 이은 구태진의 호령이 그들의 발길을 멈추게 만들었다.

"뭣들 하고 있는가! 지금 반역을 꾸미던 자들을 본좌가 처치한 것이 보이지도 않느냐! 이놈의 말을 듣지 말고 본좌의 말을 들어라! 너희 내부에도 반역자가 있을지 모르니 반역하지 않은 자들은 일단 무기를 버려라!"

지휘 계통의 두 명이 전혀 상반된 말을 하니 사령대와 맹룡대는 어찌할 바를 모르고 우왕좌왕했다. 그때 갑자기 배후에서 와 하는 함성이 들려왔다.

오십 명쯤 되는 검수들이 건물 담을 타넘고 들어와 사령대와 맹룡대에게 덤벼들었다. 지휘 계통이 엉망이 된 두 부대는 어찌할 바를 모른 채 어영부영 다가오는 적과 맞섰다.

"반역도들이 실체를 드러냈다! 당황하지 말고 싸워라!"

구태진이 갑자기 우렁찬 목소리를 내며 사령대와 맹룡대에 합류했다. 혼란스럽던 차에 갑자기 지도자가 나타나자 두 부대의 사기가 솟구쳤다. 그 순간, 구태진의 검날이 적 쪽이 아닌 사령대주와 맹룡대주에게로 번득였다. 둘은 피를 뿌리며 쓰러졌고, 다시 극심한 혼란이 일어났다. 그리고 구태진과 오십 명의 검수에 의한 일방적인 주살이 이어졌다. 조종자를 잃은 채 동작이 정지된 열 명의 실혼인이 우두커니 그 광경을 지켜보고 있었다.

곽오두는 포박된 채 구태진 앞에 꿇어 앉혀졌다.

본타에 있던 인원 중 살아남은 것은 그를 포함해 투항한 십여 명뿐이었다. 삼사자를 비롯한 대다수의 대원들이 구태진이 끌고 온 오십 명의 검수에게 당해 버렸고, 실혼인들은 조종사인 술법사들이 허망하게 쓰러진 후 아직까지도 꼼짝하지 않고 있었다.

곽오두는 정면의 구태진을 노려보았다.

"네놈은… 대체 정체가 뭐냐?"

곽오두가 자포자기한 어투로 물었다.

구태진은 차고 있던 검을 들어 보였다.

"곽오두, 이 검을 못 알아보겠느냐?"

눈을 가늘게 뜨고 그가 내민 검을 관찰하던 곽오두는 깜짝 놀라 외쳤다.

"지, 진룡환인검! 그렇다면 네놈이 설마 풍파투도?"

구태진은 고개를 끄덕였다. 긍정이었다.

곽오두는 치를 떨며 말했다.

"네놈… 둔갑술이라도 익힌 게냐? 어떻게 그토록 감쪽같이 우리를 속일 수 있었지?"

구태진의 인피면구를 쓴 장건은 차갑게 웃었다. 그가 곽오두 같은 심복 부하까지 완벽하게 속일 수 있었던 것은 구태진의 시체가 있었기 때문이다. 얼굴 윤곽을 완벽히 본뜰 수 있는 견본이 있었기에 서달룡과 그는 실물과 동일한 인피면구를 제작할 수 있었고, 무이산에서 구태진을 충분히 관찰한 장건이 외양뿐 아니라 어투나 음색까지 완벽하게 흉내 낼 수 있었던 것이다.

"곽오두 너를 살려둔 것은 네가 본타에 남은 인원 중에 아는 것이 가장 많으리라 판단했기 때문이다. 수겸이 혼강암에서 무엇을 하고 있는지, 군룡회와 집마부는 지금 구체적으로 어느 곳을 노리는 지 이실직고하여라."

곽오두는 거칠게 코웃음을 쳤다.

"흥! 난 아무것도 모른다! 설령 알아도 네놈에게 말해줄 성싶으냐? 차라리 죽여라!"

반항하는 그를 장건은 불쌍하다는 듯 쳐다보았다.

"쯔쯔. 곽오두, 네가 그렇게 목숨을 걸고 충성하는 대상은 대체 무엇이냐? 군룡회냐, 아니면 구태진이냐?"

"무슨 망발을 또 하려는 게냐? 난 본 회의 긍지 높은 장로로서 회주께 목숨을 건 사람이다!"

"그렇다면 네가 충성할 대상은 이미 사라지고 없는 셈이다. 구태진은 이미 죽은 지 오래고, 작금의 군룡회는 수겸의 손에 놀아나고 있는 꼭두각시일 뿐이니까."

곽오두는 말도 안 된다는 듯 앙천광소를 터뜨렸다.

"크하하하! 헛소리 말아라! 집마부와 공조하에 작금의 전쟁을 진두지휘하고 계신 회주님이 죽은 지 오래라고? 그걸 말이라고 하는 게냐, 지금?"

"네가 믿든 믿지 않든 내가 말한 것은 전부 진실이다. 구태진이 성검회로 출발했던 지난 연말 이후 그의 모습을 한 번이라도 본 적이 있느냐?"

"성검회는 또 무슨 소리냐? 그리고 본 적이 없는 것은 당연한 게 아니냐? 집마부와 함께 강서와 호남, 사천을 넘나들고 계시니 당연히 본타에 오실 시간이 없는 것인데!"

장건은 쓴웃음을 지었다. 수겸이란 놈이 철두철미하게 구태진 행세를 하고 있는 듯했다.

"더 말해봐야 소용없을 것 같군. 믿고 싶은 대로 믿어라. 나중에 맹목적 믿음의 말로가 얼마나 허탈한 것인지 스스로 느끼게 될 테니까."

장건은 곽오두가 있는 방에서 나왔다. 문밖에는 서달룡이 기다리고 있었다. 그는 동호에서 출발한 장건의 전갈을 받고 모처에 대기 중이던 십검단을 데리고 이곳으로 온 것이었다.

"심문이 잘 안 됐나 보지?"

"그렇소."

"간만에 내가 손을 좀 써볼까?"

손가락을 꼼지락거리는 서달룡에게 장건은 주머니 하나를 내밀었다.

"나이 들어 무리할 것 없소. 이걸 쓰시오."

"염왕취인가?"

"그렇소. 서 회주는 여기 머무르면서 놈을 심문하여 최대한 군룡회에 대한 정보를 끌어모아 주시오. 수겸이 이토록 무모하게 중구난방으로 일을 벌이고 있는 데에는 분명 보이는 것과는 다른 의도가 있을 것이요."

"알았네. 애써보지."

장건은 떠날 준비를 했다. 영호선의 소재를 알았으니 혼강암으로 가야 할 시점이었다. 군룡회 본타가 함락되었다는 사실이 알려지면 자칫 영호선의 신변에 위험이 닥칠지도 모르니 최대한 빨리 움직여야 했다.

건물 밖으로 나오니 성연희가 기다리고 있었다. 그녀는 장건의 차림새를 보고는 물었다.

"어딜 가실 작정인가요?"

"갈 데가 갑자기 생겼소."

성연희는 난감한 표정으로 말했다.

"오늘 아침 뵈었을 때 보고 드렸잖아요. 호북으로 이동하라는 명이 떨어졌어요."

강북무림련과의 공조를 약속한 성검회는 지금 전체 검단이 호북으로 이동 중이었다. 십검단과 장건 역시 소집령을 받은 상태였다.

"부단주는 명대로 십검단을 데리고 가시오. 다만 나는 좀 바빠서……."

대행에서 물러난 성연희는 지금 부단주의 직책을 맡고 있었다. 그녀는 인상을 쓰며 말했다.

"검단뿐 아니라 십대검객 전체의 소집령이기 때문에 단주께서 빠지시면 곤란해요."

"그럼 좀 늦게 간다고 전하시오. 잘 부탁하오."

장건은 성연희의 어깨를 두드리고는 대답도 듣지 않고 대기해 있던 말 위로 몸을 날렸다.

히히히힝!

말이 길게 울부짖으며 땅을 박차고 뛰었다.

"다음달 보름까지는 호북 매양현으로 오셔야 해요!"

성연희의 외침을 뒤로 한 채 장건이 탄 흑마는 군룡회의 본타를 빠져나가 북쪽으로 내달렸다.

'혼강암이라고 했겠다.'

장건은 그 지명이 어느 곳을 가리키는지를 정확히 알고 있었다. 그는 그 지명을 곽오두에게서 듣자마자 수겸이 왜 거기 있고 그곳에서 무엇을 하는지 간파했다.

'그곳에 가면… 어쩌면 음모의 실체에 근접할 수 있을 것이다.'

주인의 마음을 아는 듯 흑마의 달리는 속도는 점점 빨라졌다.

제13장
장건, 혼강암에 가다1

호광성 중서부 광록현(廣綠縣).

웅장한 바위 산맥이 동서로 펼쳐져 있는 이 지역은 예로부터 철광의 산지로 나라의 관리를 받고 있었다. 그러나 수십 년간 채굴이 이어지다 보니 매장량이 거의 고갈되었다는 평을 듣고 있었다. 기이한 것은 수명이 다한 철광지임에도 군의 관리가 매우 엄격하다는 것이었다. 본래 철광은 나라에서 하는 사업이니만큼 관리들이 운영을 맡고 관리를 하는 것은 당연한 거였으나 광록현의 경우에는 지나치다 싶은 감이 있을 정도로 많은 군사가 상주해 있었다. 광부들은 채굴하러 다니는 길 외에 다른 장소로는 얼씬도 할 수 없었고, 외지인의 경우에는 아예 마을로 들어오는 것 자체가 어려웠다.

기실 이런 엄격한 체계가 이루어지는 까닭은 고갈된 철광지의 틈새로 금광이 발견되었기 때문이다. 금광을 발견한 현령은 즉시 보고를 올렸으나 그 보고는 성의 승선 포정사의 손에 떨어진 후, 경사의 황제에게까지 전달되지는 않았다. 즉시 기밀을 아는 현령 이하 모든 관리의 입에 자물쇠가 채워졌고, 포정사의 묵인 아래 금광에서 캐내어지는 금은 밀매되었다.

이런 상황이니 철광촌의 관리에 막대한 군사가 투입이 될 수밖에 없었고, 경비는 날이 갈수록 강화되었다.

혼강암은 이 지역 북쪽에 위치한 험준한 돌산이었다. 금광에서는 거리가 조금 떨어져 있었지만 이곳 역시 군사들의 경계가 삼엄했었다. 그런데 최근 들어 칼을 찬 자들이 빈번하게 출몰한 뒤로 군사들의 경계선이 산 뒤쪽으로 물러나게 되었다.

광부들 사이에는 소문이 떠돌았다. 포정사 대인이 무림 방회와 결탁하여 본격적으로 금을 빼돌리고 있다는 거였다. 그러나 군사들로 인해 혼강암에 접근할 수 없는 광부들의 말이었기에 소문의 진위는 그 뒤로도 확인될 길이 없었다.

"본타에서 소식이 왔습니다."

환룡(幻龍) 호설은 진검성에 있을 때부터 은신과 잠입의 대가로 인정받아 온 고수였다. 그가 군룡회에 초빙되었을 때 구태진은 그에게 칠사자의 우두머리를 맡기려 했다. 그러나 그는 완곡히 거절하고 진검성 시절 은혜를 입었던 수겸의 밑으로 자청하여 들어갔다. 그때부터 지금까지 그는 수겸의 그림자로 활동을 하고 있었다.

그의 보고를 듣고 있는 것은 당연히 군룡회의 총사인 교룡 수겸이었다.

"좀 늦었군. 뭐라던가?"

"풍파투도를 죽였다고 합니다."

"물건은?"

"두 개 다 회수했답니다."

수겸은 기대고 있던 의자에서 몸을 일으켰다.

"환상적인 낭보로군. 물건들을 회수한 데다가 눈엣가시 같은 녀석을 잡아냈다는 건가?"

"그렇습니다."

"물건은 지금 누가 가져오고 있나?"

"은잠룡이 가져온답니다."

"은잠룡? 마검혈궁이 물건을 가져온다고?"

수겸의 눈이 이채를 띠었다.

"서신을 줘보게."

수겸은 호설에게서 전서구가 날라온 서신을 건네받았다.

"필체는 곽오두 것이 맞군."

"뭐 이상한 점이라도 있는지요."

수겸은 서신을 흔들며 말했다.

"은잠룡을 거론한 게 이상해. 은잠룡은 이런 서신에 행적을 표시해서는 안 되는 인물이야. 게다가 볼일 다 본 은잠룡이 영호세가로 돌아가지 않고 굳이 직접 운반하는 것도 이상하고."

고개를 갸웃거리던 수겸은 다시 말했다.

"이런 가정을 해볼 수 있지. 만일 본타 애들이 풍파투도를 잡은 게 아니라 되레 풍파투도가 본타 애들을 잡은 거라면, 그래서 놈이 곽오두를 협박해 이런 글을 작성하게 했다면 이런 문맥이 나올 수도 있겠지."

"놈을 지나치게 과대평가하시는 것 아니신지요. 보고에 의하면 사령대와 맹룡대 백 명에 장로 급 고수 여덟, 거기다 실혼인 열 명과 은잠룡까지 포함되었다면 놈이 아니라 천하십대고수 서너 명이라도 상대할 수 있는 전력입니다."

"은잠룡을 거론한 것을 보면 놈이 이미 은잠룡의 정체를 알아차렸고, 먼저 손을 썼겠지. 그렇게 된 거라면 당연히 단독으로 본타에 들어오지 않았을 테고."

"놈이 세력을 규합해 본타를 쳤을 거란 말씀이십니까? 아무리 그렇다고 해도……."

"알아. 여간한 힘으로 본타에 있는 우리 전력을 꺾을 수 없다는 것을. 그러나… 난 이상하게 풍파투도란 놈이 늘 마음에 걸리거든. 차라리 그놈이 달아났다면 그 말을 믿겠지만 죽었다는 말은 왠지 믿어지지가 않아. 절대 쉽게 죽을 놈은 아니야."

마음이 심란한 듯 서신을 구깃거리던 수겸은 호설에게 명했다.

"아무래도 불안해. 경비를 강화하고 당가주에게 불사동의 문을 개방해 놓으라고 말해."

"개방하라는 말씀은……."

"만에 하나 나의 예측이 맞아 은잠룡 대신 놈이 이곳으로 온다면, 죽은 구태진이 그토록 바라 마지않던 불사동의 함정을 한번 발동시켜 봐야 하지 않겠나?"

                    *   *   *

운기촌의 광록현의 초입에 있는 마을이었다. 이곳에는 지리적 특성상 외지인의 왕래가 현 내 다른 지역에 비해 잦은 편이었다. 특히 현

전체에 공급할 일용품을 운송해 오는 외부상인들의 모습이 자주 눈에 띄었다.

짙은 눈보라가 휘몰아치는 어느 날, 다섯 명의 장사치가 운기촌 입구에 나타났다.

운기촌의 광록현의 입구나 마찬가지였기 때문에 당연히 관의 경계가 삼엄했다. 장사치들은 입구를 지키고 있는 군졸들에게 호패와 노인, 장사 품목 등을 확인해 주어야 했다.

삼엄한 검문이 이루어지는 중에 장사치 하나가 간사한 웃음을 흘리며 묵직한 주머니 하나를 군졸의 허리춤에 쑤셔 넣었다. 세상 어느 곳에 가도 돈을 싫어하는 관리는 없었다. 장사치의 현명한 행동으로 인해 검문은 여느 때에 비해 훨씬 간소하게 끝마쳐졌다.

"자, 이제 마지막으로 모두 얼굴을 까봐라! 본 현은 흉악하게 생긴 놈들은 아예 접근을 불허하는 규칙이 있느니라."

돈을 받아 기분이 유쾌해진 군졸이 반 농담식으로 말했다. 장사치들은 얼굴을 덮고 있던 가리개를 열고 맨얼굴을 보여주었다.

한 명 한 명을 눈으로 훑으며 고개를 끄덕이던 군졸들은 네 번째 장사치에 이르러 탄성을 흘렸다.

"아아, 이 친구는 진짜 잘생겼는데?"

"잘생긴 정도가 아니라 예쁘다고 해야겠구만. 어이, 혹시 여동생 없나?"

주목의 대상이 된 젊은 장사치는 얼굴을 붉히며 고개를 저었다.

군졸들은 낄낄거리며 다음 장사치에게로 시선을 옮겼다.

"어? 이놈은 안 되겠는데?"

"그놈 정말 흉악하게 생겼네. 도끼 하나 들면 바로 산도적이라고 해도 믿겠는걸. 넌 규정에 어긋나니 탈락."

지목받은 다섯 번째 장사치는 울퉁불퉁한 얼굴을 심하게 구겼다.

"어라, 이게 인상 쓰네? 왜, 못마땅하냐?"

군졸의 어조가 강해지자 나이 많은 장사치가 다시 끼어들었다.

"헤헤. 나리 또 왜 그러십니까? 이놈이 원래 성정이 무뚝뚝한지라…그래도 본심은 착한 놈이니 너그러이 봐주시지요."

그러면서 주머니 하나가 다시 군졸의 품 속으로 쑤셔 들어갔다.

군졸은 얼른 표정을 풀며 손을 휘저었다.

"에이, 까짓거 봐준다! 날도 궂은데 얼른 마을에 들어가 쉬어라!"

장사치들은 감사하다며 굽신거리고는 짐을 들고 움직이기 시작했다.

"이쁜이 잘 가!"

군졸 하나가 지나치는 네 번째 장사치의 엉덩이를 철썩 때렸다.

장사치는 잠시 움찔 하더니 묵묵히 걸음을 옮겼다. 장사치 일행은 주머니 두둑해진 군졸들의 웃음소리를 뒤로 하고 마을로 들어섰다.

"염병할. 파양호를 주름잡던 흑수랑 한숭께서 저따위 군졸 나부랭이들한테 치욕을 당하다니…… 대체 내가 왜 이 고생을 해야 하는 거야?"

다섯 번째 장사치로 가장하고 있던 한숭이 욕지거리를 내뱉었다.

"조용히 못해요?"

네 번째 장사치의 날카로운 목소리가 들려오자 한숭은 이내 입을 다물었다. 한숭은 두려운 듯 앞서 가는 그의 눈치를 슬슬 보았다.

"아무래도 안 되겠어."

네 번째 장사치가 갑자기 걸음을 멈추자 한승은 기겁한 표정을 지었다.

"조, 조 소저! 좀 떠들었다고 또 때릴 것까지는……."

"잔말말고 이거나 들고 있어 봐요!"

앙칼지게 한승에게 자신의 짐을 던진 것은 네 번째 장사치로 가장하고 있던 조비연이었다. 그녀의 얼굴은 벌겋게 상기되어 있었다.

"감히 내 엉덩이를 건드려? 생각할수록 분하네. 내 이놈을 가만두지 않겠어요."

다시 마을 입구로 성큼성큼 걸어가는 조비연을 첫 번째 장사치로 분하고 있던 석초진이 다급히 붙잡았다.

"조 소저, 제발 참아. 여기까지 다 와서는 일을 그르칠 셈이야?"

"그래도 그놈이……."

"붙잡혀 있는 영호 소저 생각해서라도 성질 좀 죽이라고."

'영호 소저'란 말이 나오자 조비연의 표정이 달라졌다. 그녀는 훅! 하는 강한 숨을 내쉬더니 다시 짐을 들었다.

"알았어요. 일 다 처리하고 나오는 길에 손보도록 하지요."

그녀를 제외한 일행은 안도의 한숨을 내쉬었다.

이들은 서문세가가 집마부에 무너질 당시 범생 등의 활약과 뒤늦게 나타난 한승의 도움으로 서문정과 그의 배다른 여동생들을 데리고 간신히 탈출할 수가 있었다.

범생들은 서문정 등을 안전한 장소에 맡긴 다음 조비연을 종남파까지 데려다 주려고 했다. 그러나 어느 정도 몸이 회복된 조비연은 붙잡힌 영호선을 구해야 한다고 강경하게 주장했다. 그녀는 영호선이 건네준 현명단 때문에 건강을 회복할 수 있었던 데다가, 간병 도중에 깊은

정을 쌓은 터라 반드시 영호선을 구하겠다고 마음을 먹은 상태였다.

범생들은 그녀를 설득하려 했지만 조비연의 황소고집을 꺾을 수는 없었다. 결국 안 가겠다는 한숭까지 끌어들인 네 명은 서문세가를 점령한 집마부의 뒤를 조심스레 쫓았고, 집마부가 군룡회에게 영호선을 인수인계하는 것까지 포착할 수 있었다. 군룡회의 인물들이 빠르게 움직이는 바람에 호광성에서 잠시 종적을 놓치기도 했지만, 운 좋게도 영호선을 인수인계했던 군룡회 인사 중 한 명과 우연히 맞닥뜨리게 되었다.

일행은 그를 족쳐 영호선이 운반된 곳이 혼강암이란 것을 알게 되었다. 혼강암은 무척 생소한 지형이었지만 뜻밖에도 범생이 위치를 알고 있었고, 다섯 명은 장사치로 가장한 채 이곳 광록현까지 오게 된 것이었다.

일행은 객잔을 하나 잡은 다음 혼강암으로 갈 수 있는 방도를 강구했다.

이틀 뒤, 광부로 변장한 일행은 이른 아침 철광으로 향해 가던 광부들 사이에 끼여 있었다. 광부들이 산으로 막 올라갈 즈음 다섯 명은 홀연히 자취를 감추었다. 그들은 광부복에 어울리지 않는 날랜 움직임으로 곳곳에 배치된 군졸들의 눈을 피해 돌산맥을 헤치고 나갔다.

"저기가 바로 혼강암일세."

범생이 가리킨 곳에는 높다란 돌산이 하나 우뚝 서 있었다. 얼추 삼백 장은 넘어 보였고, 좌우 폭도 높이 못지않게 길었다. 창검같이 솟은 칼날 바위들이 산 전체에 빽빽했지만 숲이 무성한 지형도 곳곳에 눈에 띄었다.

"언뜻 봐도 참 험준한 지형이군."

나할라리의 말에 석초진이 고개를 끄덕였다.

"저 안에 있는 사람을 찾으려면 시간깨나 걸리겠는걸."

범생이 고개를 저었다.

"오래 걸릴 것은 없을 걸세. 산세가 험준하긴 해도 사람을 가둬놓거나 할 수 있는 장소는 빤해. 두어 군데만 돌아다니면 금방 발견할 수 있을 걸세."

조비연이 눈에 이채를 띠며 물었다.

"범 선생님은 여기 와본 적이 있으신가 봐요?"

"예전에 신선놀음할 적에 와본 적이 있지."

범생은 알쏭달쏭한 미소를 지으며 말했다.

일행은 조심스럽게 혼강암으로 진입했다. 만일 이곳에 영호선이 있다면 당연히 군룡회의 삼엄한 감시도 같이 있을 것이니 함부로 돌아다니다가 이쪽이 먼저 발각되는 날에는 모든 것이 허사가 될 수도 있기 때문이었다.

범생은 동쪽 중턱 깊숙한 곳으로 일행을 이끌었다. 한참 안으로 들어가니 커다란 동굴이 입을 벌리고 있었다. 동태를 살피겠노라고 먼저 들어간 범생은 금방 나왔다.

"거긴 아니오?"

"아니, 여기가 맞네. 누가 밖으로 나오고 있길래 얼른 빠져나온 걸세."

일행은 급히 몸을 숨겼다. 잠시 후, 과연 범생의 말처럼 칼을 찬 무인 두 명이 동굴 입구로 나오더니 보초를 서기 시작했다.

범생이 보초들을 살피며 말했다.

"아마도 우리가 교대하는 시간에 도착했었나 보군."

"저건 군룡회 무사들이 확실하오. 저 복색은 눈에 익어."

석초진이 말했다.

"그런데 왜 우리가 몸을 숨겨야 하죠? 당장 쳐들어가서 싹 쓸어버리는 게 어때요?"

조비연의 말이었다.

그녀는 어느덧 몸이 다 회복되어 아주 팔팔한 상태였다. 사실은 천우신단과 현명단 등 사대신약 중 두 가지를 더 섭취함으로써 합환의 비술이 작용을 한 상태인지라 이전에 비해 공력이 더욱 상승해 있었다. 그러니 힘이 넘쳐 주체를 못하고 있는 실정이었다.

"진정해, 조 소저. 군룡회쯤 되는 단체가 이런 곳에 만든 비처라면 그 안에서 무슨 괴물이 튀어나와도 이상할 게 없다고. 신중에 신중을 기해도 부족하지 않아."

조비연을 뜯어말린 일행은 날이 어두워진 다음 잠입하기로 결정했다.

시간이 흘러 밤이 되었고, 보초가 다시 교대되었다. 일행은 그 틈을 타 조심스레 움직여 동굴로 다가갔고, 막 교대된 두 보초가 소리없이 처리되었다.

장애물이 없어지자 일행은 동굴로 진입했다.

동굴은 밖에서 볼 때보다 훨씬 크고 넓었다. 안으로 들어서자 가장 먼저 눈에 띈 것은 커다란 막사였다. 번을 서는 무사들이 교대로 쉬는 장소인 듯했다.

일행은 발자국 소리를 주의하며 막사를 지나쳐 좀 더 안으로 들어섰다.

굽이친 통로를 돌아 들어가자 커다란 광장과도 같은 공간이 나왔다. 광장의 좌우 측면에는 목재를 들여와 지은 것으로 보이는 커다란 간이 건물이 세워져 있었고, 일행이 서 있는 입구 반대편 쪽에는 광산을 새로 개발하는 듯 갱도가 곳곳에 보이고 바닥에 놓인 공사 자재들도 눈에 띄었다.

입구에서 공간 내부를 물끄러미 보던 범생은 이상한 듯 고개를 갸웃거렸다.

"뭘 하려고 한 거지? 그곳을 뚫으려면 굳이 입구에 저런 짓을 해야 할 이유가 없는데."

그게 무슨 소리냐고 나할라리가 물어보려 하는 찰나, 간이 건물의 문 하나가 삐걱거리며 열리더니 두 명의 무사가 한 여인을 끌고 밖으로 나왔다.

"언니예요!"

조비연이 낮은 소리로 부르짖었다.

두 무사는 영호선을 끌고 광장 맞은편의 갱도 중 하나로 들어갔다. 그들의 모습이 사라진 직후 일행은 광장으로 들어섰다. 목표가 확인된 이상 한시라도 빨리 행동하는 편이 바람직하다.

그러나 그들이 간과한 것이 하나 있었다. 그것은 동굴이 매우 소리에 민감한 공간이라는 것이었다. 더군다나 걸리는 것 하나 없는 뻥 뚫린 광장이라면 소리가 더 더욱 크고 멀리 퍼질 수밖에 없었다.

다섯 사람은 모두 일정 수준을 넘어선 무인이고 경신술을 갖추고 있었지만 완벽히 움직이는 소리를 없애지는 못한 모양이었다.

일행이 광장 중간쯤 왔을 때였다. 간이 건물의 문 하나가 벌컥 열리더니 한 사람이 뚜벅뚜벅 걸어나와서는 소리쳤다.

"오밤중에 손님들이 오셨군. 본 회는 찾아오는 객은 불청객이라 해도 언제나 환영이오."

그의 목소리는 하도 커서 광장 전체를 울렸다. 이내 모든 건물의 불이 켜지고 그 안에서 군룡회의 무사들이 우르르 쏟아져 나왔다.

"저쪽으로!"

범생이 다급히 외치며 영호선이 사라진 갱도로 먼저 달렸다. 다른 일행은 생각할 여유도 없이 그를 뒤쫓았다.

좌우에서 나온 군룡회 무사들이 벌 떼처럼 달려들었다.

일행은 강서에서의 경험을 바탕으로 일종의 진을 짜서 움직였다. 곤봉을 든 범생, 창을 든 석초진, 쇠사슬이 연결된 낫을 든 나할라리가 앞과 양옆을 맡는다. 이들은 장병의 이점을 이용하여 다가오는 적에게 선제 공격을 가하며 빠르게 전진한다. 후위는 검을 쓰는 조비연과 한숭이 맡아 선두의 공격을 피하며 접근하는 적들을 처리한다.

어찌 보면 단순하지만 장병과 단병의 조화가 적절하고 다양한 무기의 배합이 의외로 잘 맞아 돌아가는 진법이었다. 일행은 좌우에서 다가오는 적을 훑어내며 단숨에 광장을 가로질러 갱도까지 접근할 수 있었다.

일단 갱도 안으로 들어가자 방어는 좀 더 쉬워졌다. 전면에는 적이 없고 후위에서 다가오는 적만 처리하면 되었고, 그나마도 갱도의 좌우 폭이 좁아 네 명 이상은 나란히 설 수가 없기에 소수로 다수를 상대하기에는 더할 나위 없는 지형이었다.

일행은 꾸역꾸역 갱도로 몰려들어오는 적을 막아내며 계속 전진했다.

범생은 고함을 질러 일행을 독려했다.

"조금만 더 가면 후위를 봉쇄할 수 있네! 힘들 내게!"

대체 그가 어떻게 그런 것을 알 수 있는지 의문을 떠올릴 겨를도 없었다. 적의 추격을 막아낼 수 있다는 말에 용기백배한 일행은 보다 속도를 올려 전진했다.

백여 장쯤 달렸을까, 통로가 조금 넓어졌다 싶은 시점에서 범생이 후위로 빠지며 곤봉으로 다가오는 적을 밀쳐냈다. 그의 곤봉이 한번씩 뻗어질 때마다 군룡회 무사 한 명이 뒤로 밀려 날아가 버렸다.

그로 인해 추격대와의 틈이 조금 벌어진 순간, 그는 벽에 손을 짚었다.

쿠르르룽!

갑자기 갱도가 흔들리더니 커다란 돌문이 양쪽 벽에서 솟아 나왔다. 추격대와 일행 사이를 갈라놓으며 전진하던 두 개의 돌문은 곧 하나로 합쳐져 갱도를 완전히 막아버렸다.

호설과 수겸은 추격대를 헤치고 들어와 막혀 버린 갱도 앞에 섰다.

"놈들이 문을 막아버렸군요."

"그러게 말일세. 뜻밖이군."

"들어간 놈 중에 풍파투도가 있었겠죠?"

"놈이 아니고서야 여기를 찾아올 자가 있을까? 기관에 대한 준비까지 철두철미하게 해온 것을 보면 틀림없어. 우리를 이렇게까지 성가시게 할 놈이 그놈말고 또 누가 있겠나."

"놈이 어떻게 이곳의 기관을 다룰 수 있었을까요? 짐작이 가지 않는군요."

"아마도… 기관에 정통한 자를 데려온 것이 아닐까 싶네. 그것도 진검성의 기관지식이 있는 자를."

"그렇다면 놈은 이곳이 어떤 곳인지를 이미 간파했다는 의미가 되겠군요."

"맞네. 그것 하나만으로도 놈을 절대 살려둬서는 안 되겠어."

"당장 쫓아갈까요?"

호설의 말에 수겸은 고개를 저었다.

"그럴 필요 없네. 기관을 단은 자가 옛 진검성 출신이라면 바깥쪽에서 문을 열 수 있게 개조되었을 거라고는 상상하지 못할 걸세. 고로 안으로 들어간 놈들은 지금쯤 추격자를 뿌리쳤을 거라 안심하고 있겠지."

"그렇다면 더 더욱 쫓아가서 의표를 찔러야 하는 거 아닌지요."

"아니, 안심하고 움직이도록 놔둬. 내부에 사천당가의 기관지식이 총동원된 온갖 함정이 구비되어 있으리라고는 상상도 하지 못할 테니, 편안한 마음으로 함정에 발을 디디도록 하는 게 훨씬 재미있지 않겠나?"

수겸은 키득거리며 말했다.

"아무리 생각해도 웃을 수밖에 없는 일이야. 가짜 불사동이랍시고 함정을 설치한 곳이 사실은 진짜 불사동이라는 게 말이지. 구태진이 이 사실을 모르고 죽은 게 정말 아쉬울 따름이네. 알았다면 무슨 표정을 지었을지 참 궁금하지 않나?"

둘은 웃으며 발길을 돌렸다. 돌문 앞에 대기하고 있던 무사들에게는 당가주가 시체 다섯 구를 가지고 나올 때까지 대기하라는 명이 떨어졌다.

제14장
장건, 혼강암에 가다2

장건, 혼강암에 가다 2

"범 선생, 대체 여긴 어디요? 그리고 선생은 어떻게 여기를 속속들이 아는 거요?"

석초진이 앞서 가는 범생에게 물었다. 일행은 지금 미로처럼 꼬인 갱도 안을 전진하고 있었다. 갱도는 안으로 들어갈수록 갈림길이 많아지고 복잡해졌다. 첫발을 디딜 때만 해도 광부들이 갓 뚫어놓은 듯한 허술한 느낌이었지만 아까의 돌문 뒤부터는 상당히 정교한 건축술의 흔적을 여기저기서 볼 수 있었다. 범생은 이러한 미로를 거침없이 전진하면서 때로는 벽을 만져 없던 통로를 만들어내기도 하는 등, 내부 지리를 간파하고 있는 듯한 모습이었다.

"이곳은 옛 진검성의 장인 담청기가 창안한 천관무위진(天關無爲陣)의 묘리에 따라 구축되어 있는 장소일세. 나는 이전에 천관무위진에 관한 것을 책에서 읽은 기억이 있어서 기관의 구성을 어느 정도 파악하는 것일세."

책을 읽고 기관을 다루는 것치고는 지나치게 능숙한 감이 있었지만 범생은 일행 중에 가장 박식한 사람이었기 때문에 다들 그런가보다 하고 받아들였다.

"미로는 어디까지 이어지는 거죠? 그리고 앞서간 놈들은 언니를 어디로 데려간 걸까요?"

진연의 질문이었다.

"이 미로는 순환식으로 되어 있네. 방향을 잡지 못한 채 무작정 전진하다 보면 미로를 돌고 돌아 결국 제자리로 오게 되지. 미로의 곳곳에는 곁가지 길이 있고 그 길의 끝에는 돌로 된 방이 있네. 놈들이 영호 소저를 가두기 위해 데려간 거라면 아마도 그 방 중 하나로 끌고 갔을 거야."

조금 더 전진하자 갱도가 끝나고 벽돌로 된 긴 복도가 모습을 드러냈다.

"여기서부터는 내가 딛는 곳만을 디디며 따라오게. 사람의 눈을 현혹시키는 미혼진(迷魂陣)이 펼쳐져 있기 때문에 한 치라도 발을 잘못 디디면 일행을 놓치게 될 수 있네."

범생은 그리 말하고는 먼저 벽돌 길로 들어섰다.

그는 조심스레 바닥의 벽돌을 골라서 한 발 한 발 디디며 나아갔다. 그 뒤로 한 명씩 그를 따라 조심스레 발을 디디며 움직였다.

복도의 중간쯤에 다다랐을 때였다. 범생이 딛은 발에서 딸각 소리가 나더니 옆 벽에서 핑! 소리와 함께 뭔가가 튀어나왔다.

파직!

튀어나온 것은 범생이 휘두른 곤봉에 맞고 부러진 채 바닥을 뒹굴었다. 일행이 그것을 보니 부러진 화살이었다.

"뭐야, 화살 함정도 있는 거요?"

뒤따르던 석초진이 놀라 외쳤다.

범생은 걸음을 멈춘 채 미간을 찌푸렸다.

"이상하군. 이럴 리가 없는데……. 이곳의 미로는 사람을 현혹시킬 지언정 죽이거나 해하는 장치는 배제되어 있네. 그런데 어째서 이런 것이……."

그는 다시 조심스럽게 전진했다. 그런데 몇 발짝 채 가지도 않아 다시 딸깍 소리가 들렸다.

핑!

이번에는 한 발이 아니었다. 좌우에서 수십 발의 화살이 동시에 튀어나와 일행을 덮쳤다.

일행은 들고 있던 무기를 마구잡이로 휘둘러 화살을 튕겨냈다. 그러나 어두운 공간의 짧은 거리에서 튀어나오는 화살을 모두 막아내기는 어려웠기에 부상자가 발생했다. 나할라리가 허벅지에, 한숭이 어깨에 화살 한 발씩을 맞았던 것이다.

"안 되겠군. 서로의 간격을 좀 더 밀착하게. 그리고 한 사람이 한 쪽 면을 맡아 화살을 막아내도록 하세."

범생의 말대로 일행은 서로 간의 간격을 좁힌 다음 전진을 시작했다. 얼마 가지 않아 두 번째 화살비가 쏟아졌지만 미리 대비하고 있었기 때문에 훨씬 방어가 용이했다.

이렇게 세 번째 화살비까지 통과하자 저 멀리 복도의 끝이 보였다.

목표 지점을 확인한 일행의 발걸음이 빨라지는 순간이었다. 복도 뒤편에서 갑자기 이상한 소리가 들려왔다.

스스스스스―

일행이 놀라 뒤를 돌아보니 뿌연 안개가 복도를 가득 메우며 다가오고 있었다.

맨 뒤에 있다가 비릿한 내음을 맡은 한승이 욕지거리를 내뱉었다.

"이런 제길! 저건 독이야! 독무(毒霧)요!"

독무는 서서히 일행에게로 접근해 왔다. 느린 속도긴 했지만 한 발한 발 신중히 내딛고 있던 일행의 보행 속도보다는 빨랐다.

독무는 어느 결에 일행의 바로 뒤까지 접근했다. 마음이 급해진 일행의 발도 자연히 빨라질 수밖에 없었다.

한 발 한 발 신중히 내디뎌도 모자랄 판에 다급한 김에 발을 빨리빨리 움직이다 보니 결국 사고가 발생했다.

성미급한 석초진이 앞서 가는 범생을 빨리 쫓으려다가 엉뚱한 곳을 디디고 만 것이다.

곧바로 미혼진이 발동했다. 석초진의 눈앞에 갑자기 시뻘건 불길이 치솟았다. 환영이었지만 현혹된 사람이 분별할 수 있을 리가 없었다.

"어이쿠!"

석초진은 기겁을 하며 몸을 뒤로 뺐고, 그의 뒤를 따르던 나할라리와 부딪쳐 둘이 함께 나동그라지고 말았다.

넘어졌다가 일어서려던 나할라리 역시 환영에 빠졌는지 석초진과 함께 비틀거리면서 제자리를 이탈했다.

"뭐해요! 당장 이리로 와요!"

조비연이 발을 동동 굴렀지만 자리에서 이탈한 둘은 무서운 환각을 보는 듯 비명까지 지르며 엉뚱한 곳으로 움직이고 있었다.

그러는 사이 독무가 그들에게로 바싹 접근했다. 독무가 막 둘을 휩싸려는 순간, 범생이 자리에서 이탈하여 그들에게로 몸을 날렸다.

몸을 날린 범생은 공중에서 두 사람의 어깨를 짚고는 곤봉으로 몇 발짝 옆에 있는 측벽의 한 부분을 쿡 찔렀다.

덜컹!

범생의 곤봉이 찍은 측벽의 아랫부분이 갑자기 쑥 꺼지면서 검은 구멍이 입을 벌렸다. 범생은 비틀대는 두 사람의 목덜미를 잡아채고 그 안으로 몸을 던졌다. 세 사람의 신형이 구멍 안으로 빨려들어 간 직후 독무가 그 위를 쓸고 지나갔다.

"이런 제길! 우린 어떻게 해야 하는 거야?"

한숭이 욕지거리를 내뱉었다. 길 안내자인 범생이 사라져 버린 지금 전진할 수도 없는데 뒤에서 독무는 다가오고 있으니 그야말로 진퇴양난의 상황인 것이었다.

둘이 우왕좌왕하고 있는 사이 독무가 바싹 접근했다.

입술을 잘근잘근 깨물던 조비연은 돌연 한숭의 목덜미를 낚아챘다.

"조, 조 소저! 왜 이러는 거야?"

조비연은 기겁해하는 한숭을 번쩍 들어 있는 힘껏 복도 끝으로 집어 던졌다.

"우아아아아아악!"

한숭은 긴 비명과 함께 복도를 날아 끝을 넘어서서 땅바닥에 나동그라졌다.

그러는 사이 독무가 조비연을 덮쳤다.

조비연은 개의치 않았다. 그녀는 영호선이 준 현명단을 복용한 이후 만독불침의 몸을 얻었기 때문에 독무가 아무리 독하여도 아무런 지장이 없었다.

"문제는 앞으로 어떻게 나아가냐인데……."

조비연은 독무에 싸인 채로 고민에 잠겼다. 그녀는 아까 범생의 행동이 떠올랐다. 그는 발을 디디지 않으려고 석초진과 나할라리의 어깨를 잡고 움직였지 않은가.

"그렇다면……."

조비연은 천장을 올려다보았다. 일 장 남짓한 높이, 충분히 뛰어오를 수 있었다.

조비연은 품에서 비수 두 자루를 꺼내 양손에 쥐었다. 그리고 천장으로 뛰어올랐다.

가볍게 천장에 다다른 그녀는 양손의 비수를 천장에 박아 넣었다. 천장은 단단한 돌벽이었지만 사대신약 중 세 가지나 섭취한 그녀의 강력한 힘이 실린 비수를 튕겨내지는 못했다.

두 비수를 단단히 박아 넣고 그것을 지지대 삼아 천장에 대롱대롱 매달린 조비연은 뒤쪽 손의 비수를 빼내어 앞으로 박아 넣었다. 그리고 다음 손을 빼내 앞으로 박고, 이런 식으로 반복하면서 앞으로 나아갔다. 얼마 지나지 않아 복도의 끝이 나왔고, 조비연은 훌쩍 뛰어 경계를 넘어섰다.

"조 소저, 이쪽이요!"

한숭의 목소리가 위에서 들려왔다. 이어지는 통로는 입구가 천장 위에 뚫려 있었고, 한숭이 그곳에서 손짓하고 있었다. 조비연은 위로 뛰어올랐고, 독무는 그녀와 한숭을 더 이상 쫓지 못했다.

*　　　　*　　　　*

수겸의 명을 받고 닫힌 돌문 앞 갱도를 지키고 있던 경비조 무사들은 갑자기 향긋한 내음이 코를 저미는 것을 느꼈다.

"야, 이게 무슨 냄새냐!"

"식산가 본데?"

그들의 예상대로 무사 한 명이 광주리를 들고 나타났다.

광주리를 열자 따끈따끈한 만두가 가득 들어 있었다.

열두 명의 무사가 두 명씩 교대로 나와 만두를 먹었다.

모두 식사를 끝내고 맨 마지막에 만두를 먹던 경비조의 조장은 광주리를 들고 온 무사가 문득 낯설다는 느낌을 받았다.

"자네, 신참인가?"

무사는 고개를 끄덕이며 대답했다.

"그렇습니다."

"어디 소속인가?"

"암영대 소속입니다."

조장은 눈을 크게 떴다.

"암영대? 암영대는 해체된 것으로 아는데? 그리고 암영대 출신이 취사 담당이나 하고 있다고? 그게 말이 되나?"

무사는 머리를 긁적였다.

"말이 안 되나? 미안하군. 사실 떠오르는 게 직접 싸워본 암영대밖에 없어서 말이지."

"네 이놈! 네놈은 대체……."

정체가 뭐냐고 외치려던 조장은 막 검병을 잡아챈 검을 허리춤에서 빼내지도 못한 채 스르르 쓰러졌다. 먼저 식사를 끝낸 다른 조원들은 이미 의식을 잃은 상태였다.

무사는 쓰러진 경비조원들을 일으켜 벽에다 기대어 놓았다. 그는 품속에서 강침을 꺼내어 조원들의 옷에 박아 벽에다가 고정시켰다. 강침을 벽에 박으려면 망치가 있어야 했지만 그는 손으로 쑥쑥 박아버렸다.

경비조는 기절한 채 모두 벽에 고정되었다. 멀리서 보면 벽에 기댄 채 대기 중인 듯한 형상이었다.

작업을 끝낸 무사는 돌문 앞으로 다가가서는 돌문 주변을 신중히 살폈다.

"이건가?"

그는 벽의 한 부분에 손을 뻗었고, 딸각 소리와 함께 돌문이 서서히 열렸다. 그가 안으로 들어간 후 돌문은 다시 닫혔다, 마치 열렸던 적이 없었던 것처럼.

*　　　*　　　*

"내가 미쳤지, 미쳤어. 대체 뭐 먹을 거 있다고 이딴 곳까지 끌려와서는 이 모진 고생을 하는 건지……."

한숭의 투덜거림은 끊임없이 이어졌다.

"입 못 다물어요? 언제 적이 튀어나올지 모르는 판국에."

조비연의 힐난에 잠시 찔끔하던 한숭이었지만 입을 꽉 다물지는 않았다.

"우리 정말 이대로 가야 하는 거요? 길 안내하던 범 선생도 없이 무작정 나아가다가는 무슨 사고를 당할지 모르잖소?"

"그래서 어쩌라구요, 뒤돌아 나갈까요?"

"아니, 뭐 어쩌자는 건 아니고… 그저 내 신세가 하도 기구하여……."

신세 타령하던 한숭은 돌연 말을 멈추었다. 그는 주변을 둘러보더니 인상을 찌푸리며 말했다.

"아까부터 느끼는 건데, 이상하게 몸이 무겁다는 생각 안 드오?"

조비연도 고개를 끄덕였다.

"나도 그런 느낌이 드네요. 벽이 검어진 다음부터 느낌이 심해진 것 같아요."

그들이 지금 밟고 있는 바닥, 천장, 벽은 모두 검은색 일색이었다. 인공으로 만들어놓은 것도 아니고 그저 동굴 같은 갱도임에도 벽을 이루고 있는 돌의 색깔이 하나같이 거무튀튀했다.

"왠지 감이 좋지 않아요. 화살비에다가 독무가 나왔으니 이젠 또 뭐가 튀어나올까요? 불? 물?"

조비연의 말에 한숭은 인상을 썼다.

"제발 그런 것들은 그만 나와 줬으면 좋겠소. 차라리 사람이 나오면 싸워 이기기 어렵다 해도 항복이라도 해서 목숨을 보존할 수 있을 텐데 이것들은 도대체 타협의 여지가 없는 것들이니……."

그 말이 끝나기가 무섭게 통로의 앞과 뒤에서 검은 그림자들이 모습을 드러냈다.

"재수가 좋네요, 한 소협. 당신 말대로 정말 사람이 나왔군요."

조비연이 비아냥거렸다. 그녀의 말대로 나타난 것들은 모두 사람이었다.

나타난 자들은 앞뒤 합쳐서 스무 명가량. 그들은 동시에 조비연과 한숭을 향해 뚜벅뚜벅 걸어왔다.

비아냥거리긴 했지만 사람이 나온 것은 조비연으로서도 반가운 일이었다. 정말 물이나 불이 나왔으면 대처할 바가 없겠지만 사람이라면 싸워 이기면 그만 아닌가. 가뜩이나 힘이 넘쳐 주체하지 못하던 참이니 아주 잘 됐다는 생각이 들었다.

그런데 다가오던 자들은 둘의 십 장 앞에서 걸음을 멈추고 더 이상 접근하지 않았다.

앞쪽의 한 사람이 한 발 앞으로 나오더니 외쳤다.

"풍파투도가 누구인가?"

조비연과 한숭은 동시에 얼굴을 마주보았다. 저자가 왜 풍파투도를 거론하는 걸까?

그때 한숭이 대뜸 말했다.

"내가 바로 풍파투도다!"

저쪽에서 뭐라 대꾸하기도 전에 조비연이 조그마한 소리로 외쳤다.

"뭘 어쩌려고 그래요, 대체?"

"이렇게 말해놓으면 겁을 좀 먹지 않겠소?"

조비연이 어처구니없다는 표정을 지었다.

그때 앞서 외쳤던 자가 다시 말했다.

"듣자 하니 기병을 다루는 재주가 뛰어나다고 하는데, 본좌와 한 번 겨뤄볼까?"

한숭이 즉시 대꾸했다.

"일 대 일로 대결하자는 거라면, 환영이다!"

앞쪽의 자는 가볍게 웃더니 두어 발짝 앞으로 나섰다.

"그렇게 하지. 덤벼라."

"좋아, 어디 한번 해보자고."

조비연은 앞으로 나아가려는 한숭의 옷자락을 붙잡았다.

"대체 어쩌려고 그래요?"

"날 믿어요, 조 소저. 이것은 천재일우의 기회요. 저 녀석이 하는 짓을 보아하니 이 무리의 우두머리 같은데, 놈을 생포하여 인질로 삼으면 의외로 일이 쉽게 풀릴 수도 있소."

한숭은 호언장담하며 앞으로 나섰다.

"자, 덤벼라. 어디의 누군지는 몰라도 태양 앞의 반딧불이란 말이 무슨 뜻인가를 실감하게 해주마."

한숭은 기세등등하게 외쳤다.

자극하는 말이었음에도 앞에 있는 자는 움직이지 않았다. 그는 가벼운 웃음소리를 내며 손가락을 딱 소라나게 튕겼다. 그 순간 조비연과 한숭의 머리 위에서 불벼락이 떨어졌다.

쉬이이익!

화염이 천장에서 아래로 뿜어져 내려왔다. 불기둥은 벌어진 둘 사이의 공간으로 정확히 떨어져 내렸다.

불기둥으로 인해 한숭과 갈라진 조비연에게로 통로 뒤쪽에서 나타난 적들이 일제히 덤벼들었다.

조비연은 반사적으로 검을 뽑았다.

'어?'

조비연은 왠지 모르게 검이 무척 무거워졌다는 느낌이 들었다. 마치 검을 누군가가 내리누르는 것 같았다.

다가오던 적들의 손이 휘둘려졌다. 그들의 손에서 흩뿌려진 것은 암기였다. 통로를 가득 뒤덮은 암기 세례가 조비연에게로 덮쳐들어 왔다.

조비연은 기쾌하게 검을 휘둘러 전면에 물샐틈없는 검막을 형성했다. 다가오던 암기들은 검막에 막혀 모두 땅에 떨어졌다.

암기를 무력화시켰음에도 조비연의 표정은 좋지 않았다. 검을 휘두르면 휘두를수록 느낌이 좋지 않았다. 마치 누군가가 자기 몰래 훨씬 무거운 검으로 바꾸어놓은 듯했다.

적들이 달려들었다. 이번에는 세 명이었다. 죽창 세 개가 조비연에게로 파고들었다.

'죽창?'

조비연은 의아한 생각이 들었다. 정밀한 기관과 함정을 구사해 오던 적들의 무기치고는 세련되지 못하다는 생각이 들었기 때문이다.

조비연은 검을 휘둘러 다가오는 죽창을 베어내려 했다. 적들은 죽창의 방향을 자유자재로 변경하며 그녀의 검에 부딪치지 않고 허점을 파고들려 했다.

전투가 진행되는 사이 또 다른 세 명이 죽창수의 바로 뒤로 슬그머니 다가왔다. 그들은 다시 암기를 흩뿌리기 시작했다. 죽창과 더불어 암기가 더해지자 조비연의 검은 더욱 분주하게 움직여야 했다.

조비연은 검에 휘말려 떨어지는 암기들을 보며 또다시 이상한 느낌이 들었다. 암기들이 뒤의 불기둥의 빛과 반사되어 황금빛으로 반짝거렸던 것이다. 그녀는 반짝이는 암기들이 전부 강철이 아닌 동으로 만들어졌다는 것을 알 수 있었다.

왜 하필 동일까. 일부이면 몰라도 던져대는 수많은 암기가 모두 동으로 만들어졌다는 것은 이해가 가지 않는 일이었다.

그때 뒤에 있던 한 명이 죽창과 암기를 구사하는 여섯 명을 훌쩍 뛰어넘어 그녀에게로 날아왔다. 도약력으로만 봐도 만만치 않은 상대임이 분명했다.

조비연은 공중에서 떨어져 내리는 상대를 향해 기쾌한 일검을 가했다.

떨어져 내리는 상대의 병기 또한 허리에서 뽑혀져 나왔다.

쨍!

한번의 격돌, 뒤로 물러선 것은 조비연이었다.

조비연은 놀라움을 금치 못했다. 단 한 발짝이었지만 상대에게 공력으로 밀린 것이다. 천우신단에 현명단까지 섭취하여 전에 비해 내공이 껑충 뛴 그녀로서는 자신을 밀어낼 수 있는 상대가 나타날 줄은 상상도 하지 못했다.

그녀를 밀어낸 자는 장검을 든 청년이었다. 청년은 그녀 또래밖에 되지 않은 듯 보였고, 얼굴에는 아무런 표정이 없었다.

그는 전혀 표정의 변화 없이 다시 일검을 내뻗었다.

조비연은 전에 없이 신중하게 검을 맞받아쳤다. 검과 검이 연이어 격돌했다.

조비연은 상대의 공력이 자신과 거의 비등하다는 것을 감지했다. 좀 전의 격돌에서 떠밀린 것은 준비가 덜 된 탓이 컸다. 일 대 일이라면 승리를 확신할 수 없어도 밀릴 것 같지는 않았다.

그러나 상황은 그녀에게 낙관적이지 않았다. 앞서의 여섯 명이 일 대 일 승부가 이어지도록 놔두지 않았기 때문이다. 조비연이 청년과 붙었다 떨어지는 순간마다 암기와 죽창 세례가 퍼부어졌다.

조비연의 손발은 점점 어지러워졌다. 사실 일정 경지를 넘어선 무공을 가지고 있는 그녀에게 격돌의 틈 사이로 날아오는 암기나 죽창은 귀찮을지언정 큰 문제가 아니었다. 진짜 문제는 무겁게 느껴지는 그녀의 검이었다. 여전히 바닥이 검을 끌어당기고 있다는 느낌이 들고 있었고, 그 불편한 느낌이 그녀가 자유롭게 검을 구사하는 것을 방해하고 있었다.

사실 무겁게 느껴져 봐야 실질적인 무게 차이가 그리 클 리 없었다. 그러나 그 미묘한 무게 차이 때문에 수천 수만 번을 휘둘러온 애병이 낯설게 느껴진다면 검의 구사가 제 실력대로 발휘되기 어려워지는 것이었다.

조비연은 점점 밀리기 시작했고, 뒷걸음질 치던 그녀는 불기둥 근처까지 후퇴했다. 등 뒤에서 이글거리는 열화가 느껴지는 데 심리적으로 위축이 안 될 수가 없었다. 조비연은 결국 허점을 노출했고, 청년의 강력한 일검에 휘청이며 옆으로 떠밀려 났다.

빈틈을 보이며 떠밀렸으니 암기가 우박처럼 쏟아져 들어올 순간이었다. 그런데 뜻밖에도 날아오는 것이 아무것도 없었다. 그 대신 들려오는 것은 적들의 비명이었다.

누군가가 후위의 적들과 싸우고 있었다. 워낙 빨리 움직여서 누군지 알아볼 수는 없었지만 그의 손이 한 번 움직일 때마다 적 한 명이 쓰러졌다.

그때 눈앞에 광채가 번쩍였다.

조비연은 아차 싶었다. 가뜩이나 밀리고 있는데 한눈을 팔았던 것이다. 다가오는 일검을 받아쳤지만 힘이 실리지 않았다.

깡!

검이 날아갔다. 조비연은 헛숨을 토해냈다. 청년의 두 번째 공격이 눈앞으로 들이닥쳤다. 위기의 순간, 한 가닥의 은선이 날아오더니 내미는 청년의 팔을 휘감았다.

막 팔이 은선에 감기려는 순간 청년은 재빨리 뒤로 물러나며 팔을 빼냄과 동시에 검으로 은선을 베어갔다.

챙!

파열음과 함께 은선이 물러났고, 대신 검은 그림자가 들이닥쳤다. 청년의 검이 검기를 흩뿌리며 다가오는 인영을 쳐갔다.

검은 옷을 입은 사내는 검을 맞받지 않고 조비연 쪽으로 물러났다. 조비연의 앞을 막아선 그는 허리춤에서 둥글고 길쭉한 원통을 꺼내더니 다시 다가오는 청년을 향해 활짝 펼쳤다.

그리고 사내가 내민 원통에서 벼락이 튀어나왔다.

콰콰콰쾅!

천둥 치는 소리와 함께 원통에서 강전과 불기둥이 튀어나왔다. 사내의 바로 뒤에 있던 조비연은 엄청난 소리와 숫구치는 연기로 인해 정신이 하나도 없었다.

연기가 서서히 가라앉았다. 어지러운 머리를 흔들던 조비연의 눈에 벼락에 정통으로 맞은 청년의 모습이 들어왔다. 그토록 강력한 무위를 떨치던 청년은 반대편 벽까지 날아가 참혹한 모습으로 처박혀 있었다. 전신에 화살이 고슴도치처럼 꽂혀 있었고 불기둥에 휩싸였던 탓인지 새까맣게 그슬려 있었다. 사내가 가한 단 일 격이 만들어낸 결과였다.

조비연은 얼떨떨한 표정으로 몸을 일으켰다. 배후의 적들은 사내가 처리했는지 모두 쓰러져 있었다. 그녀는 자신의 구원자의 뒷모습이 왠지 낯이 익다는 생각이 들었다.

"당신 설마……."

사내가 몸을 돌렸다. 익숙한 얼굴이 눈에 들어왔다.

"오랜만이군."

조비연의 얼굴이 전에 없이 환해졌다.

"너였구나!"

"너라니, 이 공자님이지."

조비연은 풋! 하고 웃음을 터뜨렸다.

"이 공자는 무슨. 도둑 놈 주제에 대갓집 공자 행세는 그만 하라고."

장건은 쓴웃음을 지으며 고개를 흔들었다. 입이 가벼운 누군가가 자신의 정체를 폭로한 모양이었다. 어찌 되었든 다 죽어가던 조비연이 다시 팔팔해진 것을 보니 왠지 기분이 좋아지는 그였다.

쉬이이이이

활활 타오르던 불기둥이 서서히 잦아들었다. 장건이 벽의 한 부분을 만지자 일어난 일이었다.

"당신도 여기 기관을 다룰 줄 아네?"

조비연이 의아한 듯 물었다.

"당신이라니, 존칭 쓰지 못하겠나."

"도둑놈한테 존칭은 얼어죽을."

"그럼 비무 안 해준다."

조비연은 짜증 어린 표정을 지었다. 비무를 안 해준다는 말은 여전히 효력이 있었다.

"이 공자도 아닌데 이 공자라고 부르라는 거야?"

"장 공자라고 하면 되지. 아니면 가가도 좋고."

조비연은 가가라는 말에 어이가 없는 듯 콧방귀를 꼈다.

불기둥이 완전히 꺼지고 건너편의 모습이 드러났다. 그러나 사람의 모습은 보이지 않았다.

"큰일이네. 한 소협도 잡혀갔나 봐."

조비연은 안타까운 듯 발을 동동 굴렀다.

"어차피 갈 곳은 뻔해. 다만……."

장건은 불기둥이 나온 위치를 살피며 말했다.

"여기가 개조되었다는 것이 문제야. 본래의 상태라면 누가 어디로 갔을지 훤한데, 놈들이 어떤 식으로 개조한 것인지 알 수가 없기 때문에 직접 부딪치는 수밖에 없겠어."

조비연은 뭘 찾으려는 듯 두리번거리고 있었다.

"이게 대체 어디 갔지?"

장건은 슬쩍 주위를 살핀 후 말했다.

"검은 저기 있어."

"어디?"

"저기 천장."

조비연은 그의 손가락을 따라 눈을 들어 위를 보았다. 정말 그녀의 검이 천장에 붙어 있었다.

"뭐야, 왜 아래로 떨어지지 않는 거지? 풀이라도 발라 놨나?"

"이곳 벽을 이루고 있는 검은 돌들은 전부 지남철이야."

"지남철?"

"그래, 그러니 쇠가 붙어 달리게 되지."

조비연은 그제야 알았다는 듯 손바닥을 쳤다.

"아하, 그래서 그렇게 검이 무겁게 느껴졌던 거로구나."

적의 암기가 전부 동이었던 것도 비로소 이해가 되었다. 동은 철과 달리 지남철에 붙지 않기 때문이었다.

조비연은 몸을 날려 천장에서 검을 떼어냈다.

착지하고 보니 장건이 벽에 박힌 청년을 유심히 보고 있는 것이 눈에 띄었다.

"그 사람 정말 강하던데, 대체 정체가 뭘까? 어디 출신이었을까?"

"이놈은 실혼인이야."

"실혼인? 그게 뭐야?"

"혼을 잃어버린 자. 남아 있는 이지라고는 싸우려는 의지밖에 없는 것 같더군."

"그런 괴물을 대체 누가 만든 거야?"

"여기를 점령하고 있는 놈들."

"군룡회?"

장건은 잠시 뜸을 들이다가 대꾸했다.

"일단은 그렇다고 봐야겠지."

'일단은은 또 뭐람?'

조비연은 아리송한 장건의 대답에 고개를 갸웃거렸다.

"일전에 싸웠을 때만 해도 조종자가 죽으면 움직임을 멈췄었는데, 이놈은 조종자가 없는데도 독자적으로 움직였어. 이게 바로 완성형인가?"

장건은 걱정스러운 눈으로 실혼인을 일별한 후, 조비연과 함께 동굴 안쪽으로 다시 출발했다.

"근데 여긴 대체 어디야?"

조비연의 물음에 장건이 대답했다.

"여긴 불사동이란 곳이야."

"불사동이라면… 그 뭐라더라… 삼절서생인가 하는 사람이 만든 곳 아냐?"

"맞아. 진검성의 온갖 기예를 전수받은 삼절서생이 은거한 곳이지.

사실 그가 만든 것은 아니고, 진검성의 장인들이 천관무위진의 묘리를 연구하기 위해 시험 삼아 만들었던 장소야. 연구가 끝나고 폐쇄되었던 곳을 삼절서생이 은거지로 사용했던 거지."

조비연은 신기하다는 듯 장건을 쳐다보았다.

"어떻게 그렇게 잘 알아, 장 공자는?"

장건은 씩 웃으며 말했다.

"예전에 한 번 와본 적이 있거든."

"언제? 어떻게 알고 온 건데?"

장건은 그 질문에는 대답하지 않고 웃기만 했다.

*   *   *

덜컹!

문이 열렸다. 그리고 한 사람이 굴러들어 왔다.

그는 제대로 몸을 가누지 못하는 듯 몸을 일으킬 생각을 하지 않았다. 뒤이어 따라 들어온 사람이 그에게로 다가와 발길질을 했다.

"크윽!"

고통에 찬 신음성이 흘러나왔다.

"일어나, 새끼야."

몇 번의 발길질이 있은 후, 때리던 자가 맞던 자를 억지로 일으켜 세운 후 벽에 기대게 했다.

철컥! 철컥!

수갑과 족쇄가 맞던 자의 손발에 채워졌다. 수갑은 천장에서 내려온 쇠사슬과 이어져 있었고, 족쇄는 벽에 고정되어 있었다. 결박된 자는 옴짝달싹도 못하는 지경이 되었다.

그를 묶은 자는 결박된 자에게 낄낄거리며 말했다.

"가주의 세 번 손짓에 쓰러지는 놈이 뭐 풍파투도? 지나가는 개가 웃겠다, 이 새끼야."

그는 묶인 자에게 침을 뱉고는 문 밖으로 나갔다.

쾅! 철컹!

문이 닫히고 자물쇠가 다시 채워졌다.

"으으으으……."

벽에 묶인 자, 한승은 고통에 찬 신음을 흘렸다. 나간 놈 말마따나 아까의 격돌에서 그는 적 우두머리의 단 세 수에 나가떨어졌다. 그를 쓰러뜨린 우두머리는 어이없다는 듯 그를 바라보더니 물었다.

"너 풍파투도 아니지?"

그는 상처의 고통으로 대꾸할 여력도 없었다.

우두머리는 부하들에게 그를 가둬두라고 명했고, 그래서 그가 이곳으로 끌려온 것이었다.

당한 지 꽤 시간이 흘렀음에도 여전히 상처는 고통스러웠다.

우두머리가 사용한 것은 암기였다. 일수에 암기 단 한 발씩, 세 발이 그의 몸에 박혔다. 한승은 쓰러지는 그 순간까지 암기가 날아온지도 몰랐다. 그토록 빠른 손놀림은 본 기억이 없었다.

몸에 박힌 암기는 여전히 그에게 고통을 주고 있었다. 한승은 아픔을 이기지 못해 끙끙거렸다.

그때였다, 어둠 속에서 말소리가 들려온 것은.

"조용히 해라."

한승은 소스라치게 놀랐다. 당연히 자기 혼자 있을 거라고 생각했는데 누군가가 더 있었던 것이다.

"누, 누구시오?"

"내가 누구냐고? 그건 나도 모른다."

이상한 대꾸였다. 한숭은 겁이 나기도 하고 두렵기도 하여 더 이상 아무 말도 하지 않았다.

시간이 흘러 고통이 조금 잦아들자, 한숭은 어떻게든 여길 빠져나가야겠다는 생각이 들었다. 그는 팔을 꼼지락거렸다. 수갑은 틈이 없이 조밀하게 그의 팔목을 잡고 있었고, 수갑과 연결된 쇠사슬은 견고하게 느껴졌다.

한숭이 팔을 계속 흔들자 쇠사슬이 흔들리며 찰랑거렸다.

다시 어둠 속의 목소리가 들려왔다.

"조용히 해라."

시간이 꽤 지난 상태였기 때문에 한숭의 눈은 어둠에 익숙해져 있었다. 그는 말하는 자의 윤곽을 희미하게 볼 수 있었다. 그는 반대편 벽에 사지를 활짝 벌린 채 서 있었다. 보아하니 자신과 똑같은 자세로 묶여 있는 듯했다.

상대의 처지를 알고 나니 두려운 마음은 사라졌다. 자신과 똑같은 처지가 아닌가. 한숭은 그의 말에 신경 쓰지 않고 몸을 뒤틀고 두 팔에 힘을 주었다. 통증이 좀 더 가시고 공력이 원활하게 돌아가면 쇠사슬을 끊을 수 있지 않을까 하는 기대감이 들었다.

"부질없는 짓이다. 그 사슬은 만년한철(萬年寒鐵)로 되어 있어서 인간의 힘으로 끊을 수 없다."

한숭은 상대의 어투가 왠지 만사를 포기한 듯한 느낌이 들었다. 생각해 보니 조용히 하란 말도 신경질적이라기보다는 귀찮아하는 느낌이 역력했다.

한숭은 조심스럽게 말을 꺼냈다.

"전 흑수랑 한숭이라고 합니다. 노형은 누구신지?"

자기소개를 먼저 하면 혹시 제대로 된 대답이 나오지 않을까 싶었다.

"내가 누구냐고? 난 패륜아지. 천하에서 가장 몹쓸 놈이다. 크하하하하하!"

이제껏 평온하던 어투가 갑자기 급격하게 바뀌고 광소가 터져 나왔다. 한숭은 상대의 돌연한 감정 변화가 당황스러웠다.

'실성한 놈이잖아, 이거.'

더 말 걸기도 두려워진 한숭은 다시 아무 말 없이 꼼지락거리기 시작했다. 움직이면 움직일수록 수갑은 팔목을 단단히 파고들었고, 쇠사슬은 견고하기 짝이 없어 공력이 돌아와도 끊어질 것 같지 않았다.

"소용없다니까 그러네. 부질없는 헛수고 그만해라."

이번 말은 또다시 평탄해져 있었다. 아까의 광소를 터뜨린 자라고는 상상하기 어려울 정도로.

'저 작잔 대체 뭐야?'

한숭은 속으로 투덜거리면서도 힘으로 끊어내는 것은 불가능하다는 상대편의 말은 진짜일 것 같다는 생각이 들었다.

'힘으로 안 된다면 기술로 해야 하지 않겠어?'

한숭은 어둠에 익숙해진 눈으로 채워진 수갑을 살폈다. 어렴풋이 수갑 중간쯤에 뚫린 열쇠 구멍이 보였다.

'꼬챙이 하나만 있어도……'

그는 도둑치고 몸이 날랜 편이 아니었지만 열쇠 따는 기술 하나 만큼은 타의 추종을 불허했다. 모든 면에서 그에게 앞서는 장건도 그 기술 하나만큼은 그에게 한 수쯤 모자랐다.

제아무리 기술이 좋아도 도구가 없으면 무용지물이다. 사지가 결박되어 있는데 도구를 어떻게 구할 수가 있겠는가.

'무슨 방법이 없을까…….'

고민을 하다 보니 잊고 있던 통증이 찾아왔다. 한숭은 다시 끙끙거렸다. 우두머리가 날린 암기는 쇄골 아래와 골반 근처, 무릎의 슬개골 위 혈도에 정확히 꽂혀 있었다.

한참 끙끙거리던 한숭은 문득 쇄골에 박힌 암기를 내려다보았다.

'가만, 저 정도 길이의 강침이라면…….'

충분히 꼬챙이 대용으로 쓸 수 있었다. 그렇다면 쇄골에 박힌 암기를 어떻게 손으로 이동시킬 수 있느냐가 문제였다.

한숭은 머리를 있는 대로 바싹 굽혔다. 그러자 쇄골 근처까지 입이 다다를 수 있었고, 어렵사리 이로 박혀 있는 강침을 빼낼 수 있었다.

강침을 입에 문 한숭은 다시 고민해야 했다. 이제는 이것을 어떻게 손까지 옮기느냐가 문제였다.

아무리 머리를 굴려 봐도 방법은 단 하나뿐이었다. 입으로 암기를 날린 다음 그것을 손으로 잡는 거였다.

유일한 방법치고는 성공할 확률이 너무 낮았다. 불 한 점 없이 어두운 상황에서 하고자 하니 더욱 불가능하게 느껴졌다.

어렵다고 맥 놓고 있을 수도 없으니 어찌 되었든 시도를 해야 했다.

한숭은 우선 강침을 입 안에 넣어놓고 자신의 침을 오른손까지 뱉는 연습을 했다. 부단한 연습 끝에 입에서 손까지의 거리에 어느 정도 감을 잡은 한숭은 마침내 강침을 이사이에 물었다.

"퉤!"

힘차게 강침이 날았다.

"윽!"

한숭은 비명을 질렀다. 강침을 너무 강하게 날리는 바람에 손바닥에 박혀 버렸기 때문이었다. 아프긴 했지만 어쨌든 성공이었다.

끼릭 끼릭. 끼리릭

한숭은 긴 손가락을 이용하여 손목에 채워진 수갑의 열쇠 구멍으로 강침을 꽂아 넣고 휘돌릴 수 있었다. 일단 구멍까지 꼬챙이가 들어간 이상 아무리 복잡한 자물쇠라도 입을 벌리게 되어 있었다.

철컥!

손목을 결박하고 있던 수갑이 입을 쩍 벌렸다. 오른손이 자유로워졌으니 이미 얘기는 끝난 셈이었다. 나머지 수갑과 족쇄가 모두 풀렸고, 한숭은 자유의 몸이 되었다.

……고 생각했지만 방 밖으로 나가는 일은 아직도 요원했다. 문을 잠근 자물쇠는 밖에서 채워져 있었기 때문에 제아무리 한숭이라 해도 어찌할 방도가 없었다.

"염병할……."

욕지거리를 내뱉고 있을 때 예의 목소리가 다시 들려왔다.

"밖에 나가고 싶나?"

이제 몸이 자유로워진 한숭은 더 이상 상대가 두렵지 않았다.

"당연한 걸 왜 묻소?"

"날 풀어주게. 그럼 밖에 나가게 해주지."

"당신이? 외부에서 채워진 자물쇠를 무슨 재주로 열겠다는 거요?"

목소리는 피식 웃었다.

"자물쇠 따위는 아무 문제도 되지 않아. 설사 네가 자물쇠를 열었다가 치자. 그 몸으로 이곳을 벗어날 수 있다고 생각하느냐?"

한숭은 목소리가 말한 의미를 깨달았다. 몸도 성하지 않은 그가 적의 감시를 뚫고 이 복잡한 미로를 빠져나갈 수 있을 턱이 없었다.

"그럼 당신을 풀어주면 무슨 방법이 생긴단 말이오?"

"생기다마다. 나만큼 이곳을 잘 알고 있는 자는 없다."

"당신이 누군데요?"

세 번째 같은 질문이었다. 이번만큼은 제대로 대답해 주리라 생각했는데, 잠시의 침묵이 흐른 후 들려온 대답은 기대 이하였다.

"나? 내가 누구냐고? 나는 패륜아지. 은인을 죽인 패륜아. 천하에 살 가치가 없는 놈. 크흐흐흐흐……."

조금 전까지 차분하고 조리있게 말하던 목소리는 온데간데없이 광인의 흐느낌이 어두운 방 안을 가득 메웠다. 한숭은 긴 한숨을 내쉬며 이제 절대 상대의 이름을 묻지 않아야겠다고 다짐했다.

*   *   *

장건과 조비연은 갱도의 막다른 곳에 멈춰서 있었다. 막힌 벽을 더듬고 있던 장건은 손을 멈추고 한 발 뒤로 물러섰다.

"왜, 못 열겠어?"

진연의 물음에 장건은 고개를 끄덕였다.

"놈들이 기관을 조작해 놓은 모양이군. 원래 이 벽이 열리고 뒤의 통로가 이어지게 되어 있는데… 문제군. 이쪽 길로 가야 범 선생님과 나머지 일행이 떨어져 내린 지역으로 향할 수 있는데."

"어쩌지?"

"일단 진로를 트는 수밖에."

둘은 막다른 곳에서 걸어나와 옆으로 트인 통로로 이동했다.

통로로 들어선 지 얼마 안 되어 둘은 커다란 석실로 들어섰다.

"와아, 땅속에 이런 곳이 있었네?"

조비연은 신기한 듯 석실 내부를 살폈다. 석실은 규모가 상당해서 큰 건물의 대청만한 크기였다.

"불사동 내에는 이러한 석실이 일곱 개가 더 있지. 영호 소저는 아마 그중에 하나에 있을 거야."

"맞았네. 그런데 자네는 운이 없게도 잘못 찾아왔군."

전방의 벽 중간이 스르르 열리더니 한 사내가 모습을 드러냈다. 장건의 말에 대꾸한 것은 바로 그였다.

사내는 각진 얼굴에 호랑이 눈썹으로 인해 강하고 다부진 인상을 풍겼다. 특이하게도 신체에 비해 팔이 무척 길었다.

사내는 장건을 내려다보며 말했다.

"자네가 풍파투도인가?"

장건이 대꾸했다.

"그렇소, 사천당가주 당소."

사내의 눈이 번득였다.

"날 알아보다니, 제법이군. 구면이었던가?"

"나에게는 구면이오. 당신은 아마 초면이겠지만."

"날 알아본 것만으로도 네놈은 이미 살 수 있는 기회를 잃었다."

당소는 손가락을 퉁겼다.

석실의 좌우 벽 중간에 여러 개의 문이 나타났다. 그 안에서 무사들이 모습을 드러냈다.

"아깐 엉뚱한 놈이 풍파투도라 하는 바람에 쓸데없이 기운을 뺐다. 일단 네놈에 대해 검증을 한 번 해보마."

당소가 엄지손가락을 까딱였다. 그러자 좌우의 열린 문에서 세 명의 무사가 튀어나와 장건을 향해 몸을 날렸다.

장건과 조비연은 검을 빼 들고 덤비는 세 명과 격돌했다.

삼 대 이의 치열한 접전이 벌어졌다.

장건은 싸우고 있는 자들이 모두 실혼인이라는 것을 알아차렸다. 흑룡동에서 다섯 명과도 싸워본 경험이 있는 그였지만 지금까지 겪어본 바, 이 완성된 실혼인들은 그 당시와는 차원이 다른 무위를 선보이고 있었다. 지시에 따라 인형처럼 움직이는 것에서 벗어나 완벽하게 무공 고수의 움직임을 보여주고 있었다. 피부는 강철처럼 단단하고, 휘두르는 기세는 태산같이 강력하니 이보다 더 까다로운 적이 없을 듯했다.

조비연은 한 명과 팽팽히 맞섰고, 장건이 두 명을 맡아야 했다. 팽팽한 대결이 이어졌다.

그때 당소의 검지손가락이 까딱였다.

좌우의 문에서 다시 네 명이 뛰어내렸다. 이들은 당가 비전의 분무통을 내밀어 장건들의 머리 위에 독을 살포했다. 그러나 장건과 조비연, 둘 다 현명단을 복용한 때문에 독공은 별 효험이 없었다.

당소는 인상을 찡그리며 세 번째 손가락을 까딱였다.

좌우에서 다수의 무사가 튀어나와 장건을 향해 몸을 날렸다.

피피피핑!

커다란 석실 공간을 셀 수 없는 암기가 새카맣게 매웠다. 당가의 무사 여덟 명이 합작으로 구사하는 천강폭풍우(千鋼暴風雨)였다.

암기의 폭풍우가 장건과 조비연, 그리고 실혼인들의 머리 위로 쏟아져 내려왔다.

조비연의 얼굴에 암담한 표정이 드리워졌다. 실혼인의 검을 받아내며 암기까지 막아내는 것은 도저히 불가능한 상태였기 때문이다.

그때 장건이 나섰다. 예의 금속 원통을 꺼내더니 위를 향해 우산처럼 활짝 펴는 것이었다.

장건의 손놀림에 따라 철컥! 소리와 함께 우산 표면이 고슴도치의 가시처럼 일어섰다. 그리고 다음 순간, 부서지는 햇살과도 같은 은빛 조각들이 석실의 온 사방으로 튀어나갔다.

공중으로 튀어오른 은빛 조각들은 천강폭풍우를 구성하는 암기들과 부딪쳤다.

스파파파파파팟!

은빛 조각들의 솟구치는 속도는 상상 이상이었다. 그것들은 떨어져 내리는 암기를 단숨에 가르고, 더 나아가 암기를 쏟아낸 주인들의 온몸으로 박혀 버렸다.

"끄으아아아악!"

온몸이 벌집이 된 당가의 무사들이 바닥으로 추락했다. 단 한 수에 당가의 최정예 열두 명이 절명해 버린 것이다. 실혼인들 또한 조각들의 공세에서 벗어나지 못했다. 온몸에 조각이 박혀 움직임이 부자연스러워지고 있었다.

"제석천!"

당소의 눈에서 불똥이 튀었다. 장건이 쓰는 무기를 알아본 그는 즉시 서 있던 자리를 박차고 석실 바닥으로 뛰어내렸다.

제석천은 벌써 다음 공격을 준비하고 있었다. 우산 머리가 원반같이 평평해졌고, 이내 고속 회전하기 시작했다. 그리고 다가오는 실혼인들을 향해 튀어나갔다.

위이이이잉!

피부의 제련이 강철 같은 실혼인이었지만 제석천에서 구사된 탈명환을 감당하기에는 부족함이 있었다. 탈명환은 막아서는 실혼인의 검을 뚫고 그들의 목을 스치고 지나갔고, 세 개의 머리가 바닥으로 굴러떨어졌다. 제아무리 완성된 실혼인이라 해도 머리가 없어진 채 움직일 수는 없는 듯 셋의 움직임은 정지되었다.

장건이 제석천을 펼치고, 광영비산으로 열두 명을 격살하고, 탈명환으로 실혼인 세 명을 거꾸러뜨린 것은 눈 몇 번 깜빡할 정도의 짧은 시간이었다. 뒤늦게 제석천을 눈치챈 당소로서는 손을 써볼 여유도 없이 준비된 모든 전력이 사그라지는 광경을 눈으로 확인해야만 했다.

"이노옴! 풍파투도!"

당소는 핏발 선 눈을 한 채 부르짖었다. 그는 장건에게로 벼락같이 달려들었다. 그의 내뻗은 두 팔의 옷소매에서 대롱 두 개가 튀어나왔고, 그 안에서 시커먼 연기가 뿜어져 나왔다. 독연(毒煙)이었다.

장건이나 조비연이나 독을 무서워할 처지는 아니었다. 그러나 연기가 둘의 주위를 시커멓게 덮어버리자 숨이 막혀오기 시작했다. 독 기운 때문이 아니라 연기 자체의 매캐한 성분 때문이었다.

연기는 삽시간에 석실 내부를 매웠고 자욱한 연기 속에서 핏빛 광채가 돌연 번뜩였다.

"조심해!"

장건이 조비연을 밀치고는 다가오는 혈광에 맞서 검을 휘돌렸다.

끼기기기긱!

검과 충돌한 것은 핏빛의 륜(輪)이었다. 날이 잔뜩 선 혈륜은 진룡환인검을 갈아낼 듯 밀어붙이다가 장건의 목으로 튀어 올랐다. 장건은 재빨리 용완구를 내밀었다.

까강!

혈륜은 용완구에 튕긴 다음 공중으로 치솟았다가 날아온 쪽으로 돌아갔다.

'마혈륜(魔血輪)!'

당가의 팔대금용암기 중의 하나였다. 연기가 시야를 가리는 상황에서 다가오는 것인지라 다시 공격해 온다면 위험해질 수도 있겠다는 생각이 들었다.

쉐애애애액—

뭔가가 정면에서 연기를 가르며 다시 다가왔다. 혈륜은 아니었으나 오히려 더 위험하다는 느낌이 들었다. 몸을 피하고 싶었지만 뒤에 조비연이 있었다. 그녀는 이렇게 시야가 가린 상황이 익숙지 않을 것이기 때문에 다칠 우려가 있었다.

장건은 제석천을 들어 날개 부분을 활짝 펴서 앞으로 내밀었다.

콰앙!

뭔가가 와서 제석천과 강하게 충돌했다. 부딪친 것은 튕겨 나갔지만 제석천 역시 날개 한쪽이 움푹 들어가며 충격의 여파로 장건의 손에서 날아가 버렸다.

위이이잉!

다시 마혈륜이 파고들어 왔다. 장건은 한 걸음 뒤로 물러서며 번천제룡환을 제룡편화하여 휘돌렸다.

콰직!

마혈륜은 제룡편을 이기지 못하고 산산조각이 나버렸다. 제룡편은 거기에 만족하지 않고 마혈륜이 날아온 쪽으로 쏘아져 나갔다. 그러나 걸리는 것은 아무것도 없었다.

"꺅!"

갑자기 뒤쪽에서 조비연의 비명이 들려왔다. 당소의 공격을 받은 것임이 분명했다.

'제길!'

장건의 눈이 분노로 번득였다. 상대가 이런 상황에서의 전투에 익숙하지 않은 조비연을 노린다면 상당히 곤혹스러워질 수가 있었다. 장건으로서는 상대의 공세를 피하지 않고 막아야 하는데다가 조비연까지 보호를 해야 하는 상황인지라 수세에 몰릴 수밖에 없는 형국이었다.

그렇다고 이대로 당할 수는 없는 노릇이 아닌가.

'속전속결!'

결심한 장건은 즉시 실행에 옮겼다. 그는 조비연의 비명이 울린 쪽으로 몸을 날려 비틀거리는 그녀를 껴안고는 석실 중앙으로 몸을 날렸다.

쉬쉬쉬쉭—!

다섯 자루의 유엽도가 제각기 다른 방향에서 날아들어 왔다. 당가 비전의 오엽난비(五葉亂飛)의 고명한 수법이었다.

장건은 조비연 쪽으로 날아오는 두 개는 용완구로 튕겨내고 다른 세 개는 등으로 파고들게 내버려 두었다. 유엽도가 연혼갑에 튕기는 순간 뽑혀져 나온 제룡편이 석실 끝까지 늘어났고, 장건의 몸이 조비연을 안은 채 공중에서 회전했다. 몸의 회전에 따라 강기를 가득 머금은 제룡편도 같이 돌며 온 석실을 휘감았다. 은빛의 원이 공간을 갈랐다.

"큭!"

짧은 신음 소리가 한쪽 구석에서 흘러나왔다.

제룡편이 뿜어낸 강기로 인해 석실을 메우고 있던 연기가 상당량 소멸되었다. 시야가 서서히 확보되는 가운데 소리난 쪽에서 움직이고 있는 당소의 모습이 눈에 들어왔다. 그는 다리를 다친 듯 절뚝이고 있었다.

장건은 착지와 동시에 안고 있던 조비연을 내려놓고 당소에게로 몸을 날렸다. 당소 역시 다가오는 장건을 향해 움직였다. 그의 손에서 뭔가가 튀어나왔다.

끼이이잉!

창촉같이 길쭉한 모양에 나선형으로 날이 선 물체가 고속으로 회전하며 다가왔다.

'분신표(分身鏢)로군!'

역시 팔대금용암기 중에 하나였다. 저것이 아까 제석천을 날려 버린 것이 분명했다.

워낙 회전력이 강력하여 아무 무기나 뽑아 들었다가는 낭패를 보기 십상이었다. 장건은 망설임없이 이검을 뽑아 들었다.

번쩍!

검광이 번득였고, 팔대암기 중 가장 강력한 파괴력을 자랑하는 분신표는 두 조각으로 갈라진 채 석실 바닥으로 떨어졌다.

"저, 저럴 수가!"

믿었던 분신표가 무력화되자 당소는 헛바람을 토해냈다. 경악한 그의 목에 서늘한 기운이 와 닿았다. 어느새 다가온 당건이 겨눈 이검이었다.

"이제 항복해라, 당소. 넌 졌다."

당소는 목에 겨누어진 이검을 내려다보며 이 상황을 믿을 수 없는 듯 입가를 가늘게 떨었다. 그러나 곧 체념한 듯 서늘한 웃음을 흘렸다.

"후후후. 하긴 이기려는 시도 자체가 부질없는 짓이었다. 제석천에 번천제룡환, 게다가 오엽난비를 막아낸 것을 보니 연혼갑도 입고 있나 보군. 혹시 지금 겨누고 있는 검은 이검 아닌가? 강호 제일의 도둑이라 더니 과연 명불허전일세!"

마지막 그의 감탄성은 비아냥이 섞인 것이었다.

장건이 입을 열었다.

"무기 때문에 졌다는 것이냐?"

"당연하지 않나? 천하오대기병의 대부분을 섭렵하고 있는 놈한테 내가 어떻게 이길 수 있겠느냐?"

장건은 그를 물끄러미 바라보다가 이검을 천천히 거두었다.

"좋다. 그럼 한 번 더 기회를 주마."

당소는 의아한 표정으로 그를 올려다보았다.

"무슨 뜻이냐?"

"말 그대로다. 나중에 다시 한 번 싸워보자. 그때는 오대기병은 모 두 내려놓고 상대해 주지."

"그럼 지금 날 살려주겠다는 건가?"

"그렇다. 다만 조건이 있다. 영호 소저가 이곳 어디에 갇혀 있는지 말해다오."

당소는 다시 비웃음을 흘렸다.

"클클클. 나보고 동지를 배신하라, 이 말이냐? 사람 잘못 봤다, 풍파 투도. 네놈의 협잡에 넘어가느니 이 자리에서 그냥 죽겠다."

장건은 묵묵히 그를 바라보다가 다시 말했다.

"좋아, 말할 필요 없다. 그냥 놔주겠다."

장건은 당소가 움직이지 못하도록 하반신의 혈도 몇 개만을 점하고는 조비연을 끌고 석실 밖으로 향했다.

풍파투도가 정말 자신을 놔두고 떠나려 하자 당황한 당소가 소리쳤다.

"기다려라, 풍파투도!"

밖으로 나가려던 장건은 발걸음을 멈추었다.

"왜 그러나?"

"내게 이런 호의를 베풀면서까지 재대결을 고집하는 이유가 무엇이냐? 네 무공을 인정받고 싶은 건가?"

장건은 피식 웃었다.

"착각하지 마라, 당소. 네까짓 게 날 인정하고 안 하고는 전혀 신경 쓰지 않는다. 난 다만 네놈의 그 잘난 가문, 사천당가의 무공이 얼마나 보잘것없고 형편없는 것인지 네 스스로 깨닫게 해주고픈 것뿐이다."

당소의 얼굴이 노을빛처럼 붉어졌다. 가문의 무공에 한없는 긍지를 가지고 있는 그로서는 그보다 더한 모욕이 있을 수 없었다.

"도둑 나부랭이가 운 좋게 얻은 신병 몇 가지로 이득을 취했다고 아주 하늘 높은 줄을 모르는구나. 오냐, 이놈! 반드시 불사동을 무사히 빠져나가거라! 다시 만났을 때 당가의 무서움이 과연 무엇인지 뼈저리게 느끼도록 해주마!"

장건과 조비연은 당소의 악다구니를 뒤로 한 채 석실을 빠져나왔다.

"그놈을 왜 살려준 거야?"

조비연이 궁금한 듯 물었다.

장건은 말이 없었다.

대답을 기다리던 조비연이 안 말해주려나 보다 하고 포기하려 할 즈음, 장건이 입을 열었다.

"그는 내 사부의 아들이야."

조비연은 눈이 휘둥그레졌다.

"뭐야, 당신 사부가 당가 사람이야?"

장건은 고개를 저었다.

"당가 사람이었지."

*   *   *

수겸과 호설은 돌문 앞에 서 있었다. 그들의 앞에는 벽에 기댄 채 기절해 있는 경비조가 있었다.

"전부 독에 당했습니다."

"그래, 누군가가 이놈들을 처리하고 안으로 들어갔다는 거로군."

"누굴까요?"

수겸이 짜증스러운 표정으로 말했다.

"뻔하지 않나? 독을 쓰고 강침을 사용한 것을 보면 답이 금방 나오지. 우리가 착각했네. 처음 들어간 놈들 중에는 풍파투도가 없었어. 나중에 들어간 한 명이 바로 그놈이다."

호설이 말했다.

"돌문이 닫힌 지도 벌써 한 시진이 넘었습니다. 당가주가 놈들을 처리하고도 남았을 시간입니다."

"결국 처리하지 못했다는 거겠지. 실패한 이유는 당연히 나중에 들어간 풍파투도 놈 때문일 거고."

"그놈 하나 들어갔다고 해서 그 삼엄한 함정을 꿰뚫었으리라고는……."

"놈은 그럴 리 없다는 가정을 이때껏 수없이 깨뜨렸네. 이번에도 마찬가지인 것 같군."

수겸은 미간을 긁적이며 말했다.

"아무래도 안 되겠어. 놈을 더 이상 방치했다간 무슨 사고가 생길지 두려워. 직접 나서야겠네."

"광장에 가동 가능한 전 무사를 집결시켰습니다. 놈들이 기어 나오는 즉시 오체분시를 해버리겠습니다."

수겸은 고개를 저었다.

"아니야. 여기서 기다려선 안 되겠어. 안으로 쫓아 들어가세."

"굳이 그럴 필요는… 어차피 언젠가는 기어 나올 놈들인데요."

수겸은 대꾸하지 않고 기관을 만져서 돌문을 열고 안으로 들어섰다.

"놈이 멋모르고 들어간 거라면 당가주의 함정을 빠져나가지는 못했을 거야. 그러나 앞의 놈들도 그렇고, 뒤에 들어간 놈도 그렇고 모두 능숙하게 돌문을 여닫았네. 이 점이 마음에 걸리는군."

둘은 좀 더 걸어 첫 번째 함정인 미혼진에 다다랐다.

"미혼진에 화살 기관을 설치했음에도 여기 놓여 있는 시체는 한 구도 없군. 과연 이것이 무엇을 의미하는 걸까?"

"놈들이 불사동의 기관을 파악하고 있다는 말씀이십니까?"

"그래, 놈들이 기관을 파악하고 있다면 혹시 이쪽 입구가 아닌 다른 곳으로 탈출할 수 있지 않을까 하는 불안감이 드는군. 내가 연구한 바에 의하면 불사동에 적용된 천관무위진은 항시 두 곳의 생로(生路)를 터놓아야 하는 것으로 알고 있네. 난 이 두 생로라는 곳이 밖과 통할 수 있는 통로라고 믿고 있네. 내 해석대로라면 여기 입구 외에도 또 다른 출로가 내부 어딘가에 있을지도 모른다는 것이지."

"그러나 지난 육 개월 동안 내부를 조사한 바로는 밖으로 통하는 출구는 이곳뿐이었잖습니까?"

"그랬지. 하나 안 들어가 본 곳도 있지 않나."

"안 들어간 곳이요? 혹시 심처(深處)를 말씀하시는 것입니까?"

"그래, 만에 하나 심처 내부에 밖으로 통하는 통로가 있다면 큰 문제가 아니겠나."

"그건 놈들이 심처 내부로 들어갔을 때의 일이지요. 거길 들어가려면 열쇠가 있어야 하지 않습니까?"

"그렇지. 그런데 풍파투도란 놈이 우리가 바라 마지않던 열쇠 두 개를 가지고 있지 않나."

"그렇긴 하지만 열쇠는 세 개가 필요하지 않습니까. 세 번째 열쇠를 놈이 가지고 있을 리는 없고요."

"그래, 세 번째 열쇠를 놈이 가지고 있을 리야 절대 없지. 그러나… 왠지 불안하거든. 워낙 불가사의한 상황을 끊임없이 연출하는 놈인지라 열쇠 두 개만 가지고도 무슨 일을 벌일지 모른다는 생각이 들어."

수겸은 호설에게 명했다.

"광장에 대기하고 있는 무사들은 둘로 나누게. 그래서 하나는 광장에 놔두고 또 하나는 밖으로 나가 산을 둘러싸라고 해. 그리고… '그들'을 불러오게."

호설의 눈이 커다래졌다.

"'그들'을요? 총사, 그들은 호북에서 임무가 있어서 가는 도중에 여기 잠시 들른 것뿐 아닙니까. 일을 시켜도 들을지 모르겠군요. 게다가 군룡회의 일에 본전고수를 쓰는 것은 금기 중의 금기 사항입니다. 나중에 발각되면 문책을 당하실 수도 있습니다."

"알아. 하나 문책을 좀 받는 한이 있어도 풍파투도란 놈을 잡아야겠어. 어찌 되었든 '그들' 이 나서면 놈을 잡을 게 아닌가."

"그렇기야 하겠지요. 진검성 칠대고수 중 다섯을 쳐죽인 자들 아닙니까."

"그 칠대고수 중 세 명이 당시 천하십대고수였지. 풍파투도 제놈이 제아무리 날고 긴다 해도 '그들' 의 손에서 빠져나갈 수는 없을 걸세."

『창천일성』6권으로 계속…

FANTASTIC
ORIENTAL
HEROES

무한 상상·공상 세계, 청어람 신무협&판타지

『무상검』의 전설이 끝나고,
이제 『지존검(至尊劍)』의 신화가 시작된다!

지존검(至尊劍) / 일묘 지음

무협계의 히트&화제작
『무상검』의 작가 일묘의 신작!

『지존검』
(至尊劍)

누구도 어찌할 수 없는 강함과 엉뚱함을 지닌 주인공과
한 겹 차가움을 둘렀지만 속알맹이는 너무나 사랑스러운 그녀.

정반대 성격의 둘이 만나 얽히고설키며 엮어내는
예측불허&상상불허의 기대를 뛰어넘는 재미!
갈수록 깊어져 가는 신비와 비밀의 철문 너머를 엿보는 재미!

오랜 숙고의 기간을 끝내고 나타난 작가 일묘의 최신작!
색다른 상상, 오묘한 재미와 맛깔나는 캐릭터의 호화로운 경연!

『지존검』은 지금까지 맛보지 못한 색다른 재미의 보고(寶庫)다!

FANTASTIC ORIENTAL HEROES

무한 상상·공상 세계, 청어람 신무협&판타지

『신마대전』,『투마왕』의 작가 김운영
세간에 화제를 불러온 최신 기대&화제작!!

세상에는 수많은 강자가
존재한다.

『흑사자』
(黑獅子)

흑사자(黑獅子) / 김운영 지음

한 자루 검으로 거대한 마물을 능히 상대할 수 있는 소드 마스터.
마나를 자유롭게 다루어 온갖 신비한 힘을 발휘할 수 있는 대마법사.
신의 선택을 받아 기적 같은 신성력을 행하는 고위성직자.
단신(單身)으로 국가의 운명에까지 영향을 미칠 수 있는 자들도 있다.
그러나 이들도 어렸을 때에는 약했다.

인간인 이상, 태어나서 십몇 년간은 성인의 힘을 이길 수 없다.
강해진 자들은 하나같이 오랜 세월 동안 남들이 이해하기 힘든
노력과 경험을 쌓아온 자들이다.

그러나 난 달랐다. 난 어렸을 때부터 강했다.
내게는 그 어떤 수련도 경험도 필요없었다.

난… 사자다.